目录

Contents

华彩谁忆

谁把流年暗偷换 /3
让本侠女带着你逃命吧 /10
妞妞这名字有点土 /20
异世界的女孩，第一次就约到了 /25
小小的梦君不知 /34
站住，坏蛋，不要跑 /42

盛夏知悉

幸福的抛物线怎么求解 /49
我在云上爱你 /58
谁陪我看花开成海 /72
错乱流年 /78
浅蓝色的忧伤就此终止 /81

不应有思

抱歉，让你久等了 /89
三月，等待开来的地铁 /98
木和木如果不遇见 /109
那一次蓄谋已久的出走 /119
染染说她一点儿也不喜欢这个季节 /124

浅唱安年

白发胜似雪 /133
疯娘 /137
老二,最疼我的人 /142
谁的温柔曾放肆了过往 /144
我们都是上帝的孩子 /150
赶考那点儿事 /153
我是土根家的小铃铛 /156

旧梦空城

想和机器人谈恋爱 /165
放下江山,跟你走 /177
二十四小时的黑夜 /184
回首那时,桃花依旧笑春风 /187
爷,跟妞走 /199
堕风·天使无泪 /210

角落里的青春

浅末年华卷

异界来的女孩说她是公主哦

主编/刘　勇

回味青涩往事，
解密成长密码

中国财富出版社

图书在版编目（CIP）数据

异界来的女孩说她是公主哦/刘勇主编．—北京：中国财富出版社，2014.3

（角落里的青春·浅末年华卷）

ISBN 978-7-5047-5062-4

Ⅰ．①异… Ⅱ．①刘… Ⅲ．①短篇小说—小说集—中国—当代 Ⅳ．①I247.7

中国版本图书馆 CIP 数据核字（2013）第 281366 号

策划编辑	王秋萍	**责任印制**	方朋远
责任编辑	白 昕 白 柠	**责任校对**	梁 凡

出版发行	中国财富出版社		
社　址	北京市丰台区南四环西路 188 号 5 区 20 楼	**邮政编码**	100070
电　话	010-52227568（发行部）		010-52227588 转 307（总编室）
	010-68589540（读者服务部）		010-52227588 转 305（质检部）
网　址	http://www.cfpress.com.cn		
经　销	新华书店		
印　刷	北京兴星伟业印刷有限公司		
书　号	ISBN 978-7-5047-5062-4/I·0103		
开　本	710mm×1000mm 1/16	**版　次**	2014 年 3 月第 1 版
印　张	14.25	**印　次**	2014 年 3 月第 1 次印刷
字　数	263 千字	**定　价**	28.00 元

华彩谁忆

谁把流年暗偷换

■ sumind 鱼寻

一

说那个时候的我是阳逻街上的女霸王，一点儿都不夸张。

我爸爸的名号“陶老大”大街小巷谁不知道。谁要是想在阳逻的地盘上动土，不管是种棵树还是建座庙，都得看我爸爸的脸色。我爸说行就行，我爸说不行，那就是不行。大街小巷所有大的小的建筑都是我爸盖的，谁要是敢在我爸的地盘上撒泼，那么他死得要多难看就有多难看。

我在大排档站在凳子上慷慨激昂地跟苏瑾城说着这些的时候，就差没拿手里的啤酒瓶子砸在上菜服务员的脑袋上来配合我的意气风发了。

“哦。”苏瑾城应了一声，继续扒着碗里的面条，看都没看我一眼。

“喂，你这是什么反应?”我看着眼前这个只知道吃的苏瑾城火上心头。要是换作杨虎东，他肯定会啪啦啪啦拍着掌，跟随着我的氛围欢呼雀跃：“陶老大真厉害!”

苏瑾城看到我不爽的样子，停下了喝汤，看着我说：“嗯，我知道，不然上次也不会打着你爸爸的旗号逃命了。”

听到这句，我拧在一起的眉头瞬间就平展了，笑逐颜开地从凳子上跳下，也没管凳子上是否还残留着自己刚刚踩上的脚印，一屁股坐下就开始往苏瑾城的碗里夹菜：“嘿嘿，算你识相。来，我们继续吃。”

回忆起那时候的相遇，还真是狗血不已。

那个时候苏瑾城才 14 岁，配上自然鬈的棕发秀气得像个洋娃娃，自然是少不了受男生欺负了。下午放学的时候，几个乳臭未干的小混混躲在小巷内，看见苏瑾城走来就把他按在墙上，搜刮他的书包。苏瑾城大声喊叫：“抢劫啊！有人抢劫!”结果换来的却是落在额头的重重一拳。正好吃完四个大鸡腿饱饱地走在回家路上的我看到这一幕，本来我是可以出手相救的，但是我实在太撑了，不时打嗝，怕一张口打个饱嗝破坏我青春无敌美少女的形象，于是大摇大摆地从他们面前走过。“不准碰我的书包!”苏瑾城挣扎着去夺书包，却还是寡不敌众地摔在地上。终于在看到小混混撕他相册的时候，奋力站起大声咆哮："你们敢欺负我，你们知不知道陶老大是我的干爸爸！让他知道了，揍得你们满地找牙！"隔在几米外的我听到了这话没忍住"噗"的一声笑了出来。于是转身饶有兴致地走回来，背对着可怜兮兮的苏瑾城，对着那几个混混晃了晃小拇指上面的孔雀蓝宝石，凶巴巴比了个中指，那几个混混立即逃之夭夭了。谁不知道陶老大在女儿陶小桃 10 岁生日典礼上送了她一枚价值连城的孔雀蓝宝石。所以就算有人不认识陶大小姐，戒指恐怕也印象深刻。

就在苏瑾城一边拾起书本一边暗自感慨自己聪明利用陶老大的名气甩开了小混混的时候，一个转身，看到了陶小桃站在身后把玩她亮晶晶的宝石戒指，他吓了一大跳，书本又从手中滑落到了地上。

"你是说，陶老大是你的干爸爸是吧？"我戏谑地看着苏瑾城，眼神凌厉。

"呃，我……"苏瑾城抓了抓脑袋，脸刷的一下红了。

我看见他可爱的模样目光变得温柔，似曾相识的感觉瞬间袭来，我记起了他，于是友好地伸出手："你好，我是陶小桃，以后你就当我的干哥哥吧。"

"呃，你……你也好，我是苏瑾城，呃，刚刚我……"

"哈哈哈……"我看到苏瑾城仍旧一脸憋屈语无伦次的模样，终于忍不住捧腹大笑了。

二

"唉呀呀呀喔，爱的抱抱……"幼稚的手机铃声突然响起，我看了看来电显示，毫不犹豫地按了拒接键。

"杨虎东吧？"苏瑾城朝我投来十拿九稳猜对了的眼神。然后喝下一口啤酒，眯了眯眼睛，开口道："那小子虽说虎头虎脑的，可对你却好得无可挑剔，追你都这么久了，怎么不从了他呢？"

"那我也对你好得无可挑剔，也追你这么久了，你为什么不从了我呢？"我一个激灵脱口而出杀个回马枪，目光直逼苏瑾城，苏瑾城亮亮的神情瞬间就灭了。

说起杨虎东追我，那可真是费尽心思、千方百计。先是头顶着一堆草潜伏在我回家小路边的草丛中，突然跳出来送我一大束金黄金黄的油菜花，嚷着："陶……陶小桃，我……我喜欢你，嫁给我……我吧。"然后"扑通"一下单膝跪地向我求婚，把我吓得魂飞魄散。接着是在我13岁生日那天在食堂请同学好友吃饭的时候，抱着13个大鸡腿穿越重重人海，挤到我面前信誓旦旦地宣布："陶小桃，嫁给我吧，以……以后你跟……跟了我，鸡腿全……全给你吃。"把我的好朋友笑得人仰马翻。

经过这些风波，我才认识了杨虎东。我才知道，他的爸爸就是我小时候住的那条街上的以"最香鸡腿"闻名的老板。

但我的白马王子，可是苏瑾城。其实苏瑾城并不是家财万贯的富二代，也不是玉树临风的花样美男，相反，苏瑾城的家境贫寒。

但是这又有什么关系呢？当苏瑾城问我"你一个富家女为什么会喜欢上我这个穷小子"的时候，我也是翻一个白眼乜斜着眼睛回他："这叫响应党的政策缩小贫富差距，共享改革开放的成果。"

其实我喜欢苏瑾城，当然是另有原因的。这个原因可是我的秘密，除了杨虎东，我谁都没说过。

2002年的夏天，我6岁，在我还是个穷人家的小孩子的时候，我跟着养母相依为命，每次冲养母喊"我饿"的时候，她总是去墙上取下那条约手指般粗的绳子，勒住我的肚子，系得紧紧的，甚至让我有些呼吸不畅，然后淡漠地说："要是还饿就再勒紧一点。"

终于在养母第7次去取绳子的时候，我冲她咆哮着："我不要系绳子，我要吃面，吃面包，吃米饭，吃鸡腿！"然后在她冷哼一声"想吃自己去餐馆偷"的回答后，我哭着冲出家门。

等我冲到餐馆，看着里面川流不息的人群，看到厨师拎着大菜刀朝熟透的鸡一刀刀砍下去的时候，我又开始恐慌了。隔着玻璃看着里面涂满了酱汁的肥肥鸡腿，我忍不住擦了擦嘴角。我暗自下定了决心，进去抢一只鸡腿就往外冲。

就在我鼓起勇气闭着眼睛想要往里冲的时候，一只手拍了拍我的肩膀，我回过头，看见了这个眉清目秀的男孩，弯弯的眉毛，白净的脸，自然鬈的棕发，把一碗热气腾腾的面递到了我面前，上面还有一只大大的肉肉的鸡腿。"呐，给你的。"他轻轻地吐出这几个字，便优雅地转过身消失在人群里。我甚至没来得及说声谢谢，就开始狼吞虎咽，很快便吃了个精光。那是我这辈子吃过的最美味的一餐了。

于是苏瑾城便是我这辈子最想嫁的男生了。只是后来的我，莫名其妙地因为右耳朵下面的一颗小痣被陶老大找到，一夜之间我成了他的掌上明珠，不再穿破破烂烂的衣服，不再有脏兮兮的额头，也不再会为能不能吃上饭而忧愁了。但此时苏瑾城早已不记得他曾对我有这样的恩惠了。可是，我记得，脑海里那热气腾腾白花花的面条和那只香喷喷的鸡腿的画面永远定格在了我的心里。亦如我对苏瑾城深刻的感情。

可是我知道，苏瑾城不喜欢我，他喜欢的是我们班的班花——叶璇萦。

三

我最讨厌的女生就是叶璇萦了。她总是穿着白色衬衣和蓝格子裙子，一副纯洁到不行的样子，尤其是对苏瑾城。

苏瑾城和叶璇萦是青梅竹马。叶璇萦不仅跟我同年同月生，还跟我一个班，我们是同班同学。

欺负叶璇萦是我每天必做的事情。我总会让杨虎东把垃圾袋塞到她的课桌里，把她的英语书丢到男厕所里，把她的眼镜涂上粉笔灰丢到讲台下。日复一日，我从来没有停止过。

每次叶璇萦总是温和地一个人把东西清理干净，不怒不恼。这种冷静反而激怒了我。终于，我有了一个邪恶的计划。当我把这个计划告诉杨虎东的时候，他瞪大眼睛问我："这……这样行吗?""我是陶老大的女儿耶，有什么不行的。"我冲杨虎东翻了个白眼，嘟着腮帮子气鼓鼓地说。

"可是，可是……"杨虎东支支吾吾。

"杨虎东，你到底是不是真的喜欢我!"我吹胡子瞪眼地怒视他，杨虎东一见我的必杀技立刻就没辙了，虎头虎脑地说："好。"

我带上了杨虎东和两个小弟，埋伏在叶璇萦做完兼职每天必经的那条小巷。我们学着电影武侠小说中的江洋大盗，蒙上了黑色的面纱，潜伏在转角暗处。叶璇萦全然不觉，迈着小碎步轻快地走来。"准备好了啊，我一说'上'你们就扑上去吓唬她。"这是我的计划。

"倒计时了，三，二……"我倒数着，声音虽小却仍能感觉到颤音，手心里全是汗。

"上!"我叫出声来，那两个小弟立即冲上去大喊一声："打劫!"

"啊!"叶璇萦被这突如其来的攻击吓了一大跳，惊恐地望着我们的一举一动。

"别动，否则就杀了你。"我伪装成男音，低沉而粗犷，威胁着她，等着杨虎东的行动。

杨虎东却在原地傻傻地愣着。

“动手啊!”我催促道，急得恨不得跳起来。

突然，一个男生大声吼叫道：“住手!”奔过来将杨虎东反掀在地上，将叶璇萦轻轻抱起，然后走到我面前“呸”吐了一口唾沫，恶狠狠地说：“别以为蒙层纱老子就认不出你，陶小桃，你的龌龊行为让我这辈子都不会原谅你!”

我从没见他如此凶狠过，他不是一直文文雅雅连脏话都不会说的五好学生吗？我从没见他如此英勇过，他不是一直柔柔弱弱连自己都保护不了的秀气书生吗？

喂，苏瑾城，你是我认识的苏瑾城吗？

苏瑾城，这真的是我认识的苏瑾城吗？为什么在这一刻他变得这样陌生，陌生到我无力去面对我在他心里根本就不重要的这个事实。

泪水，就这样落进了心底。苏瑾城，就算我再怎样努力也一定没办法变得和叶璇萦一样吧，在你的心里，我大概只是一个没心没肺又聒噪的假小子罢了。

夜风忽起，这一刻周遭都变得极冷，冷到眼泪何时掉落的我都不记得了，只记得苏瑾城冷漠的眼神已经将我的记忆冻结。

我傻傻地站在原地，像断了线的木偶，失去了知觉，丢掉了重心。就算我再怎么努力又能怎么样，你的眼里，始终只有一个叶璇萦而已。

四

当苏瑾城将一封长长的检举信，内容包括我在学校如何狐假虎威作威作福欺负班内同学，以及那天晚上对叶璇萦的所作所为等，寄到我爸爸手里的那一天，世界完完全全地颠倒了。

我偷听到爸爸在看完那封信后立即给苏瑾城打了电话：“我陶老大之所以可以在阳逻混这么多年，靠的就是良好的信誉和经久不变的好口碑，如果你所述是事实，我一定会给你们一个交待。”

第二天一大早，爸爸把苏瑾城、叶璇萦、杨虎东以及那两个小弟都找到了。我在堂内坐立不安，杨虎东陪在我身边，看我焦虑不安紧锁眉头一直安慰着：“没……没事，别怕。”当苏瑾城牵着叶璇萦一脸甜蜜地走进来的那一刻，我的心还是狠狠地触动了。而爸爸的眼神也在突然看到叶璇萦的那一刻突然地亮起。他让苏瑾城和叶璇萦就座，还特地让庆嫂给他们泡了茶，走回座的时候还没忘回头多看一眼叶璇萦。

苏瑾城一脸淡漠的样子，连语气都没有任何的起伏，“我说的是不是事实，你的宝贝女儿最清楚不过了。”

爸爸随即望向我，我低下了头，搓着衣角，心里一片慌乱。

爸爸没有继续问下去，而是让我一个人先回房间。我如坐针毡，隐隐约约只听得见外面有叶璇萦的大吼：“我才不会认你！”

等我出来的时候，一切都变了。

爸爸的眼眶红肿着，苏瑾城和叶璇萦早已经离开，杨虎东站在一边，看不清表情。爸爸看到我，眼神不再是从前的关爱和宠溺，反而多了一丝冷淡和不在意。

“陶小桃你自己闯的祸，必须自己承担。阿黄，拿鞭子来。”爸爸说完这句，掉头准备回房间。

“爸爸！”我惊呼着。

“陶先生！”杨虎东猛地上前拉住了爸爸，“其实是我出的主意，逼着陶小桃做的坏事，你处罚我好了。”

爸爸反手就把杨虎东掀翻在地上，头也不回地进了房间。

五

“老板娘，来两碗面加两个鸡腿！”有人吆喝着。

“好嘞！”我笑容满面地应和着。拿起菜刀熟练地剁两个鸡腿，放在杨虎东递过来的两碗面里。

我们相视一笑，默契万分。

那个夜晚，杨虎东浑身是伤躺在病床上，我守在他身边，紧紧地握着他的手，听着他结结巴巴地给我讲着事情的始末：“他拿出了他老婆生前的照片，跟她几乎一模一样，然后他去掀她的头发，发现了右耳上那颗你也有的小痣，再问了她的出生年月，然后他确定叶璇萦才是他的亲生女儿，而不是你。”

我从一个富家公主一瞬间又变回了原来那个穷苦人家的丑小鸭，我觉得真的像做了一个好长好长的梦，梦醒了，一切又恢复了原样，我又将回到养母身边，整天挨饿受冻，过着穷苦的日子。

“陶小桃，跟我回家吧，好不好？我们家有好多好多的鸡腿。”

杨虎东睁着微弱的眼睛，真诚地恳求道。

我冲杨虎东笑了，笑得眼泪都流出来了，梦醒了，什么都消失了，可是杨虎东还在，一直一直在。

看到我的笑容，杨虎东才肯相信我是真的放下了，这才安心睡去了。

看着睡熟后的他眉宇间其实也有那么点帅气，心底暗暗地笑着，床头柜还放着他的白色手机，提示灯一闪一闪的很是温柔，我顺手拿起来一看，却发现发件箱里还有一条未发送的信息：小桃，其实我有两个秘密，一直都没有告诉你。希望你知道以后不会生我的气。

一个是关于叶璇萦的，我们准备伤害她的那天，打电话给苏瑾城的是我，是我让他到小巷来救叶璇萦的。对不起。

另一个，是关于苏瑾城的，我还记得你说过你喜欢苏瑾城是因为他给了饥肠辘辘的你一个鸡腿，其实那个鸡腿，是我心疼站在我家店门外流着口水的你，却因为忙着帮爸爸看铺子抽不出身，顺手让顾客苏瑾城递给你的……

到底谁偷换了谁的人生，谁偷换了谁的爱情，这早已不再重要。真正重要的是，找到属于自己的那个人。

让本侠女带着你逃命吧

■ 败小北

1. 侠女常在

“叮铃铃叮铃铃。”

什么东西这么吵啦！不要妨碍本姑娘的 Sleeping Time！滚开点！

于是我身边的第八个闹钟，很不幸地被我的“横扫千军”一巴掌壮烈牺牲了！但是一旦没有烦人的东西打扰，我便睡得比周公还甜！于是，这一睡大概过了有 N 个世纪这么长的时间。

“哎哟。”睡得好饱的我睡眼蒙眬地爬起来，外面阳光正灿烂，突然有点怪怪的感觉，怎么今天那个该死的闹钟没有响呢？我的眼角瞟到地板上那不明物体，哦，原来是我亲耐滴（亲爱的）闹钟 DD（弟弟）呀！你怎么变样了？不过现在还早么？淘出手机仔细看了半天，又理解了半天，待到完全明白发生了什么后，我发出了一声石破天惊的惨叫声：“天啊！迟到啦！”

我像一阵巨型台风，搜刮了脏乱的家后就风一般地夺门而出。都怪昨晚在外“巡逻”了一整晚，害得我今天都赖床了，更亏的是还什么发现都没有！郁闷。

跑经天使街时，我看到角落围着一群人，他们好像正在光天化日之下打劫被包围在里面的人。现在世风日下，不良少年居然猖狂到了这种地步了吗？现在的热心人也太少得可怜了！

我的忠肝义胆之心又在熊熊燃烧了，我顾不得现在已经离“垂死”边缘不久的自己，稍一转身就朝那群人跑去。站在他们背后，我用我最有“震撼力”的声音嘹亮地吼道：“住手！”

所有人嫌恶地转过头来，我才发现他们长得可不是一般的难看，差点就要把早上吃的都吐出来了（好像没有吃早餐吧），哦，要不然就把昨晚吃的都吐出来好了。

“你个小娘们，管大爷什么事！滚一边去！”脸上有个刀疤，长得牛高马大的家伙骂道，刀疤一动一动的像一头牛在吃草，于是我在心里偷偷地给这家伙起了个别名，叫“刀疤牛”。呵呵，好形象的名字。

忍住笑，我回答：“光天化日之下竟敢在最神圣的天使街拦路抢劫！平日里你们兴许可以作威作福，但今天算你们倒霉，让你们碰到本侠女！天使街的事情，就是本侠女的事情！天使街上一只蚂蚁生小蚂蚁的事，本侠女都要管！就要管！”

“呀！牙尖嘴利！大爷我让你以后都不敢‘见义勇为’！”“刀疤牛”恶狠狠地说。

意思已经很明确了。我勾勾嘴角：“哦？是吗？”

“刀疤牛”将手朝身后的一群人晃了晃，他们就离开了那个受害者身边，走到我面前。他们整整比我高了一个头还不止，我要很艰难地抬起头才能看见他们的下巴（不好意思，天生五短身材也不是我能控制的）。我听见“刀疤牛”难听的声音：“别说我八哥欺负女的，就算赢了也不光彩，我就让经验尚浅的小弟和你打吧。”

我后退一大步，嗯，这下视觉效果好多了。我一挺胸，一拍屁股，颇豪迈地说道：“不要废话那么多，你们全部一起上也没关系！”

“哦，口气也不小啊，那好，就让你死得痛快点！兄弟们，下手轻点哦。”随着他的话说完，一大群像大蚂蚁似的人一拥而上。因为我不能下太重的手，所以我只用了全部功力的五分之一，不仅轻而易举地把那群大熊打趴在了地上，还保证了他们不至于受太重的伤。一根烟的工夫，他们一个个不是口吐白沫就是口齿不清，唉，希望不要被我打残了才好……

“刀疤牛”大概这才发现我比他想象中的厉害吧，他决定亲自上阵了。当然，最后的结果就是自已半边脸贴着地面看世界了（中间过程自动省略，少儿不宜）。

“喂，你没事吧？”我一看他，居然晕了，我用手指头掐了掐他的人中，他浑身一个激灵，惊跳起来逃得飞快：“对不起！救命啊！妖怪啊！”

我刚要叫住他：“喂……”想说你忘了你的小弟们了。我低头一看，地面上干干净净，只留下了几串淡烟。我露出一个很汗很汗的表情来。

“喂，那你没事吧……”我转头，想关怀一下受害者，没想到那个受害者不知什么时候也已经跑掉了，我惊得下巴差点掉下来。什么嘛！我救了他耶，一句话没说就逃掉了！

等下，现在几点？我眯眼抬头看向教堂上面的大时钟 9：49！啊啊啊！死定了，死定了啦。

我使出吃奶的劲直奔学校——洛城高中！

玉皇大帝、王母娘娘、蟠桃仙子、月老爷爷、太上老君、如来佛祖，还有天使姐姐、恶魔妹妹，请保佑我万事大吉，一帆风顺，千万不要英年早逝啊，我才18岁而已……我保证，如果我没事了一定天天给你们烧钱，什么钱都好，不过不要超出5块啊，我是个穷人……

这就是我：花剑雨，忠肝义胆，热血侠士，我的优点不是那么明显，就是正义感比江户川柯南多了那么一点，功夫比漩涡鸣人厉害了那么一点，外貌嘛，比木之本樱要可爱了那么一点，性格嘛，比炮姐要“大方”了那么一点。不过，除了这些一点，我还蛮有男生缘的，不止是一年级的学弟崇拜我，就连三年级的学长也有大半在暗恋我……其实这也没什么的，呵呵呵，这也是一种烦恼啊……

正在阅读本文的女生们不要嫉妒我，没关系的，容貌都是天生的，这点不怨你们；男生们不要尖叫，要申请和我拍拖的请排队，不过嘛，可能要久一点，因为你拿的编号是16598号啊！

2. 男生怕生？真是奇观

跑到学校时大门早已经关了N久了，不过这对我来说实在构不成威胁，我往后退了几步，然后一阵助跑后猛地一跳，轻而易举地越过了那高度令一般男生都无法逾越的栏杆。完美地落地后，我回头瞥了门口一眼，然后继续势不可当地冲往我的班级——二年（B）班。

“报告！”我站在门口，一贯地大声报道，又像以往一样惊飞了班主任和几个同学脆弱的心。

班主任被我们私底下叫做“地中海师傅”，他拂拂胸口，感叹好不容易又保了一条老命后斥责道：“花剑雨！你迟到了！”

“我知道。”可恶，迟到实在有点失我侠女的风范了。

“那你该知道我会如何处置你了？”有点高高在上的语气，心中的不爽油然而生了哦。

我一听迅疾把头从胸前吊起来，用那种乞求的眼神看向老师：“不要啦老师，我是因为在路上遇到一群强盗拦路抢劫一个书生我出手相救的缘故才迟到啊，老师你不要罚我啊……”人在屋檐下，不得不低头啊。

“地中海”大手一挥（靠，比我还有型啊），“够了，上次生物课你也迟到了，生物老师告诉我的你当时所谓的迟到理由和这个差不多。我说花同学啊，你怎么这么富有正义感呢？怎么不把正义感用在学习上啊，把难题像对付混混一样解决掉啊!”所有同学全都哄堂大笑。

我低下头小声道:“这不一样的好不好……”我用眼角的余光瞥清班里的每一个同学,突然在窗角看见刚刚被那群不良少年抢劫的男生,虽然那时看的不太清楚,可是我现在能肯定:他就是那个人!不会有错!

我发誓,我绝对不晓得我们班上还有这么个秀气书生的存在,不过重点是:为什么他要丢下我一个人来上学?知道我为了他而迟到,搞成现在这种情况,连一句道歉或是 thanks 都听不到,真是令人对花样美男的人品寒心啊。不过我体内的侠女情怀使我不能生任何人的气,原来做侠女也很有负面影响的,就是会在学校死得很惨!

最后的结局就是“地中海”要我去图书馆打扫卫生,我听后差点双眼一翻就晕过去了,什么啊,图书馆可是有半个学校那么大,而且那里也超会积灰尘的!我要什么时候才能打扫完啊!我不停哀求神仙搭救,甚至连女侠的名誉都赌上了。可是事实证明,世界上是没有神仙搭救这种说法的,所以看到这里的哥哥、姐姐、弟弟、妹妹、叔叔、阿姨、婆婆、爷爷千万千万要谨记,依赖神明倒不如靠自己,要不然,可真会落到我这样的下场,悲哀哟!

下课临去图书馆打扫时,我拍了一下那个男生的肩膀:“喂,同学。”

那个男生猛地一震,回过头来:“什、什么?”他的反应过于激动,也着实把我吓一大跳:“你没事吧?”

“没。”说完他就要走,我拉住他:“不是啊,我看你脸色好像不太好,是早上被吓到的吗?我看还是去医务室看看比较好吧。走,我送你去。”

他触电一般地抽回手,说:“不,不用了,我没事。”然后不由分说逃之夭夭了。

我看着他离去的背影回想,刚才自始至终他都没有正眼看我一次,可能是怕生吧?可是这个世界还有这样怕生的男生存在?真是一大奇观。

算了,没自己什么事,还是赶紧去清扫图书馆吧。不过图书馆那么大面积打扫完得什么时候了,可能今晚无法去巡逻了。有点郁闷。

太阳半边脸已经跳下了海平线,余晖从走廊的窗户射进来,落在我的全身,觉得好暖。但这种感觉很快就消失了。就只是几分钟的工夫,太阳就完全抛弃我了,整个世界仿佛陷入了一片黑暗,本来不是很怕黑的我在这座百年图书馆里却显得十分萧瑟,谁知道有没有个把妖魔鬼怪是读书爱好者呢?谁都知道我天不怕地不怕小偷强盗都不怕,最怕妖怪了!

好死不死地突然刮起一阵寒风来,我吓得大叫了几声:“不要不要啊!”

叫到爽后,我才仔细去看,发现没什么事,才安下心来。这时,云朵把唯一的月光都遮住了，图书馆顿时黑得看不见任何东西，我一低头，连我的脚都看不见！

我马上去拉开关准备开灯，但是，神明啊，你是不是故意在作弄我呢？这个时候居然停电！一年三百六十五天，你为什么偏偏选在今天停电！怎么办？到底要怎么办好呢？

正这么想时，突然几声滴答滴答的脚步声传来，我全身的汗毛顿时都惊得竖了起来！

我睁大眼睛恐惧地注视着前面转角处那一束光亮，一边听着越来越近的脚步声，全身的细胞都被激活了，心跳到了嗓子眼：拜托拜托，千万不要是什么妖魔鬼怪啊，我不要这样被吃掉！我几天没洗澡了，我很臭的……

在我差点晕过去之前，一个穿着学校校服的人出现在我的眼前，借着他手上的手电筒我看见了，是那个秀气书生！上帝啊，谢谢你找一个人来陪我死……虽然有点对不起这位同学，但顾不得这么多了，我只知道我快要被吓死了！我三步并作两步地跑向他，冲进他的怀抱，鼻子一酸差点就要哭出来了。

“同、同学？”秀气书生轻轻地问，我没应。他继续说：“马老师叫我来看你的，你没事吧？”先说明一下，马老师就是那个狠毒地把我逼成这样的“地中海”老师。

“哦……谢谢你。”我才从他的胸脯中把头抽出来揉揉眼睛（一滴眼泪也没有）。

“你，可以走吗？”秀气书生犹疑地问了句，我点点头。

“那，跟我走吧，我带你离开这里。”

“嗯，好！谢谢你同学。”我高兴死了，原来我不用在这里被吓死了啊！可以回家的感觉原来这么美妙啊！我可爱的家！好高兴！

虽说他的任务是把我接出图书馆就好了，可是他还是陪着我一直走，一直走到了我家门口。我想他是担心我一个人在精神状态不好的情况下容易出事吧，嗯，这也算是一种侠客的风范呢。

他要走时，我叫住他：“不进去喝杯饮料吗？我还要谢谢你呢！”

我知道我的微笑从来没有任何人可以拒绝的，看，他虽有着勉为其难的样子，但还是乖乖地进屋了。

他坐在沙发上，手中握着饮料，转了几个圈后把它放到茶几上，没有大部分男生到女生家时的四处张望，反而很安静地坐在那儿。我怀疑，他会不会是从小被人打大的还是怎么的，怎么这么不善于与人交流呢？算了，反正那是别人的苦衷，我管不了那么多。

“你先坐坐，我一会就回来。”我对他说。然后径直拿了条毛巾走进浴室(废话，当然是洗澡咯！难道擦我冒汗的夹肢窝啊)。

不多久我就洗干净出来了，而且我没有穿正装，只是习惯性穿了件吊带睡衣。我每天都洗头发，今天也不例外，现在也用一条毛巾包着。我就这样去了客厅，我看见他瞪大了眼睛看我，但还是没有任何动作，坐姿还是那么端正啊。

“逗逗他。”突然心中升起这样的想法。我拿起他放在茶几上的饮料大口大口地往肚子里灌，之后再把它递给他：“你喝呀!”

他拼命地摇头，样子惶恐极了。我心里一乐，就坐在他旁边，看他都不抬头，便“帮忙”把他的头抬起来：“怎么了吗?”

然后又看到另一幅景象：他的脸红彤彤的，都可以与太阳媲美了。“哇，怎么？发烧吗?”

“没、没什么。我要走了。再见。”他站起身来，往玄关走去。

“等等，我送你吧。”我追着。

他斜视我脖子处：“我想还是不用了。再见。”

“对了，同学，还不知道你叫什么名字呢?”

“……江铭哲。”

“哦，铭哲，路上小心，明天见哦!”

“嗯……拜。”

啊哈，他到走，脸都是红红的，真是太卡哇伊（可爱）了！以后要常常跟他玩，一定好有趣!

3. 没办法，男生缘太好也是错

第二天因为有江铭哲的暗中帮忙，我很顺利地把图书馆给打扫完了，后来一直到毕业，我都不敢再靠近图书馆半步（留下后遗症了）。因为觉得它还是超恐怖!

倒是江铭哲变得特别奇怪，我回过头去问他一道题怎么做，他都不敢正眼看我一下，而且下课要找他玩，他也是用尽各种方法推脱。哎，真的很莫名其妙耶！人家好不容易对一个男生有了好感，干吗见到我就一副看到“丑女无敌”的样子，怎么说我也是学校数一数二的校花啊！这么不给面子！郁闷。

今天放学又找不到那个可恶的江铭哲，连他的影子都看不到，就知道他一定又溜票了。我只好一个人背着书包晃出学校，才刚到门口，就有几个小混混迎面走来，我听见打头的几个人中有人特别跩地对我说话："喂，同学，刚好你大爷我这几天手头紧，给点小钱花花？嗯？"

我瞥了一眼他们的校徽，是我们学校后面的崇允高中耶，我重新用眼光打量他们："谁是你们同学啊，我说呢，我们学校哪有这么堕落的学生？你们实在是太丢脸了。"

"你说什么？"打头的一个小子叫起来，看来就是一个鲁莽的家伙。没有那个酷小子一开始跟我说话那么镇静。

"小妮子，大爷我们只是想拿点钱去消遣消遣而已，你要知道我们在这一带可是地头蛇！到底拿不拿钱？要不拿钱，结果不好可是你自找的。"

还自称自己是地头蛇，这样的嚣张法我还真是头一次见到呢。不过用词方式的嚣张我也会："告诉你们，钱？本姑娘就算是丢给狗啃了、丢在河里喂鱼也不可能给你们的！"

"妮子，说话不要太嚣张，小心以后会碰刺的！"

"我这不叫嚣张，我这叫自信！"我胸有成竹地说道。算了吧，就他们这气势，给他们五个胆也不敢对我怎么样！

"你找打啊！"那个鲁莽小子又大吼大叫起来。

"你怎么知道？你终于变聪明了，我是找打……找被我打的人。"

他们终于忍无可忍，一步一步地逼上来，我脑子里立刻浮出一句名言：狗急了也会跳墙（这好像不是名言哦）！不过这倒是我希望的结果。眼看着他们越来越靠近，我就忍不住兴奋起来，最近被江铭哲气得够呛，就拿你们出气吧。

就在他们走到离我两米处的时候，突然有一个人影挡到我面前，对那群人说："几个大男人欺负一个女生，算什么好汉啊！"我定睛一看，原来是江铭哲啊，可他不是走了吗？难道是担心我才回来的？

"又来一个找死的，我们根本就不想当好汉！我们是流氓啊！你们要不然就乖乖地跪地求饶，大爷还可以放你们一条生路！"

我对江铭哲说："江铭哲你让开，你不会打架。"一想起那天早上他被人围堵的样子就觉得心有余悸，让他打架，不可能。

他回过头来回答我："不行，我绝不可能把你一个人丢下，让你一个人孤军奋战。"现在这个时候还说成语，看来书生就是书生啊！"可是你不会打架的，受伤了怎么办！"

“别傻了，我不会有事的。倒是你啊，小心点。”

被冷落在一旁的一群人莫名其妙地窝火：“喂，你们到底准备好没啊！打情骂俏回家去！”

其实随时都可以打情骂俏呢，我蛮享受这种感觉的。

开始打架时，我见识到了那群人的实力，虽然动作不娴熟，但是他们的每一拳都相当有力，我必须使出八成功力才能胜过他们。而江铭哲却厉害得不得了，每一个动作既有力量又不含一点杂风，三下五除二就把那几个混混包括那个鲁莽小子揍得鼻青脸肿的。

我简直不敢相信，那天早上的人和现在的人真的是同一个人？

眼看着他再打下去随时可能把这些家伙送进医院，侠女的身份绝不能允许这种事情发生！于是我停下来，正准备宣扬一下众生平等、饶人狗命的思想，没承想，让那酷小子偷袭了我，我低哼一声，捂着脑袋就倒下了。我发誓，我从来没有像现在这么糗过，然后我就沉沉地睡了。

4. 浪迹天涯好吧？反正我是要定你了

我朦朦胧胧地听见江铭哲的声音，他在骂谁啊？怎么听起来他很痛心的样子？我努力让自己的眼皮睁开一点，一条缝隙之中，我总算模糊地看见了雪白的天花板、雪白的墙壁、雪白的床还有穿得雪白的护士小姐。明白了，我这是在医院里啊，哈哈，我果然福大命大啊！我忍不住自我赞美起来。

“喂，那个丫头醒了！”那个酷小子首先发现我在傻笑，指着我大叫道。真是过分，本侠女不叫什么“那个丫头”啊！

江铭哲立刻跑过来坐在我床边，问我：“你好多了没有？”

“嗯，不过听见他叫我丫头我的头又晕晕的了。”我指了指酷小子，江铭哲恶狠狠地对他说：“最好管紧你的嘴，我不想再听见你的声音在这里出现。”

酷小子郁闷地闭上嘴巴。我看着他们，好奇怪地想，怎么刚刚气势汹汹的，现在又好听江铭哲的话？

我觉得好有趣，就问：“喂，江铭哲，为什么他们会在这里呀？”不是知道差点闹出人命就应该立刻亡命天涯的吗？这些混混也太不专业了，居然不知道混混剧本都是这么写的。

“哦，他们来给你道歉的啊！喂，还不快道歉？想死啊！”

他们面面相觑，最后齐刷刷地来一个90度大鞠躬：“对不起！”酷小子因为江铭哲不许他说话，他只对口型而已。

江铭哲这才满意了，随后问我："想不想吃苹果？"我点点头，他马上就动手削了。

"好了，我原谅你们了。"我对那几个混混说，还附带浅浅的微笑。他们一帮人立刻喜出望外。

江铭哲一边削苹果一边对我说："怎么这么容易就原谅了他们？他们可是害你进医院的罪魁祸首啊！"

"我是侠女，不该小肚鸡肠，况且，我已经好了。就让他们走啦，这么多人在我的床边，没有空气我可是会好晕的啊。"

江铭哲温柔地点头，随后相当野蛮地吼道："你们给我滚出去！"

房间里于是就只剩下我和江铭哲而已了，他把苹果削成一片一片的，喂给我吃。"我说江铭哲啊，你不是回家了吗？怎么突然又回来了？"

"我没有回家啊，我只是去了下马老师的办公室，回来就看不见你了。我还着急地找你呢！最后找到学校门口，就看见你被他们围堵的样子喽。"他又喂了片苹果给我。

"是这样啊，我还以为是你怕了我，逃走了呢！"

"没有的事儿！"江铭哲此刻在夕阳的辉映下显得特别帅，我看得入了迷。我敢肯定，我一定喜欢上江铭哲了！不过就是不知道他喜不喜欢我，从他每天躲着我这件事来看，他一定是讨厌我的。

"江铭哲，你说，你有没有一点点的喜欢我？一点点就好。"我用几乎是乞求的目光注视着他的脸。看得他的脸又"刷"地一下变得红扑扑的。好卡哇伊（可爱）呀。

"有。不是一点点，而是很多很多。从你跟我说话那天起，我就喜欢上你了。"

"啊？那你比我还早喜欢咯，我是那天你送我回家，然后坐在沙发上看我入迷，那时我才喜欢上你的。但是你喜欢我一定要比我还多！要多很多很多！"

"嗯，一定会的。"他笑着把最后一片苹果塞给我。

我一口咬住苹果，一边咀嚼，一边看向窗外的天空，已经有点灰蒙蒙的了，我说："江铭哲，不如你今晚睡这里陪我聊天好吗？我不喜欢一个人。"

他点点头说："嗯！"

夜幕降临的时候，我们两个什么话也没有说，我不知道该说些什么好，挣扎了很久，最后对他说："江铭哲，天黑了，黑的好黑哦……"

说完我就黑线了，这算是哪门子搭话嘛。

他握着我的手，什么都没有说。

都半夜了，他一定是睡着了吧。看着趴在窗前，鼻子对着我鼻子的江铭哲，我根本睡不着，于是我又轻声问："你睡着了吗？"

"没有。"他的鼻子动了动，抖落了一地月光，随后他睁开眼说："我闭着眼，结果闭着眼都能看见你。"

我看着他的眼睛，这话很矫情，不过我突然好感动，因为我确定他说的话是真心的。

我清楚地对他说："我们不如浪迹天涯去吧，我不想待在这儿，每一丝空气都吹得我好不舒服哦！"

"可是你的伤……"

"已经好啦！走吧，我们走吧，好不好吗？"我和他面对面眼对眼，连鼻尖都碰在一起，我们的呼吸打在对方脸上，觉得热腾腾的。

他说："好吧！"

我拉着他悄声逃出医院，外面的霓虹彩灯闪烁，我的心情很愉快。

我们牵着手，一步步往前走着，我看着江铭哲微笑的侧脸，心想，不管今后怎么样吧，就算是浪迹天涯我也要定你了！江铭哲，你永远也逃不掉，但是，我可以带着你逃走，到没有人的世界过我们的生活，过我们幸福快乐的生活。

我们会成功逃走吗？我拉着他的手，跑向了霓虹深处。

妞妞这名字有点土

■ 夏诗娴

在这个世界上，有两个女孩儿，她们总是想着彼此，想着怎样让对方活得开心，怎样执手到老。

在她们身上，有着不同的故事，有着不同的感动，也有着不为人知的秘密。

其实，没有人知道，她们本来都是很正常的女孩儿，但是……

在开学的那一天，她们被分在了同一个班，又幸运地做了同桌。

稚嫩的妞妞迈开小脚丫，跑到夏夏面前说："你好，你好漂亮啊。"

夏夏是从城里来的，因为父亲被分配到了这个小镇上工作，所以他们一家都搬到了这个小镇上。

夏夏在这个班上是最漂亮的女孩儿，每个女孩儿看了都自然而然地学会了嫉妒，而男孩儿们都只能眼馋。

面对着妞妞那双睁大的眼睛，夏夏产生了好奇，那双眼睛纯净透彻，不带杂质，与城市里的眼睛不同，大人连同小孩儿都总是会带着怀疑的眼神，还有鄙视。况且，这个女孩儿还夸自己漂亮，心里很高兴呢。

"谢谢你的夸奖，我叫夏夏，你呢?"

"我叫妞妞。"

两个小孩儿惬意地介绍着自己的名字。

"呵呵，妞妞，你这个名字咋这么土，哈哈，哈，笑死我了。"从那一刻起，夏夏就开始了开她的玩笑。

而她却什么也不说，因为在她们乡里，笑她名字的有很多人，大人们不会觉得自己很可爱，他们看到自己就会发笑。虽然总是被笑，但是妞妞也学会了怎样笑，不是大人们的猥琐的笑，而是充满真诚的笑。

在学校里面，妞妞也没有朋友，她是第一次这么主动地去认识一个女生，即使这个女生处处与自己格格不入。

夏夏因为从小习惯了城里的生活，所以有些大小姐的脾气，心情不好了，见着谁就乱发脾气。

夏夏如果遇上了烦心事，只有妞妞会陪伴在她的身边，因为在开学的那一天，她们发誓：我们要做最好的朋友。

也是从那一天开始，妞妞总是守护着夏夏，像是保护重要东西一样。

有一天，夏夏谈恋爱了，妞妞并没有伤心，虽然夏夏不会再像往常一样把大部分时间用来陪自己，但是只要夏夏开心，她就开心。她就是个傻瓜。

那一年，她们上初二，夏夏的男友每天来接夏夏放学，那个男生也很绅士，总是默默地陪着夏夏走过风风雨雨。即使是到了下雨天，那个男生也总是会准时地接夏夏放学。

但夏夏总是不能表现出真正的自己，在男友面前，她只会撒娇，用小女生的声音说话。

有一天，夏夏问那个男生："你喜欢我什么？"

男生并没有回答，对男生来说，他看到夏夏第一眼的时候，就喜欢上了夏夏，尽管他们还是初中生。

夏夏不服气，硬是要他说："你说不说，不说今天就不走了。"

"哎呀，你烦不烦啊。"男生喜欢安静的生活，对于夏夏的胡闹，他不能容忍，说了一句不该说的话。

夏夏傻了眼，平常都很温和的男友竟然说自己烦，夏夏撇下了男友，跑开了。

而那个男生此时却只是呆呆地愣在那儿不停地摇头。

夏夏跑到了经常去的小池塘，刚跑到那儿，她就停了下来。

"妞妞，你怎么也在这儿？"夏夏看见了妞妞，很惊讶，因为很久没有和她一起来这个池塘了。

"我一直在这儿啊。呵呵。"妞妞微笑着说。

夏夏哭红了眼。

夏夏走到妞妞的旁边坐下来，却还是止不住地哭泣，她伤心为什么男友会觉得自己烦。

"怎么了，夏夏？眼睛哭红了可就不漂亮了哦。"妞妞微笑着说。

"还不是我的那个男友，他竟然嫌我烦。他真是活腻了他。"夏夏埋怨地说。

"呵呵，没事啦，笑笑，嘿嘿。"妞妞总是那么开心，那种开心让夏夏觉得很讨厌，就像是在嘲笑自己。

"笑你个头，我这么伤心，你还笑。"夏夏气愤地说。

说完她就站起来，准备离开。

“夏夏，对不起。”妞妞道了歉，每每被夏夏这样骂的时候，都是妞妞在道歉，可是妞妞也不会觉得委屈，因为她们当初说好了要做朋友的，所以必须要学会保护另一方，这才是朋友。

“哼，假惺惺。”夏夏依旧是那个口气，没有半点的感动。

“啊。”妞妞愣在了那儿，妞妞不知道该说什么好，她只能给夏夏一个安静的空间，这是她唯一能做的。

说完夏夏就跑了，夏夏一个人在路上走着，过于专心地想着男友的柔情与对自己的腻烦，以至于不知道后面一直有个人跟着她。

夏夏拿出手机，拨打了男友的电话，她希望男友能够解释一下为什么要对自己凶。

电话打通了，那边传来一个女生的声音。

“喂，你是哪位?”女生调皮地说。

“你是哪位?”夏夏问，她觉得自己问了一个很蠢的问题。

“我是奥特曼。”夏夏觉得很可笑，奥特曼打小怪兽?

“你知道我是谁吗?”夏夏又觉得自己很蠢。

“我知道，是我男朋友的前女友。”夏夏心冷了，没想到他这么快就找到了女朋友，那自己算什么。

本来对这个世界充满了怀疑的夏夏此时更加心灰意懒了，她已经被这个世界欺骗了许多次，可是自己却还是一次又一次地去尝试信任它，可回报的却是一次又一次的失望。

当夏夏想得入神的时候，却没有注意到一辆货车开过来。

这个时候，一个声音把她拖回到了现实。

“夏夏，小心!”这是妞妞的声音。

险些被撞到的夏夏因为妞妞的一臂之力而幸存了下来，可是由于强大的冲击力，妞妞却飞了出去。妞妞用她的生命换回了夏夏的生命。

夏夏眼睁睁地看着这一切的发生，她本能地大叫着：“啊，妞妞，妞妞，妞妞……”一遍又一遍地重复，一遍又一遍地呼唤，一遍又一遍地回忆那个危险的画面，一遍又一遍地体味着妞妞的真意。

“救护车！救护车啊！”夏夏呼喊着旁人，希望旁人能给予帮助。

可是旁人没有一个拿出手机喊救护车的，夏夏对这个世界又失去了信心，她回过头来，一把鼻涕一把泪地看着妞妞，为什么你就那么傻呢?

突然妞妞的手动了一下，她抓住了夏夏的臂膀说：“夏夏，要开心哦，笑着的夏夏是最漂亮的了。”

愣着的夏夏不知道她为什么总是叫自己笑，为什么总是替自己着想，太多的为什么困扰着她。

“好了，你怎么这么笨，为什么要帮我挡？为什么啊？我应该死的呀，你凭什么替我死啊！凭什么！不行！你给我起来！你起来！我们回到被撞的那一秒，我一定不会让你被撞，你给我起来啊！”夏夏疯狂地晃着妞妞的身体。

妞妞笑了一下，就像一朵漂亮的格桑花，然后说：“傻瓜，因为我们是朋友啊，我如果不去罩你，谁还去罩你呢？呵呵。”妞妞咳嗽着，忍痛着说那些话。

而此刻的夏夏感到很惭愧，一直有着这样一个朋友，自己却不知道要去珍惜，还一直在伤害她，一直对她说着过分的话，一直不知道这个世界上只有她对自己是真的好。

幸运的是，还是有好心的人打了救护电话，救护车及时赶到，妞妞被带上了车，却不知道她会有这样的命运，是死是活，这一切，本来都应该是夏夏来承担的。

夏夏的心情很沉重，她跟着上了救护车，一到医院就赶紧一边推着病床，一边说：“妞妞，你要挺住啊。”

“妞妞，你给我醒过来呀。”

“妞妞，你醒过来我就不骂你了。”

“妞妞，你醒过来我就天天陪着你，陪你到老。”

“妞妞，我知道这些年是我对不起你，每次都是你说对不起，这次到我说对不起了，你要挺住啊。”

夏夏一路狂喊着，妞妞感应到了那些呐喊声，用小拇指勾住了夏夏的小拇指，那是个约定。

随后妞妞就被推进了抢救室。

留在走廊里，夏夏坐不住，不停地来回走动着，她希望妞妞不要出事，否则她一定不会原谅自己的。

夏夏一直在那儿祈祷着：“保佑妞妞不要出事，保佑妞妞不要出事……”

她希望神能够听见她的呼喊，也希望死神不要带走妞妞，她愿意用自己剩下的寿命来换妞妞的性命，只要死神不要带走妞妞，她就算是早死，也没有什么遗憾了。

在抢救室外面徘徊了好久，“噔”抢救室的门开了。夏夏直接冲过去，医生给了她一个微笑。

那个微笑是妞妞的招牌微笑，看到这个微笑，夏夏的心放下了。

妞妞的病床被推了出来，看着妞妞苍白的脸，夏夏第一次感受到了什么是心疼。

夏夏抚摸着那张略带童气的脸，苍白的妞妞强行挤出一丝微笑，那个微笑让夏夏心疼了。

妞妞缓缓地睁开眼睛，看了看外面的世界，很久都处在黑暗中，但是却能感受到一个声音一直在呼唤着自己，她知道，那个声音是夏夏的，是夏夏一直在呼唤着自己，这次，夏夏没有再骂自己、对自己凶了。

看见妞妞醒了，夏夏用双手紧紧拥抱着妞妞，紧紧地拥抱着，害怕她再次离开自己。

妞妞还是不停地微笑着，因为那是她唯一能做的。

夏夏放开了妞妞，说："妞妞，我很害怕你走了。"

"呵呵，傻瓜，我怎么会丢下你呢?"

"其实，其实我觉得很对不起你。"夏夏说这话的时候带点儿激动。

"呵呵，没事啦，我们是朋友，没有什么对不起对得起的啦。"妞妞还是来了个招牌微笑。

"我想说，谢谢你这些年一直容忍我，谢谢你一直对我微笑。"夏夏说了好久都没敢说的话。

"好啦好啦，我们是好姐妹嘛，以前的不开心的事都忘了吧。"妞妞大方地说。

"真的吗？你能原谅我吗?"夏夏询问着，她除了感动就还是感动。

"真的，我什么时候骗过你了。"妞妞微笑着说。

夏夏哭了，她感动地哭了，以前不相信任何人，现在，能有个这样的姐妹已经是自己最大的幸福了。

说完，夏夏就擦了擦眼泪，推着妞妞的床进了病房。

十年后，她们依旧都没有男友。其实，别人只是不明白，自从那场车祸后，她们就学会了珍惜彼此，比珍惜爱人还要珍惜彼此。她们的心里就只有一个信念，就是让彼此幸福，让彼此开心，还有，就是执手到老。

异世界的女孩，第一次就约到了

■ 除百曦

一

我带着残留的稚气，和所有的小学毕业生一样戴着红领巾，走进了初中校门。

我怀着喜悦的心情来到了一个新的环境。一切都是新的，新的老师，新的同学，新的你。

那时的我还没有注意到你，一切与你一起上演的美好的、尴尬的、悲伤的演出都还没有登台。

而演出总是会开始的，只是需要一些演出前的准备而已。

小学时当了三年班长的我以绝对的优势打败了我的对手，再度成为了新班级的班长。

作为班长，自然是任重而道远。自习课的纪律归我管，班会课由我组织。我就在这样的忙碌中认识了不少新同学。

然而，我怎么可能是一个真正意义上的好班长呢？

在帮同学逃课和带同学翻墙外出上网中循环，不知不觉就过了差不多一个月。

学校要求以班级为单位，制作一个以“庆祝国庆”为主题的板报。身为班长，自然是由我带队来完成这个任务。

晚自习时，我带着班团干部去图书馆制作板报。

刚到图书馆的门前，与我关系最好的吉吉情不自禁地叫道：“哇咔咔，学姐们都好漂亮啊！”

我重重地打了一下他的头：“你低调点会死啊！”

吉吉嘟着嘴说：“确实是很漂亮啊。”

我还是很生气地说：“那也要低调，低调你懂不懂？”

吉吉低着头，不再说话。我们走到一个空着的桌子前，放下所有的材料。我累得呼出了一口气，忽然感觉身上凉冰冰的，我才意识到自己出了一身的汗。出了一身的汗也就算了，最让我气愤的是图书馆居然不开空调。

我不顾形象地在众人面前道："连空调都不开，制作个鸟板报啊！走！我们去走廊聊天！"

我们站在走廊上吹着微凉的风，但是好无聊——其实是无所不聊。

聊着聊着，我不由自主地感叹道："唉，别的班级漂亮的妹子多得够组建一个师了，我们班一个漂亮的都没有。"

其他人都表示同意地应道："对啊，对啊。确实是一个都没有。"

吉吉不乐意了。他似乎有点打抱不平地说："谁说没有，坐在我前面的莫墨就是一个倾国倾城的女子。"

莫墨，这是我第一次听到你的名字。演出，是从此刻开始的。

二

作为班长，我在学校认识的人可以说是非常的多。从图书馆管理员的口中我得知，图书馆就是学生的天地，老师基本上不会涉足这个地方。

我听他们瞎聊着，眼睛却是看着天空。我看见一颗泛着淡淡的光的伴星在孜孜不倦地围绕着它的主星一圈一圈地转着。我忽然在想，如果有得选择，它未必会那样忠诚卑微地陪伴着它的主星吧。但这是它的宿命。

我遇到你也是一场宿命，我们谁都逃不掉。

当晚自习快要下课的时候，我们收拾好所有的东西回教室。我用了一个特别欠揍的方式认识你——莫墨。

我站在讲台上，清了清嗓子，装作十分淡然地说："谁是莫墨?"

你站了起来，静静地立在那里，一脸疑惑地看着我，却不做声。

此刻，我的脑子一直在想，我到底应该用一个怎样的词语来形容你呢?

长长的头发披肩，心形的衣领露出漂亮的锁骨，脸上没有任何的修饰物。

我忽然想到吉吉用倾国倾城来形容你，难道就是它了？不不不，这个词语不够优雅，不足以诠释你的花容月貌。

闭月羞花，沉鱼落雁。对，就是这八个字。什么西施啊，什么貂蝉啊，你们都消失吧，从传说中消失吧。这八个字不是用来形容你们的。

怎么说呢，她绝对不是这个世界的，绝对不是！她一定是来自异世界的公主，唯有如此才能诠释她的美貌。

"有事吗?"我用了这么久的时间去想这形容词，你终于开口说话了——

好好听的声音！

我坏笑着："嘿嘿，没事，你可以坐下了。"

我宁愿相信母猪会上树，也不愿相信你居然会爆出这样的一句话："去你妈的，没事你叫我起来干吗啊！"

——好萝莉啊，我更喜欢。

我依然坏笑："最多周末请你吃 KFC，算是道歉咯。"

哈哈，说完后连我自己都鄙视自己了，我只不过是换一种形式约你出来一起玩而已。

你却出乎我意料地指着我说："你说的。"

我应好后回到座位，心里各种暗喜。如果问我是什么时候开始喜欢你的，那么大概就是从这一刻开始的吧。

三

在一中这所烂学校，没有多少个人是真正想读书的，更谈不上将来要考怎样的大学。我们的父母不想我们过早地进入社会，陷入那些肮脏的人性的较量之中，只好把我们放在学校里，且不说能不能学到知识，只是先养大再说。

而本来就仇视中国的应试教育的我们常常会反感生活中的种种规则，破校规校纪、千篇一律的考试题目，它们束缚了我们开放的思想，它们是扼杀我们的创造力的元凶。

在这样的环境中，我们之所以还能在学校浑浑噩噩地混下去的原因是——我们还有周末和假期。只要我们感到实在无法再在学校这个鬼地方混下去了，我们就可以很天真地想：坚持下去吧，过两天就是周末了。

呃……貌似我跑题了，请原谅我这个从来都不听语文课的文盲，我只有这种水平。

言归正传，一个周末终于到来。

我要履行那个连我自己都觉得无聊的约定——请你吃 KFC，并约好了在江边的小亭上见面。

十九点零二分，就算是所有的女孩都爱迟到两分钟那也应该到了吧，我心里暗暗地抱怨着。

但抱怨是这个世界上最没出息的事，我再怎么抱怨，也望不见你的身影。

好在现在正是日薄西山的时候，暮色正好。那天边的火烧云啊，你为何会有如此激情去燃烧整个天空呢？在我这样想的下一刻，我又忽然明白，火烧云的激情来自太阳，太阳有几十亿年的燃烧时光。而我的激情，只有这个短暂的青春。

当我心血来潮地发出如此感叹的时候，你却很不适时地到了。

我不管三七二十一地大骂道："我靠，你掉地下道里了？这么迟才到，我等了你很久你知不知道？"

你只是淡然一笑，并不在意我的怒火，把脸贴在我的耳边轻轻地说："难道你不知道全天下的女人都喜欢迟到？"我叹服，最后还是虔诚卑微地说："女神啊，那你让我等得也太久了吧。"

你依然浅笑着："好啦，我们去吃 KFC 吧，晚了人就多了。"

我与你一起走进 KFC，你一口气点了两个汉堡、四块香辣鸡翅、五块美味鸡块、一份大薯条、一份鸡米花、两杯可乐。

我吃惊地看着你："这么多，我们吃得完吗？"

你装作一脸怪气地说："我们？什么我们？明明就是你请我吃的，你只有一杯可乐，其他的想都别想。"

——我几乎想当场晕倒。

你说一不二，还真是只让我喝可乐，其他的连碰都不给我碰。最后还是我的卑微求得你大发慈悲，把一块鸡翅放到我的嘴里，完了还笑嘻嘻地说："嘿嘿，好吃吧，还是我对你好吧，打算怎么感激我啊？"

我彻底无语，泪流满面地吃着比金子都贵重的鸡翅。

我吃完鸡翅刚想喝可乐，只见你随手就拿起一杯可乐喝了几口。

我一脸鄙视地看着你，又很尴尬地说："呃……那杯可乐是我的。"

你装作很想吐的样子，下一刻又像是无所谓地说："算了，喝都喝了，懒得吐了。"

此刻我在想，我该用一个怎样的词语来形容我们的关系呢？

朋友。

对，就是它了，现在是朋友，以后就不一定喽。

你再一次出乎我的意料地把你点的东西都吃完了，然后拿上你的包包起身就走，我紧跟在你的后面。

走出 KFC，我看到一城的月光，多么浪漫啊。

我感觉到我喜欢你，在这个浪漫的时刻，我多么想表白啊。但我一直留意到你看我的眼神中始终没有那种被称为爱情的光芒。如果我表白了，我们的关系就会变得很尴尬了。

所以，我希望我们能成为朋友，最好最好的朋友。我这样告诉自己。

四

乌烟瘴气的网吧里，许多人坐在电脑前，左手敲着键盘，右手移动着鼠标。

我也是其中之一。真实的世界有着各种各样的规则，只有在网络世界里是自己定规则，自己才是王者。在这样的环境中，我才能找到一丝丝满足。

当我还在游戏世界里厮杀的时候，你轻轻地打了一下我的头："哈哈，没想到你也会来网吧玩这种无聊的游戏啊。"我从虚拟世界中回到现实世界。我对你的话并不想做任何的反驳，我看着你，同时注意到你身边还站着一个人。

你看出了我的不解，连忙介绍说："这是我男朋友，他可是十四中的高材生喔。"

男朋友。

呵呵，真好，但我的心不知为什么竟会一阵阵地抽痛。

是因为我喜欢你吗？

为了不让你看出我的悲伤，我只好谄笑道："高材生有什么，打游戏有我厉害吗？"

你一脸自信地说："你不要被他虐爆了就好了，反正在十四中无论是学习成绩还是网络游戏都没人玩得过他咯。"

我心里暗骂：十四中，十四中，不就是全市升学率最高的一所初中吗？十四中的人都是书呆子，能有多厉害啊。

而站在你身边的那个我不知道应该称为什么的人却始终一言不发。是深藏不露的游戏高手吗？可是我打游戏也没输过啊，呵，我怕什么啊。

我跟那个人玩了几局，结果都是我输了，不是因为技不如人，而是因为心不在焉。

你跑到我身边，似乎有点自豪地说："我说了吧，你玩不过他的。"

你们走时，我望着你们的背影，我是应该用金童玉女、郎才女貌还是青梅竹马来形容你们呢？

最后发现其结果都一样——你身边的那个人不是我。

后来我才渐渐明白，这个世界上总会有那么两个人，他们永远都成不了情侣，就算她生命中的那个部分一直空缺着，为她补上的，也永远不会是他。因为他们都太了解彼此了，他们只能在一起瞎混，永远也成不了情侣。

五

虽然知道你有了男朋友，但现在可是全民娱乐的时代，老端着个脸的抑郁日子已经一去不复返了。

我还是像往常一样和吉吉在晚上翻墙外出上网。我从墙上轻而易举地跳下来，刚想感叹我玩跑酷的技术越来越好的时候，忽然发现一个人靠在围墙上哭泣。

我和吉吉走近一看——居然是你在悲泣。吉吉很吃惊地说：“莫墨，谁欺负你了？你怎么哭成这样了？”

你忽然笑了起来，又咬咬牙说：“没事，死不了。”

然后我们三个人开始沉默了，我也不知道该说什么才好。

最后还是你先开口，语气有点强求：“苗朗，能不能陪陪我？”

我看了看吉吉，他也很懂事地说：“苗朗，那你陪她，我自己玩。”

我问你为什么会哭成这样，你的眼泪又来了，抽泣着说：“我父母离婚了，而且祸不单行，男朋友也跟我分手了。”接着又擦干眼泪，“陪我去逛逛好吗？”

虽然你是轻描淡写地向我叙述了你哭泣的原因，但我能明白你此时的心情，特别是你笑着哭的样子，令人心痛。

我带你来到一个咖啡厅，这里营业到凌晨两点。

在咖啡厅里，你吃着甜点，随后又点了杯红酒。你喝了酒，然后又哭得像个小孩。我都不知道你是因为父母离婚了哭成这样的，还是因为那个男人。

我想，每个人的青春都要经历一次创伤吧，当我们看着伤口痛得撕心裂肺的时候，就会在不知不觉中收获一份成长。

六

周末，还是一个月夜，我约你去爬山，散散心。走在幽静的小路上，一路的景色宜人，万籁俱寂。没有刺耳的喧闹，没有车水马龙，远离了那个似乎永远也没有悲伤的城市。

风是如此柔和，如此轻软，把你长长的头发轻轻吹起。我不自然地牵起你的手，你很自然地躲开。我与你的身体被路灯照射着，地上映出两个影子，它们显得多么和谐，但它们不是情侣，它们只是最好最好的朋友。

走到一个石桌旁，你看着我有点强笑地说："我们去那边坐坐。"

我应，好。

我们坐在一条石凳上，你把头轻轻地靠在我的肩膀上，嘴角有点微微扬起地说："天长地久，一个一点都不华丽的词语，而它却是那么美好，那么的美好，美好到让人心醉。"

你说完这句话，却轻轻地开始哭了。我把你抱住，你的头贴在我的胸口，泪，还是一滴一滴地流。

我并没有去安慰你，是因为不懂安慰，也是因为不想安慰。我觉得你更需要的，是自己坚强地站起来。我能做的，只有陪着你。所以我把你抱紧，轻轻地说："不管怎样，你都还有我。"

你终于把眼泪擦干，在我面前挤出一个勉强的笑容："嗯，我还有你。"

虽然笑得那么勉强，但我还是以一个笑容对你说："你还是笑的时候最美。"

你却不满意了："我什么时候都很美，好吧。"

我笑而不语，心里有了一丝丝的愉悦之情。

七

你的心情慢慢变得好了起来，不再那样忧郁了，又喜欢和我瞎混在一起了。

还是周末，我在网吧打了一夜的游戏之后打电话叫你出来陪我吃早餐。

"你黑眼圈好重啊。"这是你见到我后说的第一句话。

我很无奈："没办法，像我这种晚上从不睡觉的夜猫子，迟早会变成熊猫。"

没想到你不但不同情我，反而一脸坏笑地说："嘿嘿，熊猫好啊，国宝喔，要是我没钱了就可以把你给卖了，你要记得帮我数钱喔。"

我用白眼鄙视了你好久之后埋头吃我的早餐。

吃完早餐之后我们从店里走出来，我突然被人狠狠地撞倒在地上。我用"你找死啊"的眼神看着他，一群青年突然围了上来。

我忽然明白了这是怎么回事——上周在网吧玩的时候跟一个人发生矛

盾。本来心情就不好的我动手打了那个人一巴掌。他也不是吃软饭的，要还手打我。但怎么说我也是从各种群架混过来的人，他怎么可能打得过我。之后他只好叫我在原地等着，我知道他去拉人来，而网吧里有这么多人认识我，我要是就这么走了那也太没面子了吧。于是我打电话叫了许多出生入死的兄弟过来助场。后来那小子迟迟都没有出现，可能是见架势太大不敢动手吧。现在终于来找我报仇了。

由于你在我身边，好吧，其实是……寡不敌众。

在他们动手之际，我对你叫道："快跑！"之后，我被狠狠地打了一拳。你好像被吓住了，依然留在原地。我还了刚才打我的那个人一脚，又冲你叫道："快跑啊！"

但你没有跑，之后你被那个人踢了一脚。

我狂叫着冲向那个人，把他撂倒在地上，并狠狠地还了一脚。然后拉着你一边跑一边打电话向兄弟求救。

可是，还没跑多远，那帮人就又追了上来。我能做的只是抱住你，什么都不管，任拳头一个个打在我身上。

等到那帮人走了以后，你哭着问我疼不疼，我说了一句让我终生难忘的话："不管什么时候，我都有你，不管什么时候，你也有我。我不会放手的。"

此时，温暖的阳光洒满一地。

八

不管是因为年少无知，还是因为不羁放肆。所有犯下的错误，都要付出代价。

纸是包不住火的。打架事件最终还是被学校领导查出，由于情节严重，再加上我平时翻墙外出上网，虽然从没被值日老师当场捉获，但学校领导已是心知肚明。所以我被学校领导劝告申请自愿退学。好在打架事件与你没有直接的关系，你只是被记大过后留校察看。

我父母从外地赶回来之后并没有说什么，可能是觉得说什么都没有用了，所以索性不说。更何况，三百六十行，行行出状元，读不读书都无所谓吧？

我将要跟随我的父母去外地打工了，临走时你来送我。

你一直都没有说话，眼泪静静地流淌。

我帮你擦干眼泪，笑着说："哭什么啊，又不是不回来了，只要你想我了，我立马就飞回来陪你。"

你还是不说话，眼泪依然在流。

火车即将开动了，我摸着你的头说："傻女人，你自己好好的啊。"

你像是一个无知的小孩，一直在点头。

在火车开动的那一瞬间，你忽然脱掉了洁白的衬衣，剩下一件单薄的背心。我看到你的锁骨之下，在心口处的那个地方，有着与我一模一样的刺青。

我轻轻地笑了，你真的是一个傻女人。你指着心口处的刺青，嘴巴在一张一闭中，从嘴形我知道你在说——苗朗，你永远住在我心里。而我，却永远也无法亲耳听到那一句话。

我坐在车厢里，看着站台上的你渐渐模糊，不是因为你离我越来越远，而是因为我的眼里多了一层叫做泪的东西。

我站在青春的最高点，感受着一份若有若无的感情。

我在最美好的年华遇到你，只为与你开始一场最令人回味的演出。

即使是沧海桑田，陆地变成了海洋又变回陆地，我也不会忘记你曾经说过，不管什么时候，我都有你。

即使是结婚生子，直到满头白发，佝偻着身子，我还会想起在我很年轻很年轻的时候，和一个很傻很傻的女人是最好最好的朋友。

即使是一切都变成了灰烬，我都相信，我们来世再次相遇的时候，慈祥的月老一定会记得牵线。

火车依然固执地向前，渐行渐远，窗外的风景宛如最美好的时光，一逝而过。我按住心口处的刺青，浅笑着轻轻说——莫墨，你永远住在我心里。

小小的梦君不知

■ 山姑梦一

一

记得小梦和君君是在网上认识的。那年他们都是花儿一般的年纪，青春是他们的资本，感觉怎么浪费都是可以的。

大学的校园永远是朝气蓬勃的，学子们孜孜不倦的同时也不会落下潮流。当时上网聊天玩游戏就是同学们课余打发时间的最好方式，学校后门一间间平房为此都变成了网吧，而且几乎每个时间段都是人满为患。网吧老板大都是使用办卡充值的手段来稳固固定网民的，为了一点小小的便宜，几乎每个人人手一卡，还可以随时打电话预约电脑，这样就不必为排队等待而烦恼了。

那一年作为新生的小梦，自然也学会了上网，而且还一下子就迷上了上网聊天。小梦倒不是频繁地去网吧，只是下课之后实在无聊时，才会去网吧找网友聊天。但是每个星期五晚上小梦必定和同一宿舍的小姐妹们去网吧通宵上网，那样可以节约很多钱。

因为通宵不是按小时来算钱的，而是以一晚为时间单位算钱的，要比平时上网划算多了。第二天早上吃过早餐后宿舍全体姐妹们关门集体睡觉，这样的生活小梦很满足。

上大学是小梦的梦想，大学的生活让小梦感觉很舒适。偏巧几个小姐妹性情相投，很是合得来，因此相处得也比较融洽。

又是一个周末，小梦想跟着舍友去通宵上网。刚上线就有人要加小梦为好友，自然小梦是通过验证了。这人就是君君，可能是有缘吧，没说几句话两人就聊得很开心，小梦隐身不再与别人聊天。

从聊天中小梦知道了，君君和她是同校，但他是另一个校区的。无形中两人的关系拉近了几分，因为小梦比君君大一岁，因此君君就一口一个姐的叫开了。出门在外的小梦听着很是亲切，就这样不知不觉到了天亮。

临下线时，君君依依不舍地要姐姐留下电话号码。小梦很爽快地就发过去了宿舍的电话号码，回宿舍后小梦兴奋地告诉好姐妹们，她认识了一个弟弟。其他人也讲述着自己的聊天事件，几个人熬了一晚上，吃过早餐后匆匆回宿舍集体补觉去了。

不知大家睡了多久，一阵电话铃声把沉睡着的几个小丫头惊醒了。一看表都下午五点了，哈哈，大家相互一看就笑了，够能睡的。

离电话最近的人接了电话，然后坏笑着对小梦说："小梦，有人找。"

"谁啊，吵死了。正睡得香呢！喂，哪位？"小梦揉了揉眼睛，慵懒地接过电话。

"小梦姐，我是君君。"电话那边传来陌生的声音，并且是充满磁性好听的声音。

"哦，是……是你呀！"小梦突然不知道说什么了，没想到他还真打电话过来了。

"姐，是不是吵你睡觉了？"君君好像有些不好意思，为自己的唐突。

"没关系，也该醒了。"小梦问一句答一句的，看着舍友们不怀好意的笑，小梦更加的尴尬了。

"我就是想姐肯定补觉了，别再睡过了，误了下午饭。所以……所以给姐打个电话提醒姐吃饭。"君君说的话让小梦有些感动。

听起来君君好像是个很腼腆很心细的男生，小梦猜测着。

之后的几天，君君老是打电话嘘寒问暖的，舍友们逗小梦是否打算开始一段网恋。小梦总是笑着摇头，恋爱对于她好遥远啊。小梦不打算在大学恋爱，觉得那是很不现实的事情，何必浪费时间呢？

一天下午，小梦她们几个正准备要去上课，君君又打来电话说，下午他只有一节课，上完了想去见见姐。小梦其实也很期待见到这个每日在电话里一直叫姐的弟弟，于是便答应了。

小梦告诉君君，她今天穿了件橘黄色毛衣。其实同宿舍一女孩也是穿着橘黄色毛衣，而且两人老是在一起。虽然不算是什么考验，但小梦就是莫名地想知道如此聊得来的弟弟是否和自己有默契。

下午最后一节是体育课，小梦猜想都这会儿了君君应该不会来了。因为两个校区之间坐公交车都需要半个小时的路程，因此也想网友本来就是在网上聊的，不一定非要见面的。

直到体育课结束，小梦回到宿舍正准备稍作休息，再去餐厅吃饭。电话铃声突然响起，有人接通后叫小梦，说她弟来了，小梦半信半疑地接过电话。

果然，君君说他就在小梦宿舍楼下。小梦扔下电话跑出去一看，的确有个男孩子站在公用电话亭下。直觉告诉她，这个男孩子百分之百就是君君。

两人一见如故，有种久违的熟悉感，君君看到小梦走过来就直接开口叫姐了，差点雷到小梦，小梦问："你是君君?"

"是的，姐。"君君个子不高，但却是个看起来让人觉得很舒服的男生。

小梦很开心看到君君，便带君君回宿舍，君君看到一帮女生，脸刷地就红了。小梦很有姐的风范，不让别人紧追不舍得地问君君各种各样的问题，看到君君有些窘迫的样子，小梦忍不住维护君君。

随后，君君便跟着小梦和同宿舍女生一起去餐厅吃饭。

后来，君君便会在每个周末来看小梦姐。时间长了即便是小梦不在，君君也会和别人聊天等姐回来，值得一说的是君君和小梦竟然是同姓。班上同学见多了，还以为是亲姐弟呢!

就这样一个学期结束后，君君过来和小梦告别。要回家过年了，君君有些不舍得离开小梦。小梦留给君君家里的电话，但是君君整整一个假期都没有打给小梦，包括春节也没有打电话问候。

不知为什么，小梦竟然觉得有些失望。但是小梦很快就释怀了，毕竟是长途嘛，而且一个月的假期很快就会结束的。

二

热闹的春节一过，开学的日子一天天临近，小梦开始有些期待返校的日子。

然而，开学后第一个星期君君依旧来看小梦时，小梦明显感到了君君的变化。君君看小梦的眼神多了些成分，姐叫的不是很勤快了，开朗的小梦不以为然。

一切都在循环往复，大学的校园依旧谱写着一曲曲青春的恋歌。四月的一天，小梦突然不知道该如何面对那个天天叫姐的弟弟了。

小梦再次回到校园，君君照旧每个星期来小梦所在的校区玩耍。有时，小梦和舍友们出去逛街，君君都会一个人留在小梦宿舍看电视。

时间久了，有人感觉到君君对小梦好像不只是姐弟之情，还有别的情感掺杂其间。晚上闲聊时，一姐妹对小梦说起君君的事，小梦坚决摇头，说不可能，他们只是普通网友，也仅限于姐弟之情。

一时间话题聊开了，众人一致认为君君已经喜欢上了小梦，而且是男女间的那种喜欢。再说了，网友又怎么会有真正的姐弟情呢？小梦被姐妹们说的一时语塞，脑海中闪过君君的一句句话、一个个表情，渐渐地小梦不再坚决否认了。

小梦对大家说，她不会和君君有事的。其实，小梦是个很保守的女孩子，她已经单纯地认为君君就是弟弟了，怎么可能发展成为恋人？小梦接受不了这样的身份变化，虽然她也比较喜欢君君，但不是男女生之间的那种喜欢。

这样的话题在小梦宿舍议论了几个晚上，小梦冥顽不灵地认为君君也不是她们说的那样。

周末，君君再次来到小梦学校，告诉小梦下个星期他要过生日了。希望小梦能去他们学校玩，并参加他的生日聚会。小梦随意地点头答应了，看着君君开心的表情，小梦心里有些犹豫了。结果到了君君生日那天，小梦因有事而没有去君君的生日聚会，只是打了个电话祝君君生日快乐，说了很多抱歉的话。

小梦是个开朗的女孩子，以为这件事就这么过去了，继续忙活自己的事情。

晚上，别人接起君君的电话后，就听到君君语气有点不似以往，因为大家都熟悉了，也有的时候接电话的人会和君君聊会儿。

因为知道今天是君君的生日，于是接起电话的舍友首先祝君君生日快乐。两人也就聊了起来，渐渐地其他人包括小梦在内感觉到，两人在电话里聊的内容有些蹊跷。

接电话的人言语中听得出完全是顾左右而言他，小梦和其他人听着听着也就听出了点意思。很显然君君是因为小梦没有去参加生日聚会而不悦，舍友却在帮小梦为君君解释没有去的原因。

过了一会儿，也不知道是什么情况，舍友无奈地将电话递给小梦，同时悄声说了句："你的麻烦事来了。"

"君君，怎么了？"小梦不解地接过电话，关心地问道。

"姐，今天下午怎么不来呢？我真的特希望看到你的，姐！"君君语气中透着无尽的失望与哀伤。

"君君，姐真的是有事。很抱歉啊！"小梦也觉得有些过意不去。

"姐，姐，你真的就只当我是弟弟吗？"君君突然问道。

"是啊，我真当你是弟弟啊！"小梦认真地说道。

"你对你亲弟就是这样吗？"君君今天不知怎么了，一直逼问小梦。

“是的，就是这样。”小梦有些不知所措，预感到君君真正的意思了。

“姐，我不相信，我不相信你对你亲弟就是这样。”君君可能喝酒了，说话和平时不太一样。

“不早了，你早点睡吧！”小梦不想在电话里和君君纠缠这个问题，说完就赶紧挂断了电话。

没等小梦回到床上，电话再次响起，小梦看了看舍友们盯着她看得眼神，犹豫着要不要接电话。

看到舍友们鼓励的眼神，小梦只好接通了电话。

“君君，有什么话咱们见面再说好吗？今晚先睡觉吧！”小梦接通电话不给君君说话的机会。

“不，姐，我不瞌睡。我只想知道你是怎么想的？”君君不依不饶地纠缠着刚才的话题。

“君君，姐什么都没想。你既然叫姐，还有什么想法。我们就是最亲的姐弟。”小梦说这话时，连她自己都有些不肯定。

“可是，姐，我……”君君欲言又止。

“这个周末，姐请你吃饭，给你补上一个生日，好不好？现在姐困了，明早还要上课呢。晚安！”小梦一狠心挂了电话，将电话线也拔了。

“小梦，你该不会真的不明白君君的意思吧？”对头的好友丽丽爬起来问道。

“是啊，谁都看得出来，君君是喜欢上你了。不然，怎么会每个星期风雨无阻地大老远跑来看你，而且从来都是对你说一不二的。”

“就是，君君性格又好，是个不错的男朋友人选哦！”

大家都不睡觉了，你一言我一语地帮君君说好话。

“你们的意思我明白，君君要说什么我也知道，只是我是他姐。君君整日不停地叫我姐，我怎么能和弟弟谈恋爱呢？不不不，我可接受不了。”小梦说的是实话，她怕的就是君君有了别的想法。

“那又怎么样？你又不是他亲姐，只不过是网友而已。现在网恋的又不是你一个，你有什么不能接受的。”娜娜也附和道。

“我不是不能接受网恋，是不能接受和一个口口声声叫我姐的弟弟谈恋爱。”小梦郁闷地说了句。

这回没人说话了，因为她们看得出小梦对君君确实像个大姐姐。而且像小梦这么保守的人还真难接受这样的转变的，她们是了解小梦的。

小梦这一夜没怎么睡好，她承认她是喜欢君君的，如果当初君君没有叫她姐的话，她或许会真的喜欢上君君，和他好好谈一场恋爱。可是现在没有了如果，她就只能是君君的姐姐。

接下来的几天，君君再也没有给小梦打过电话，小梦以为他们之间就这么结束了。

小梦心想，也好，这样发展下去，她还真的不知该如何处理这种朦朦胧胧的感情了。

然而，周末小梦和朋友逛街回来之后，君君已经在楼下等着了。其他人识趣地闪人，只留下小梦一个人。

“来了？怎么也不提前打个电话，等久了吧？”小梦笑了笑。

“哦，没有。我也是刚来。”君君本来就话少，现在更少了，只是看小梦的眼神比以前多了一份复杂的情感。

君君是个腼腆的男生，他一直不敢捅破隔在他和小梦之间的那层纸，生怕会因此失去这个疼爱他的姐姐。

可是，心里压抑不住的情感却与日俱增，小梦婉转地拒绝，君君不是不知道。但是面对小梦时，君君远没了电话里的勇气。

他好想对小梦说：“我不要你做我姐，我要你做我的女朋友。”但这几句话最终没有说出，只是静静地看着这个让他欢喜让他忧的“姐姐”。

小梦被君君看得不好意思了，便笑着拉了一下他，道：“别看了，我还是你姐啊！哈哈……”

“嗯，你就是我永远的姐姐。”君君说这话时有点失落，却很快就将这种失落的感觉深深地埋藏在心底。

随后，小梦为君君补了一顿生日晚餐，也就是请君君吃了一碗拉面。君君很开心，因为他能感觉得到小梦对他的情感，只是不愿承认而已。

在这顿晚餐以后，两人的关系渐渐地有了点微妙的变化。异样的情感在他们之间不知不觉地升起，只是两人很默契地心照不宣，谁也不愿意将这件事明朗化。

小梦明白“两人若是长久时，又岂在朝朝暮暮”。何况大学的爱情往往都会早早地夭折，与其日后伤心痛苦，不如今日尽享欢乐。

有些喜欢的人不一定非是爱人，有些话不一定非要说出口，有些事则是不言而喻的，相信“心有灵犀一点通”。

当我们真正喜欢一个人的时候，大多数时候并不是用语言来表示的。更多的是无形的动作，及更多无声的眼神，心灵的交汇在这个时候往往要比一两句简简单单的语言来得更加明白透彻。

起码小梦是这么理解的，与君君的相遇相识其实无形中已经在小梦的心中燃起点点爱火，懵懂的情愫让小梦开始期望有一场美好的爱情。只是君君的一声“姐姐”，让小梦压下了心中所有的期待。

三

暑假过得很快，小梦有几次都忍不住想给君君打个电话问候一下，但最终犹豫再三，没有拨通记得滚瓜烂熟的电话号码。

当灿烂的秋季来临，大二的学习生活开始之时，校园里兴起的宿舍联谊改变了小梦今后的人生。

开学第一天，就有电话打到小梦宿舍说要联谊，是小梦班上一男生将她们的电话号码告诉那边的。

于是，十几个年轻人在一起见面了，学校公园里玩了一会儿后，男生们说要请女生们吃饭。最后自然是玩得开心，吃得也开心，有好几人都是老乡，无形中关系就拉近了很多。

让小梦没有想到的是，她与君君的无缘就是今日决定了的。晚上大家正意犹未尽地议论白天的活动时，那边联谊宿舍的电话打了过来，一个接一个地打电话，这边一个接一个地聊天。

只有小梦不太感兴趣地在水房洗衣服，一个小时后小梦洗完衣服回去，大家还在打电话。小梦对大家笑了笑，觉得很无聊。

到最后，那边说让没有接电话的人接电话。这边见小梦连连摆手，便答都接过了，那边清楚地点名要小梦接电话。开朗爽快的小梦奇怪竟有人能听出她没有接电话，便接过了电话。这一接不要紧，以后的发展便完全出乎了小梦的意料之外。

第二天，君君知道联谊这件事之后，直接告诉小梦，所谓的联谊不过是找男女朋友的幌子而已。小梦不以为然，君君却表现得有些不乐意，两人第一次有了不同意见，但这没有影响小梦对君君的情感。

君君对小梦宿舍的联谊持反对态度，不止一次说这是很无聊的事。小梦也觉得无聊，但并不在意君君的态度。

然而，一个男生却开始猛追小梦，让小梦措手不及。尽管小梦很明确地拒绝了他，但对方并没有丝毫退缩的意思。

这让小梦很头疼，君君对此倒没有表现出什么明显的态度。仍是一如既往地继续围绕在小梦的身边，即使那个男生和他碰面，君君也是以小梦弟弟的身份相处。君君并不觉得这男生有什么威胁，看得出小梦并不喜欢他，为此大家就这么相处着。

大二那年小梦生日，大家为她举办生日聚会。那个追求小梦的男生精心策划了很多有意思的活动，让大家很开心。晚饭后，君君拿出了送给小梦的生日礼物，一只假雄鹰。

这只雄鹰做得很逼真，特别是那双眼睛，真的有些吓人。还有那双爪子，小梦一看到这份特殊的生日礼物，吓得都不敢碰。虽然表面上没说什么，心里还是一阵惊颤。

后来，因为小梦一直都不敢摸这只鹰一下，就送人了。就在送人的那刻，小梦又有些不忍了，毕竟这是君君留给她的唯一纪念。但她实在是没勇气把它留在身边，只好壮着胆子颤抖着双手，忍住心底的那份恐惧，伸手摸了摸，一狠心就给人了。

当然，那个时候君君已经不在小梦的生活圈了。因为那个男生对小梦疯狂的追求，最后感动了小梦，就在两人越走越近时，君君无声地远离了小梦。

没多久，小梦和那个男生开始了不算恋爱的交往，在学校遇到君君时，看到的是君君疏远的眼神。小梦心里有了无形的愧疚，再后来，小梦看到君君经常和一个美术系的女孩子出双入对。

小梦说不出那是一种什么样的心情，不敢直接面对君君和那个女孩，每次看到，小梦都会不自觉地躲开。

曾经在一起时的快乐，成了小梦永远的美好回忆。不知为什么，小梦突然很想谈恋爱，于是一场爱情就在君君离开后，悄悄地拉开了序幕。

最后，小梦的大学生活就在初恋中一直到毕业。当然，校园式的爱情终究是无果的，毕业后的小梦自然是与男友各奔东西。

一切都是在那个花季的年龄，为以后的生活留下了一个个美好的回忆。

站住，坏蛋，不要跑

■ 盈沙子落伤

寒冬是不会令人温暖的，它给人带来阵阵寒意。

1. 槐树下的承诺

孟军这个从小在孤儿院生活的男孩，没有得到过母爱的孩子，显得那么孤独，清澈的眸子也是那么的冰冷。直到何玲的到来，何玲是个大大咧咧的小女孩，她不畏惧孟军那冰冷的神情，她愿意和他成为朋友，两人常在一起嬉笑打闹。他和她拥有许多共同语言，也只有在何玲面前，孟军才可以释放自己。孟军曾拉着何玲到一棵碧绿的槐树下。

他伸出小手，拿起小刀在槐树上刻下“孟军会娶何玲”，笑着对何玲说：“记住，长大了我会娶你。”

女孩微笑地点了点头，似有些羞涩。

他们一起在槐树下奔跑、嬉闹。可这美好的日子持续不长，几个月后，何玲被姓王的商人领养了，孟军也跟一个姓冯的律师走了。

临走时，何玲哭红了眼睛，拉着孟军的手说：“你别忘了……呜呜呜……等我长大了……呜呜呜……你要娶我。”

“嗯，我一定会的！”男孩紧紧地抱住女孩，二人不住地哭泣。

就这样，两人跟着自己的“爸妈”依依不舍地离开了这个生活已久的孤儿院。

那年，男孩6岁，女孩5岁。

2. 冷血动物

一晃十年过去了，孟军从一个不爱说话、冷漠的小男孩变身成了令万千少女青睐的白马王子，深邃细长的眼眸透着一丝忧郁。

孟军经常收到各种各样的情书，他却将女孩们的心意随着他的愁闷一起扔进了垃圾桶。那个心仪的女孩不知何时能出现在他的面前。已经好几年没联系了，是不是早就忘了彼此呢?

“喂，你小子真不赖，又有女孩给你写情书了。”陶明拖着他肥胖的身子“艰难”地移到孟军面前。

“关你什么事，反正我不要，你拿的你就收着吧!”孟军不自在地白了一眼他手上那张透着浓郁玫瑰香味的粉色卡片。

陶明看着他一脸不屑的样子，气不打一处来。他猛地将卡片拍在桌子上，冷哼一声，气愤地回到自己的座位上。

班上的同学们都在说孟军是一个不近人情的冷血动物。这件事很快传遍了整个学校，一时间他成了同学们课间饭后谈论的焦点。

3. 王晓玲

正值中考之际，班里的学习气氛格外紧张。但唯独教室后门那里吵闹不堪。一个皮肤黝黑、相貌一般但眼睛还算又大又亮的女孩，正跷起二郎腿，嗑着瓜子，与一帮花痴们谈论着什么。

“听说高中有个帅哥，我要是能认识他就好了。”

“就你，算了吧，美女他都不屑一看，就你这个模样还是别去祸害人家了吧。”坐在一旁的女孩嘲笑道。

“谁说的，以前还有个男孩说要娶我呢。”王晓玲愤愤道。

“哪次你不是这么说的，没人要就没人要，竟瞎说。那我问你，那个男孩叫什么?怎么没见你们在一起啊?”女孩白了她一眼。

“他叫孟军，他说过会娶我的!”王晓玲忍住了泪水。其实她也不知道孟军在哪儿。

4. 何玲

放学后，孟军径自走进一家超市，家里的零食快没了，不爱做饭的他，只好去超市买点方便面。在排队付账时，和莽撞的王晓玲来了个碰撞。

“哎呀，你没长眼睛吗?疼死我了。”王晓玲紧皱着眉，抬头对上孟军那双忧郁且漂亮的眸子。

在她抬头的一刹那，孟军呆住了，这个女孩酷似当年的何玲。尤其是那双水灵灵的大眼睛。

“难道他就是那个传说中的冷王子，冯孟军？本人果然比照片还要帅。”王晓玲在众目睽睽之下竟犯起了花痴。

孟军看着她那傻嫩的样子，嘴角扬起一丝不经意的微笑。他故意将头低下凑到王晓玲的耳边，吐着热气，一股触电般的感觉袭遍全身，王晓玲的心怦怦地跳个不停。

“麻烦让一下，你挡着我排队了。”声音温柔的让人抵挡不住。

“啊，那个……对不起。”王晓玲这才回过神，捂着通红的脸，一把推开孟军，逃也似的跑开。

“这女孩，呵呵，我倒要看看，你还记不记得我。”孟军望着王晓玲跑去的背影，心想：这个女孩真的是何玲吗？

5. 冯孟军是找我报仇吗

王晓玲添油加醋地将超市里的一幕和几个女孩说了一遍。

“哇，美丽的邂逅，好棒哦！”女孩们一脸羡慕地看着王晓玲。

“我就说咱们小玲这么漂亮怎么会没人要呢？对了，那个帅哥是不是冯孟军？”

“当然是，不过他很热情，一点都不冷。”几个女孩有说有笑着。

突然教室门口站着一个身穿白色T恤、黑色牛仔裤的帅气男孩，慵懒地倚在门框旁，乌黑的齐耳短发，给他增添了一缕文雅气息。教室门口站的人不正是和她邂逅的冯孟军吗？他怎么会来这？正当王晓玲满心困惑时，脑袋被人猛敲了一下：“干吗啊，很痛诶。”

“冯大帅哥找你！”

“哦。”

完了，他难道听到我跟别人说的话了，是找我报仇？就在王晓玲磨蹭着快要走近他时，手腕一紧，被他强拉着朝校门走去。

“喂，你要带我去哪，你弄疼我了，快放手啊。”无论她怎么叫疼，孟军都当没听见，疯了似的拉着她向前跑着。

6. 当年的承诺

很快他们就来到了一家孤儿院。

孟军回头看见王晓玲正擦着泪，他以为是自己力度过大，弄疼她了。

“那个，我不是故意的。”

“没，不怪你，是我触景生情。”

“触景生情？”孟军疑惑地看向王晓玲。

“嗯，我叫王晓玲，我的爸爸是一个商人，从小他就很疼我，可他却不是我的亲爸爸。我是这家孤儿院的孩子，在这生活了五年。我的皮肤黑，人也不漂亮，我想我去非洲就算回国了吧。”王晓玲自嘲道。

“不，你不黑。”

“得了，你就别安慰我了。曾经有一个和我一起长大的男孩，他说过长大了他会娶我，那时的我们好小，好幼稚，也许他早已不记得当年的承诺了吧。”说完王晓玲扭头将视线转移到一棵槐树下。那棵槐树依旧是那么的碧绿。

“不，他没有忘，一直以来他都在找她，可惜他怎么也找不到。”孟军深邃的眼眸里闪过一丝内疚。

“喂，你又不是他你怎么会知道。”王晓玲白了他一眼。

“不，我知道。”

咦，他怎么那么激动，好奇怪。王晓玲不再理他，转身欲走，胳膊一紧，一个踉跄让她扑倒在男孩怀里。

“我是孟军，何玲，我叫孟军。”这话听着好纠结哦！说完将女孩拉到那棵大槐树下：“看！”他伸手指了指，树上的字还依稀可见：“孟军会娶何玲”。

7. 这些年我好想你

王晓玲看了看孟军，抑制不住内心的喜悦，激动地扑进孟军怀里：“真的是你？知道吗？这些年我好想你。”

泪水再次落下，孟军心疼地为她擦拭脸上的泪珠：“我也是，我无时无刻不在想你。刚开始在超市遇见你，我就感觉你很像当年的小女孩何玲，但我也不能确定是不是你，所以我索性赌一把，把你带到这里看看你的反应，结果你竟然会哭，呵呵，通常女孩来这无非就是带点同情心或是好奇心。所以我观察了一下你的神情，发现你看着那棵槐树，似有所恋的样子，我才确定了你的身份，你放心，这次我不会再让你离开我了。”

说完孟军将何玲搂得更紧了。

8. 你是我的初恋

两人一起坐在槐树之下。孟军深情地看着王晓玲："不管你变成什么样，我都喜欢，你永远都是我孟军的妻子，我爱你。"

孟军低头想亲吻怀里的可人，王晓玲抬手使劲将他推开，站起身来："你少在那煽情了，我不吃你那套。"然后转身跑开。

孟军在后面紧追着："喂，你知道吗？你是我的初恋！"

"当然知道了！"王晓玲停下脚步，转过身冲孟军笑道。

"啊，什么时候？"孟军大吃一惊，"站住，你个小坏蛋，别跑。"

二人在开满槐花的槐树下追逐、打闹，仿佛再次回到了十年前。笑声充斥了整个云霄，而那棵槐树就是他们爱情的见证。

盛夏知悉

幸福的抛物线怎么求解

■ 星枫月影

一

我叫阮天悯，现在读高二。

我从小在育幼院里长大。院长告诉我，我的爸妈还没有死，只是不知道当年他们为什么要把我放在育幼院里。还有，院长告诉我，我妈妈叫蓝天雪。除了这些，我对他们一点印象也没有。

“天悯。”正在叫我的是我唯一的好朋友葛顽艳。

“今晚来我家吃饭吧。”她把手搭在我肩膀上。

“为什么?”我望着她。

“你一个人吃饭，一个人住，不觉得无聊吗?”

我摇摇头，或许是习惯了自己一个人吧。

“不管怎样，你一定要来，知道吗?”她无时无刻不在关心我。我觉得是上天在补偿我，让我拥有顽艳这个好朋友。

我和顽艳开心地回到班上，可是刚到门口，就有人挡住我们的去路。那人一手插在裤袋里，一手按在门框上。他就是韩若晨。他是学校里的小霸王，学校里谁都怕他。

“让开!”顽艳大声地说。

“不让。”他摆着一副“你能拿我怎样”的脸孔。

顽艳二话不说，把他的手推开，径直地走进去。我正准备走进去，他又把手按在门框上，挡住我进去。

我没有顽艳那么勇敢，只能在门口傻傻地站着。

“喂，你长得挺可爱的。”

我望着他，长长的睫毛，笔挺的鼻子，漆黑的眼睛，上天给了他一副精致的脸孔。我看着似乎有点着迷。

“少给我打什么歪主意!”顽艳把他的手推开，把我拉了进去。

我回过头，他在微笑，我心里好像有种麻麻的感觉。

“天悯，对他那种人不用客气，知道吗?”顽艳语重心长地对我说。

“嗯。”我只是随便地应一声，因为我知道自己没有那个胆量。

放学后顽艳因为要去买东西，所以让我一个人先去她家。

突然，有几个人像玩杂技一样把我围住。前面两个人移了一步，有个人走了进来，居然是韩若晨!

“你们想干吗?”我后退了几步。

“捉住她!”韩若晨命令他旁边的两个人抓住我的手。

“你们想带我去哪?”我拼命地挣扎，但还是没有用，我每挣扎一次，他们就抓紧一次。

“哼，你很快就知道了。”他的笑声让我感到非常不安。

“谁来救救我啊?各位同学你们不能见死不救啊!”

我哭喊着，可看着他们一张张非常抱歉的脸，就知道他们不敢惹韩若晨。

顽艳，你快来救我啊!

二

他们把我捉到了学校的天台。这是学校里最阴森的地方，平时都很少人上去的。可以说一到晚上，那是没有人敢去的。

“阮天悯，你也知道这里的故事吧，从前，有位同学在这里自杀，从此以后，这里每天晚上就会传出一阵阵哀鸣。”

“啊!不要说了，不要说了。”我拼命地捂住耳朵。

“你就留在这里好好享受吧。”他用食指和中指捏住我的下巴。我害怕得落下了眼泪。

他仍头也不回地走出天台。他们把门锁上了，只剩下我一个人在角落里。

这时手机响了，是顽艳，我赶紧按了接听键。

“顽艳!”我哭了起来，“我现在在学校天台，你快来救我啊!这里很黑，我很害怕。”

“好，你不要急，我现在就来救你。”

不一会儿，我听到了脚步声。是顽艳吗?应该是她，除了她没人知道我在这里。

那人走到我身边，我想都没想就抱住了他。

“顽艳，我真的很害怕。”

他没有说话，轻轻地拍着我的背。让我感到很温暖，很安心。等我哭完抬头一看，不是顽艳！是另一个人！

我吓得后退了几步。我睁大眼睛，仔细地看，才发现居然是纪晨星，学校的一位传奇人物。他不仅长得帅。而且还很聪明，并且家里又有钱，心地又好，是很多女生心中的白马王子。

“你怎么会在这里?”

“那你怎么会在这里?”连说话的语气都那么温柔。

“我……”

韩若晨却在此时突然出现：“是我把她留在这里的。”

“你怎么可以让一个女孩子留在这里。”纪晨星的语气好像有点生气。

“怎么不可以，我是她的男朋友。”他把手搭在我肩膀上，“而你为什么在这里？刚刚我还看见你们抱在一起，难道你也对她有兴趣?”说完，他把我推到纪晨星的怀里。

我的心震了一下。

“你怎么可以这样?”

顿时，整个天台充满了火药味。就在这千钧一发的时候，顽艳来了，她把我“抢”了过来，然后分别给了韩若晨和纪晨星各一巴掌。

就这样，顽艳头也不回地把我带走，剩下韩若晨和纪晨星在天台上。

我有点担心地说：“他们不会发生什么事吧?”

顽艳说：“两个大男人能有什么事情发生。”

不好的事接二连三地发生在我身上。

第二天我刚走进校门，就看到韩若晨站在我面前，我就知道凭昨晚顽艳那巴掌，他是不会放过我的。

“你们又想干吗?”

“你说呢？你是葛顽艳的好朋友，你有难，她一定会来救你的。”

“你想怎样?”

“到时候你就知道啦，把她给我绑起来!”

他们把我悬空吊在体育馆里。等待着顽艳的到来。

“你们又想干吗?”

是顽艳的声音，我慢慢地睁开眼睛。

“你没看到吗？我告诉你，你不想你这位朋友被我们玩死的话，你就别跟我作对。”韩若晨的声音又在我耳边响起。

“顽艳，对不起……”我的眼泪不停地流下来，顽艳真的对不起，是我搞成这样子的。

“好，我答应你，以后我见到你就绕路走。”

“早这样我就不用搞这么多事情了嘛。”

韩若晨心满意足地离开了，望着他远去的背影，我竟然有种心痛的感觉，是幻觉吗？

三

韩若晨真的没有再找我和顽艳的麻烦，但是，我的心中有一种莫名的空虚。

“天悯，你在想什么？”纪晨星突然出现在我们班里，拍了拍我的肩膀。

“哦，没想什么。”我回过头，“你找我有事吗？”

“我……”

“有什么事你就说吧。”

“你喜欢韩若晨吗？”

“什么？”喜欢他？应该不可能吧？我的心怎么突然跳得这么快？一定是吓到了，我不可能喜欢韩若晨的，不可能。

“你怎么突然这样问？”望着眼前这个人，我真的搞不懂他心里面究竟在想什么。

“我会让你明白的，到天台吧。”纪晨星的这句话让我觉得他知道我心里在想什么。

我走上天台，这里好像一个人也没有，咦？那里有人，我走过去。那个人转过头来，是韩若晨。

“我要你做我女朋友一个星期。”他冷冷地说。

“什么？”今天是怎么了，怎么都说些让我听不懂的话？

“从明天开始。”说完他就走了。

“喂，你别走啊，给我说清楚。”

我的脑袋好像被轰炸了一番。只剩我一个人在天台，想着这件不可思议的事情。

怎么会有这样的事情发生？我真的快要疯了。今天是愚人节吗？我的脑袋好像有点缺氧。哎呀，怎么会这样？算了，不想了。

四

我刚走出家门口，就出现了一辆机车。他随手把头盔扔给我，害得我差点跌倒。没错，他就是韩若晨，可恶的家伙。

我抱着头盔，一动也不动地站在那里，我很害怕机车这种东西，跑得快，又有危险。

“快点！”

“我可不可以不坐？”

“不可以。”

他硬拉着我上车。啊！我还没有坐稳，他就开车了。我就说过嘛，我不要坐这种东西。谁来救救我啊！

好不容易到了学校门口。

“你傻啊，一路上都大叫，快把我的耳朵震聋了。”韩若晨掏了掏他的耳朵。

“我也不想，下次打死我也不要坐这种车。”

“大惊小怪。”

“反正我不要！”

第二天我吸取了教训，小心翼翼地走出家门，可不要像昨天那样有辆机车出现在我面前了，我绝对不要坐。

而现在站在我面前的是，韩若晨身穿一套纯白色的运动服，依靠在黑色的出租车旁，形成了鲜明的对比。

我的心怎么又有一种麻麻的感觉？是因为昨晚不小心碰到那漏电的插座吗？

“上车吧。”

“嗯。”

“你千万不要胡思乱想，我只不过是为了我的耳朵不要被你震聋。”

“知道了。”

第三天，精品店窗前，我呆呆地看着里面那条手链。

“干吗不进去？”

“我……我没钱。”我无奈地低下头，离开那扇橱窗。

“算了，我送你吧。”韩若晨把我拉进了精品店，豪爽地买下了那条手链。

“这样不太好吧。”

“没什么不好的，你是我女朋友，送东西给你是天经地义的。”他把手链轻轻地戴在我手上。

“好了。”他抬起头，望着我，一脸满意的表情，还有他那张开弧度的嘴唇，我竟然有种想亲下去的幻觉。

第四天，我把便当递到韩若晨面前。

“这是什么?”

“这是便当，为了报答你那条手链，专程为你做的。”我低下头不好意思地说。

“能吃吗?”他把我的便当左看看右看看。

“当然！不过你不想吃就算了。”

我刚要把便当收回来，他就把便当抢了回去，“谁说不吃。”

我在他旁边坐下，看着他吃东西的样子，我突然有种幸福的感觉。

五

第五天，天下起了雨，韩若晨给我送来伞。

“我自己回去就行了，你先走吧。”我把伞递还给韩若晨，就一把伞我不想他淋雨。

“谁说伞给你用了，我们一起走，我先送你回去，我再回家。”

我们肩并肩走在一起，韩若晨撑着伞，走到路口。

我看到路中间有只小狗被雨淋湿了，全身都在发抖，我想都没想就走了过去，把小狗抱在我的怀里。我正准备走回去，却听见韩若晨在喊“小心啊!”

我一转过头，就看见有辆汽车向我驶来。此时，我竟然不知道要干吗，我的脑袋一片空白，呆呆地站在那里。我闭着眼睛，等待着死神到来。

“你在干吗?”

是韩若晨的声音，难道他也跟我一起去了吗？我慢慢地睁开眼睛，看韩若晨的脸，水珠顺着他的头发留到脸上。

“我……”我很小心地在他的脸上捏了一下。

“痛，你这个女人居然为了一只小狗，不顾自己的小命跑出马路，你有没有脑子!”

“汪。”小狗从我的怀里跑了出去，我双手抱着韩若晨，眼泪也不自觉地流了下来。

韩若晨好像被我这举动吓到了，身子明显震了一下。

“还好，我还没有死。”我抱着他更紧了。

“真是的，你这个傻女人。”韩若晨把手放在我的背上，我们就这样抱在一起。

虽然天下着雨，但我却觉得很温暖。

第六天，韩若晨把一束玫瑰花递到我面前。

“这是什么？”

“我的朋友说，今天是平安夜，要送花给女朋友。”他的脸有点微红，好像在害羞。

我接过花，低下头，淡淡的花香扑鼻而来。

“这么老的招还用。”虽然我嘴里这么说，但是我的心里还是挺开心的。

“看你不喜欢的样子，那我收回去了。”他伸手想把花拿回去。

我紧紧地抱着那束花，“送给人的东西哪有拿回去的道理。”

“就知道你嘴硬。”他摸了摸我的头。

我好像爱上韩若晨了。

世界上最不幸的事，莫过于你爱上一个人，却被告知你不能爱上那个人。

第七天，运气好的时候，好运就会接踵而至。

昨晚院长打电话告诉我，我妈妈来找我了。整整十五年，十五年不见的妈妈现在居然来找我。虽然我不知道她当初为什么要抛弃我，但是这十五年来我多想拥有一个妈妈。

“你在想什么？”韩若晨的手在我的眼前晃了一下。

“若晨，你可不可以陪我去一个地方？”

“什么地方？”

“育幼院。”

我怀着沉重的心情走进育幼院，院长很亲切地给了我一个拥抱。院长的旁边还站着一个女人，那就是我的妈妈吗？

可是女人叫的不是我的名字，她居然很激动地叫了一声：“若晨！你怎么在这？”

“妈！”韩若晨说。

这是怎么回事？难道我和韩若晨是兄妹？我发觉我心脏真的要停止跳动了。

六

“女儿啊，是妈对不起你。”她激动地抱着我。

“你为什么现在才来找我?”我拼命忍住眼泪。

“请你原谅我。”

“不过，只要你肯找我，我就会原谅你的，因为你是我妈妈。”

“真的?”

我点点头。

“这是怎么回事?”韩若晨插了句话，他脸色铁青。

我妈把我拉到韩若晨面前，“若晨，这是你妹妹，天悯，这是你同母异父的哥哥。”

我望着韩若晨，他也用惊讶的眼神望着我。望着他，我的眼泪忍不住地流下来。幸福的七天就这样过去了。

韩若晨突然咆哮起来：“妈，你在开什么玩笑！她是阮天悯，她不是你的女儿，更不是我的妹妹!”

他说完就跑了出去。

晚上，他在家门口挡住了我。

“你不要再说了，我知道你要说什么，今天是最后一天，从此以后，我不再会是你的女朋友了，而是你妹妹。”

我吻了一下他的脸，头也不回地跑回家，我怕我一回头，我就舍不得。我关上门，依靠在门上放声大哭起来，我以为自己可以忍住，可是真的不行。

第二天，若晨照样来找我，可这次他不是接我去上学，而是接我去他家，同样也是我的家。

妈妈很高兴地迎上来，可我对她说了一个慌。我说我想留在家里三天熟悉一下环境，其实我是想冷静一下。

我和韩若晨的关系来了个 360 度的转变，由男女朋友变成了兄妹。

我怎么都无法接受这个事实，更令我无法接受的是，在我想办法保持冷静的时候，韩若晨找到了我。

他告诉我，其实他做我男朋友，是因为和纪晨星打了一个赌。现在他赢了，纪晨星马上就要回美国了。

我当时就哭了，这七天那么真实，怎么可能只是一个打赌呢?

“他要这么做，因为我知道他喜欢你，他也知道你喜欢我，为了让你和我在一起，他才想出了这个办法。”

他接着说，“就是个赌，你以为我真的会喜欢上你吗？你就好好做我的妹妹吧！”

韩若晨说完就走了，留我在那里哭成了泪人。

第二天，顽艳气喘吁吁地跑到我的面前，对我说：“纪晨星他，他今天要回美国。”

我立刻跑出学校，纪晨星你一定要等我一下，身为你的好朋友怎么不说一声就走了呢？

机场里，“纪晨星！纪晨星！”我拼命地喊。

在人海茫茫的机场里，我到处看，也找不到纪晨星的身影。人们匆匆地走过，但有个人却站在原地。

我跑过去，是纪晨星，真的是他。

“我都知道了，纪晨星，你为什么要这样做呢？”

他轻轻地吻了我的额头，在我耳边小声地对我说：“我给不了你要的幸福，但韩若晨能，祝你幸福！”

望着他远去的背影，似乎一切都落下了帷幕。

但是纪晨星，你不知道，韩若晨也给不了我幸福。

就这样，我和韩若晨以兄妹的关系生活在了一起，他对我还是很好，一点不像他说的那样就是为了打赌才故意对我好的。

有时候我会想：韩若晨，在那七天里，你有没有一点点的喜欢我。

不过，我现在应该做的，就是做一个合格的好妹妹吧。

我在云上爱你

■ 冬眸雨季

一

又是一季菊香弥漫全城时，苏小沫拖着一个行李箱，带着一个梦想来到了怡中大学。逃离是解脱吗？苏小沫问了自己无数次，逃离就能解决问题吗？苏小沫自己也很迷茫。

苏小沫在怡大悄悄扎下了根，慢慢熟悉了这里的环境。并且发现了两件事情。第一件就是怡大有一大块种着薰衣草的荒地。苏小沫觉得这里就像自己的小天地一样，安静的这里，让小沫什么也不在意，闭着眼睛，让微风吹拂自己的脸，很舒服。

第二件就是小沫发现自己喜欢上了同学杨凯浩。也许很多人认为在大学，既然喜欢上了一个人就浪漫地谈一场恋爱。但是安静的小沫没有这种勇气。

青春里，自卑带来的是放弃机会、逃避。苏小沫是个自卑的女孩，因为小沫的脸上有一块很大的紫色疤记。这也是苏小沫要到这么远的地方上大学的原因。苏小沫想早点出来挣钱，将来才可以把这块疤记去掉。自卑让小沫只能把杨凯浩放在心里。杨凯浩，等有一天我变漂亮了，我会去找你，跟你说，我喜欢你，你要等着我。

但这些只是小沫一个人的想法，也可以说，是一种幻想。因为，帅气的杨凯浩在大学不久就交了女朋友。这些，聪明的小沫怎会不知呢？

“阿姨，我去叫我同学来刷卡。”一个穿着校服的沧桑男生无奈地把一个包子退回去。小沫站在沧桑男生后边看着他把包子退回去。

“哎。”小沫有点心疼这个男生，出门在外，没钱真干不成什么事。小沫走上去，用卡刷了一下，“同学，刷我的吧。”小沫把包子递给沧桑男。

沧桑男愣了一下，等了老半天才接过包子。“谢谢。”

是啊，任何人在这个时候都会被感动愣住的，你说还钱吧，一个包子8毛钱，怎么还呢？而小沫却在纠结刚刚应该好人做到底，再多买一个包子给他，毕竟男生都是吃很多的。但是那样就显得自己有点是在施舍了，现在人们自尊心都是超级高的。算了，就这样好了。这可是小沫在大学做的第一件好事。

杨凯浩，你究竟有没有在拍拖？为什么你一下有一下没的，我还有机会吗？小沫又在犯花痴了。还好自己喜欢杨凯浩没人知道。

天真的小沫以为这个秘密没人会知道，可是她错了。世界上没有不漏风的墙。

那是因为小沫在朋友洛欣的宿舍睡着了，一直说着梦话。“杨凯浩，我喜欢你，为什么你看不到我呢，你会不会喜欢我呢……”本来这没什么的，只可惜洛欣又是杨凯浩的好朋友。在一次聚会中，大家互相开着玩笑取笑对方。洛欣大大咧咧就对杨凯浩说，“你的魅力还真是好，连目光高挑的小沫都喜欢你……”

惊讶的杨凯浩听着，仿佛在听一件骇人听闻的事，嘴张得老大。

当然，这些小沫是不知道的。因为小沫从不会参加这些所谓的聚会。只是，小沫还是傻傻地对杨凯浩好。杨凯浩却再也受不了小沫的喜欢。如果是别人，杨凯浩是绝对不会去管的，因为多一个人的喜欢，说明自己魅力大。可是，面对小沫的喜欢，杨凯浩不知道自己为什么这么不允许，她的喜欢会带给自己痛苦的。

图书馆里，小沫慢慢地在找张小娴的作品。她觉得，张小娴就像心里的天使，写出了小沫很多情愫。还有一点是因为张小娴说过，如果没法忘记他，就不要忘记他好了。因为真正的忘记，是不需要努力的。

小沫慢慢地在书架前踱来踱去，慢慢地找张小娴的作品。小沫找了一本张小娴的《我在云上爱着你》，靠在书架旁认真地看起来。

一旁，一个穿着很绅士的男生看着眼前这个穿着米色短外套配黑色长毛衣、白色围巾、米色靴子的穿着奇怪又不失可爱的女生，一直觉得很面熟。

我在云上爱你

不要悲伤，我活过。我为你流过眼泪。

我爱上了你。就像小毛虫变成了蝴蝶。

是你的爱让我在人间起舞。

我在云上爱你

她相信承诺，喜欢一切美好的东西：漂亮的衣服、美味的食物、男人的承诺。

她寻找幸福，然后发现，失望，有时候，也是一种幸福。

因为有所期待，才会失望。

遗憾，也是一种幸福。因为还有令你遗憾的事情。

她寻找爱情，然后发现，爱，从来就是一件千回百转的事……

小沫看着张小娴唯美的文字，慢慢游荡在小说里。突然，有人拍了一下小沫的肩膀。小沫一个不小心，啪的一声，脚一侧，整一排的书都翻倒在地。

在旁边的人都向小沫投来异样的眼光。小沫的脸马上红了。突然，一张大手向小沫投来援助。大手一下两下就把书捡起排好。小沫怀着万分感谢的心情向着大手先生说了N次谢谢。“你!”小沫看着大手先生的脸，看着感到很熟悉，就是说不出是谁。

但是，小沫的又一声尖叫又引起了人们的围观。还好，大手先生反应快，拉着小沫走出阅览室。在图书馆大厅里，大手先生先开口：“我就是买包子的，是你替我刷的卡。”

“哦，是你，怪不得觉得你好熟悉。刚才谢谢你了。”小沫不好意思地说。

“上一次还谢谢你了。我叫莫伟轩，你呢?”

“我啊，叫苏小沫。你看，这是我的名片，呵呵。”小沫拿着学生卡给莫伟轩看。

“我还以为你真有名片呢，呵呵。”莫伟轩被眼前这个女孩弄得大笑。

“对了，这是你的书，张小娴。”

“对哦，你怎么知道这是我要找的。”小沫摸着脑袋，一脸疑问。

“刚才看你一直在看，其实我刚才就认出你来了，刚才是我在叫你，所以是我害你那样的。”莫伟轩很不好意思。

“哦，原来是你，所以你又欠我人情了。”小沫又在傻笑，“放心啦，我不介意啦，我得走了，我还有课咧。拜拜。”

“等一下。”莫伟轩叫住小沫，一手拿出笔和纸写下联系方式，递给小沫，“那你的呢?”

“我的?”小沫很是震惊。这可是第一次别人讨要自己的联系方式。

“你说我写。”莫伟轩毫不放过此次机会。

小沫吞吞吐吐说完联系方式，“好了，我该走了。”小沫跑得很快，剩下莫伟轩在那里傻笑着。莫伟轩心里很好奇为什么这个女孩总爱用手遮住脸呢？心里虽然大概明白是什么缘由，但是，她的可爱却是遮不住的。

小沫像大解放了一样，刚才跟莫伟轩说话，一直在低着头。因为，害怕多一个人知道自己的瑕疵，小沫一直用手遮住疤记。不过，刚才那男的跟在饭堂看到的并不一样，变得年轻了。我傻呀，这跟我有什么关系呢？我喜欢的可是杨凯浩。

二

杨凯浩一直在犹豫要不要跟小沫说清楚，犹豫再三，杨凯浩还是觉得要去说清楚。

“苏小沫，你过来一下。”杨凯浩站在教室门口叫住刚要进教室的小沫。

“杨凯浩！”小沫很是惊喜。

“什么事呀？”小沫脸都不由自主地红起来。

“苏小沫，不要喜欢我了，我已经有喜欢的人了。”

“你说什么，什么我喜欢你了，你是我的好哥们呀……”小沫继续掩盖着事实，不想被杨凯浩看穿。

“其实我都知道了，我希望我们之间就只是朋友的关系。就算我平时对你很关心，那也是出自朋友的关心，我希望你能明白，我和李佳在一起了，我不希望我们之间的关系太复杂了。就这样，我先走了。”杨凯浩转身离去。

看着杨凯浩渐渐离去的背影，小沫蹲在墙角边，脸埋在双膝中，偷偷地啜泣。原本以为就算自己没有拥有美丽的容貌，可是自己也可有属于少女的喜欢。现在，连这种喜欢都不能有了。

“你没事吧？”抬头望去，一片纸巾在自己的面前。

原来，是那个图书馆认识的同学，可惜小沫忘记了他的名字。

莫伟轩把纸巾放在小沫的手里，“怎么了，我能够帮助你吗？”

小沫只是流着眼泪，一边摇着头，一边站起来跑去洗手间。

小沫在洗手间里哭了很久，不行，我不能让别人知道我哭。小沫洗了脸，走出洗手间。看到莫伟轩站在门外。

“我看你进去很久没出来，我怕……”莫伟轩小心翼翼地说话。

“我没事呀，只不过有点不舒服，我去上课了，谢谢你啦。”小沫逃也似的离开。还是被别人发觉了。

杨凯浩，我以后不会再喜欢你了。既然大家都说开了，我会答应你的，放弃对你的喜欢。不会在夜深人静的时候偷偷对着天空飞过的流星许下愿望这辈子要跟你在一起，不会在某个角落里幻想能与你偶遇，不会偷偷看你每天的动态，不会因为你的哭而哭，不会因为你的笑而笑……以后，所有记忆只属于我一个人的，你，不在我的世界里了。但是，杨凯浩，我想告诉你，我喜欢你，这是最后一次说了。小沫把脸埋进床褥，枕头浸满泪水。

苏小沫，没有杨凯浩的日子，我要活得更精彩。苏小沫照常背着书包去上课。今天无论如何，一定要吃得肚子胀起来，来庆祝一下我的新生活，小沫这样想着。

三

莫伟轩不知道从什么时候开始成了小沫的小跟班，小沫去图书馆他会跟着，小沫出去吃饭的时候，他会陪着。

小沫一开始还觉得很不好意思，总是觉得自己是拿莫伟轩当做了杨凯浩的备胎。不过莫伟轩总是说："怎么了嘛，我们是好兄弟，你现在正失恋呢，我当然要陪着你好好过日子。"

小沫听得多了，也真的觉得自己应该坦然接受莫伟轩的关怀，毕竟是好兄弟嘛。

可是渐渐的，这种感觉开始产生了变化。她突然发现似乎已经离不开莫伟轩了，只要莫伟轩不在身边，小沫就会魂不守舍，更重要的是，她也发现莫伟轩对自己的感情也不只是兄弟那般简单。

小沫能发现是因为那次寒假的时候，有一次莫伟轩喝醉后，给她发了一条短信："我爱你，小沫。"

莫伟轩后来解释说是自己喝醉了，可是小沫却知道他是在说谎。还有一件事小沫没有告诉莫伟轩，其实当时她差点就回了一条短信："我也爱你。"那条短消息最终没有发出，到现在还存在草稿箱里。

好不容易熬到开学的日子。当车子到达学校的时候，小沫看到车外站着一个熟悉的身影。

"喂，要不要我帮你刷卡呀，同学？"小沫站在莫伟轩身边轻轻一问。

莫伟轩抿着嘴笑："要啊，刷了有没有刷一送一的呀？"

"有啊，你想送什么？"

"我想送一个叫苏小沫的傻大包。"

小沫甩开脚去踢莫伟轩，无奈踢不着，脚踢向旁边的石头。更无奈的是，靴子的底全出来了。

"天哪，这里可在校外，我还得走回宿舍呀。"小沫沮丧地看着惨不忍睹的鞋子。

"都怪你，"小沫用手指了一下莫伟轩，"你看，怎么办？"

“要不我背你好了。”伟轩拍了拍自己的肩膀。“虽然你很重，但是我还是个男生。”莫伟轩做着要背的姿势。

小沫拖着坏了的鞋，一个劲就往前走。

“给。”莫伟轩递给小沫一双男式球鞋。

看着小沫一脸震惊，莫伟轩把鞋子放在小沫面前，提着小沫的行李，就帅帅地走在前面。

小沫看着莫伟轩那双赤脚，笑得很灿烂。小沫想到了韩国电视剧《圣诞节会下雪吗》，里面车康镇就是这样为了韩智婉而光着脚在街上走的。此时的幸福真的溢满了心怀。小沫望着天空，谢谢，老天爷，谢谢你派了个天使这么爱我，我真的很满足了。

小沫脱掉鞋，跑到莫伟轩身边。两人一边玩闹，一边嘻嘻哈哈地走向宿舍。

幸福开始诞生了。

天空下着大雨，伟轩在足球场转角处撑着伞等着小沫。小沫看见伟轩，偷着乐地俯在舍友耳边说了话，便高兴得像只小鸟奔向伟轩。小沫很自然地抱着伟轩的手臂。

小沫用脚狠狠地踩在一堆积水上。水溅满伟轩白色的球鞋。“苏小沫，你吃饱没事干呀？”

苏小沫眨着那双精灵的眼睛：“我还真的吃饱没事干呢。”

伟轩哗的一声踩向地上的积水，水溅到小沫粉白色的裙子上。

两人在路上互相踩溅积水。路人都投来注目的眼光。但是，看到的却是幸福的打情骂俏。

小沫停下脚，看着一直在看着他们的杨凯浩。只见杨凯浩撑着伞看着从未笑得这么灿烂的小沫，还有那两双牵在一起的手。

小沫只是对着杨凯浩一笑，便匆匆走过。

现在，在小沫的眼里什么悲伤、思念都不重要，因为一切都浅淡了，现在，她想做的只是好好守住伟轩给的爱。

四

愚人节，莫伟轩在小沫身上贴了一张画：一头搞笑的猪。傻傻的小沫看着路人都在看着她笑，还以为今天自己魅力大。等到莫伟轩把纸拿下来，她才知道。

小沫甩着包包去打莫伟轩，无奈，包包的拉链都没拉好，一甩，包里的东西全部撒在半空中，落了一地。小沫是真的惊呆了，脸红的小沫害怕的是包里的女生特别用品就这样晾在大众面前，叫她情何以堪。

一旁的莫伟轩俯着腰大笑，随后，莫伟轩看见了躺在地上的女生特别用品，伟轩赶在后边男生来前捡起放在自己的书包里。伟轩一边帮着大条筋的小沫捡东西，一边在偷着乐。

“哎，我的‘面包’呢?”小沫很是焦急地找，周围都没有，“难道我没带？那就好，还好没丢人现眼。”

小沫捡完东西，背起包，不理伟轩。

“喂，你还没好好谢我呢。”

“谢你，都怪你，要不是你，我会用包包甩你吗，不甩你，东西就不会掉出来。”

伟轩把书包递给小沫。

“什么呀?”小沫一脸的不屑。

“刚才不是一直在找吗?”伟轩一脸不好意思地说。

小沫拉开链子，脸一下就红了，一直找的‘面包’就那样躺在那。

“莫伟轩!”小沫大声叫。

谁知莫伟轩跑得老远。小沫跑去追，半路却撞到一个面熟的男生。

“对不起，对不起，我不是故意的……”小沫快速跑离现场。

面熟男生站在路边，微微一笑，略带着一丝哀伤。

“臭丫头，你还记得今晚的约定吗?”

“知道啦，我快完成了。唱首歌来听。”

“你想听什么?”

“随便啦。”

“落叶随风将要去何方，只留给天空美丽一场……从不曾离去，我的爱像天使守护你，若生命直到这里，从此没有我，我会找个天使替我去爱你……”

小沫沉浸在一片幸福的海洋，幸福，你是否悄悄地来了?

五

可是幸福悄悄地来，又悄悄地走了。

“喂，小沫，你快来，伟轩出事了，在宿舍楼前……”

小沫还没从睡意蒙眬中清醒过来，就被电话里那可怕的语气吓得丢下电话。

她穿着拖鞋就飞奔出了寝室，一路不知跌倒了多少次，心好像一下被腾空了一大半。

小沫跑到男生宿舍楼，伟轩的舍友田涛叫住了小沫：“小沫，伟轩快不行了……”

小沫瞥见了人群里一堆掩盖在玻璃脆片下的千纸鹤，心不由绷紧了。

“你说什么，伟轩怎么了？”小沫紧张地问。

小沫望着躺在人群中的伟轩，加快了呼吸，泪一直在慌涌。

“伟轩，伟轩，你怎么了，你怎么躺在这里？”小沫摇着伟轩。

昏睡的伟轩睁开双眼，欣慰地看着小沫，手抓着小沫的手，却无力对小沫说一句话。

“伟轩，呜呜，你不要有事，伟轩……”小沫求救地看着周围的人，“快叫医生呀！”

伟轩抓着小沫的手，很紧，很用力。他双眼用力地看着小沫，一只手指向旁边摔碎的许愿星瓶。

“许愿星，你想看许愿星吗，我去拿。”小沫脱开伟轩的手，像疯了似的奔向不远处的碎片，双手捧着掺杂着玻璃碎片的许愿星，血在手上摊开了。

“你看，伟轩……”许愿星撒了一地。

伟轩已安静地闭上眼睛。

“不，莫伟轩，你不要离开我。”小沫扑在伟轩身上，“你走了，我怎么办……起来吧，你快起来……”

“把她拉开，我们还要送去医院抢救呢。”一旁的医护人员对着保安说。

“不要！”小沫挣开了保安的手，扑在伟轩冰冷的身体上。

“莫伟轩，你醒来啊，你是怎么了，你不是说过要做很多许愿星给我的吗？你忘了吗？你看，伟轩，这是你做的，你说你会把我们发生的每一件事都做成一颗星星，你今晚要跟我说那句话的……”

“伟轩。”小沫抱着莫伟轩，“伟轩，你说，你会陪我到永远的，你会陪我看下一季薰衣草花开的，你还有好多事没陪我做，你怎么就走了呢？你快回来呀，莫伟轩……”

一旁的杨凯浩双手拉住了小沫，看着车子的离去，眼神呆滞的小沫逐渐晕了过去。

再次醒来的时候，室友马上围了上来。

“小沫，你没事吧？”

“没事，我刚做了一个噩梦。我得出去一下了。”小沫随手拿了外衣就往外走，是噩梦，一定是噩梦。

“小沫，你没事吧?”

“我怎么会有事呢？我得走了，我要去见伟轩呢。”

小沫一边走着，一边拿起手机打给伟轩，咦，我的手上怎么会有伤，跟梦里怎么会那么相似?

电话打了又打，却总是没人接听，小沫的心突然间很沉重。

她望向门口，室友们都忧心忡忡地看着自己，却没有一个人敢走过来，突然她看见凯浩走了过来。

“凯浩，你来得正好，我打电话给伟轩，伟轩一直没接，你可不可以上去叫他，你知道，男生宿舍我进不去……”

“小沫!”杨凯浩打断小沫，“你怎么了，你都忘记刚才发生了什么?”

“你说什么，什么刚才发生什么?”小沫一头雾水。

“你是不是不想帮我呀，切，那我自己想办法。”小沫一脸坏笑。

“小沫，伟轩不在了，你清醒点好吗，不要再欺骗自己了。”

手机滑出小沫的手，“你说什么？伟轩不在了，这么说，刚才梦见的都不是梦，是真的?”

小沫用手挡住涌出的泪：“不是这样的，伟轩今天还好好的，他还唱歌给我听呢，你们在恶搞吗?”

“苏小沫，这是什么?”凯浩举着小沫那双缠着纱布的手，“这是真的，小沫，你要面对现实，伟轩不希望你像现在这样，你要坚强点。”

“告诉我，他现在在哪?”小沫颤抖地问。

“在医院。”

小沫挣开凯浩的手，发疯似的跑。

莫伟轩，为什么你要离开我？你不能丢下我，你走了，我不知道我要如何面对这个世界，我要怎么活，你说过，你会陪我一辈子的……

雨在下，小沫早已分不清脸上是雨点还是泪。

“小沫。”杨凯浩抓住小沫的手，“我陪你去。”

六

公交车上，小沫无力地靠在车窗边。不会的，一切就只是个梦，伟轩会好的，小沫不停地这样告诉自己。

然而在医院里，看到伟轩那哭得死去活来的妈妈时，小沫感到自己的呼吸仿佛都停止了，自己居然连呼吸的力气都没有了。

小沫觉得自己的心猝然而死了，自己的世界一片昏暗，那个梦再也醒不来了。

小沫手颤抖地摸着冰冷熟悉的脸庞，“伟轩，不要在这里躺着了……”

小沫倒下的时候，模糊地听到了杨凯浩焦急的喊声。

雨后放晴，又是新的一天。小沫蜷缩在床上，被子满是泪痕。

小沫不知道自己是怎么回到宿舍的。只知道自己醒来又哭，哭了又睡着。舍友们也不知道该怎么安慰她，只能在一旁干着急。

手机响了，小沫没有看直接打开。

“喂，小沫，我是田涛。这里有一些伟轩的东西，是伟轩让我给你的，你方便过来拿吗？”

小沫挂掉了电话，田涛，她一下子没有反应过来。过了十来分钟，她才想起来，田涛，他是伟轩的室友。

小沫套上了连衣裙就跑了出去，等她跑到门外，才发现自己居然没有穿内衣。

“小沫，我知道你现在心情很不好，但是你一定要坚强起来，这是伟轩的东西，里面都是属于你们的回忆吧。”田涛把一个箱子放在桌子上。

小沫看见里面一沓沓的信、一个个精美的盒子，每一个盒子上都写了一个年份，后面写着小沫的出生日期，小沫拿起最上面的一封没信封的信。

小沫，对不起，当你看到这封信时，我已经不在你身边了。

对不起，是我不好，我不该给你快乐，又带给你悲伤。

当我知道自己的情况时，我一直抑制自己不能够去喜欢你，可是，我还是想尽我的能力去给你你想要的快乐，去完成你的梦想。对不起，我喜欢你。

小沫，你要开心，你要坚强。我会永远守护着你，并找个天使替我爱着你。

小沫，我爱的女孩，你要开心幸福。

另外，我给你准备了你这一辈子生日的礼物。我没法一份份给你了，所以只能一次性给你了。

杨凯浩找到小沫时，小沫正一瓶瓶疯狂地喝着啤酒。

“原来不是白就是黑……死了心，痛就没感觉。”小沫一边喝一边流着眼泪唱。

“你干什么？”凯浩抢掉了酒瓶。

“你还我，还我！”小沫站在那一直哭。

杨凯浩走近小沫，轻轻抱住小沫。他的脑中突然闪过了那次莫伟轩找到自己时说的话："如果有一天我不在了，我希望你能好好替我照顾小沫。小沫是真心喜欢你的。她的心就像一块棉花糖那么脆弱。"

杨凯浩紧紧抱着，他感觉到了那种柔软，棉花糖一样的感觉。

七

饭堂里，凯浩帮小沫端来一碗汤面。

小沫一边啜泣，一边吃着汤面。

"你是苏小沫吗?"

"我是，你们找我有事吗?"

"我们是伟轩的父母，这是一张银行卡，密码是你的生日。这里面的钱是伟轩从小到大的储蓄。他说你不喜欢脸上的疤记，这些钱是他准备给你整容用的。你收下吧。"

拿着银行卡，小沫坐在草地上一直哭一直哭，伟轩，你知道吗，我不会再为疤记而耿耿于怀了，我要留着它，这辈子下辈子都会留着它。我要让你来找我，这样你才能找到我吧。莫伟轩，我等着你……

凯浩靠近小沫，紧紧将她抱在怀里："不是还有我吗？我会在你身边陪着你的。"凯浩帮小沫擦去眼泪。

"小沫，其实伟轩曾找过我，他说，你的心里还有我，他让我好好照顾你，代替他好好爱你。他知道自己的情况，他说他很害怕自己走了以后，你会很孤独，所以他想替你找个天使替他好好爱你……"这些话，杨凯浩好几次想对小沫说，但是都忍住了。

杨凯浩每天陪着小沫吃饭，打着小沫喜欢吃的苦瓜炒蛋。小沫喜欢吃苦瓜炒蛋、红萝卜，而且小沫老是忘记带伞……

莫伟轩对着杨凯浩说了很多关于小沫的事。杨凯浩也因此才知道外表坚强的小沫其实真的很脆弱，很需要人呵护。

转眼到了大二，也是迎新生的时候。看着大一新生那一张张稚嫩的面孔，小沫想起刚过去的一年发生的事，泪流满面。

大一同乡会上，小沫认识了一个女孩，叫郭敏琪，因为郭敏琪在会上介绍自己是杨凯浩的高中女友。此事，在会上可是闹得沸沸扬扬，因为杨凯浩和小沫的关系正在升温。

"你好，我叫郭敏琪。我是杨凯浩的女朋友。我是大一新生，是你们的师妹。你们应该知道，凯浩在这里等我一年，爱情的力量真的很伟大……"

郭敏琪看着小沫说。

“那你是想说什么呢?”

“我是想对你说，凯浩是我的男朋友，我不希望你介入到我们的感情里面，这些你明白吗?”

“那我也告诉你，我和凯浩只是朋友关系，我们之间很纯洁。”小沫转身离开，留下郭敏琪那张扭曲的脸。

“我还以为对手有多强，原来只是一个带着疤记的丑女孩……”

小沫蹲在墙角，泪还是不争气地掉了来。“伟轩，如果你在的话，我就什么都不害怕了。伟轩，我想你。”

手机一直在响，小沫看到是凯浩，关了机。

八

“你这几天为什么老躲我，发生什么事了吗?”杨凯浩在大树边逮住了小沫。

“怪吓人的，被你吓到了。”小沫明显被吓到了。

“为什么要躲我?”

“没事，只是我不想惹人非议。”

“惹人非议?你我见面有什么好议的?”

“我就不想和你扯上关系，你明白了吧。”小沫留下凯浩一人在发呆。

对不起，我比你先离开，是因为我不想让你看到我已模糊的双眼，不想让你看到我的脆弱、我对你的舍不得。小沫低着头，泪慢慢流淌在脸上，她什么也没有说，也没有看身后的杨凯浩。

“对不起，我答应了敏琪，我不会当感情的第三者，你懂吗，就算曾经很喜欢你，那也是我们的过去了，我们要面对的不就是现在吗?”

小沫感到很闷，自己背着背包，请了假，自己去爬山。

“如果你感到很闷，就去爬山。”这是凯浩对小沫说的。

看着窗外的大雨，还有闪电，凯浩不禁感到冷。本来就冷的冬天，现在变得更冷了。

“这个丫头说去爬山，现在还没回来，不知道在哪里?”

看着外面逐渐发黑的天空，杨凯浩不顾一切冲了出去。

很多人都在找小沫，但所有人都低垂着头，完全没有小沫的消息。

“凯浩，你别再找了，警察都去了，你一个人很危险的。”郭敏琪拉着凯浩的手。

“你放手，我跟她说过，会好好守护在她身边的。”凯浩脱开敏琪的手。

“小沫，小沫……”杨凯浩在暴雨中跑向了山顶。

此时的小沫躲在山上的亭子下，因为她迷路了。听着雷声，看着闪电发出寒冷的光。小沫一直哭，嘴里一直叫着凯浩的名字。

小沫一直用手遮住耳朵。

“小沫。”突然间，有人抓住小沫的手。

“啊，别碰我，别碰我……”

“小沫，是我，凯浩。”

小沫睁开眼睛，凯浩，小沫狠狠抱住凯浩，一直哭。

“没事了……”一边安慰着小沫，凯浩一边在嘘气，因为刚才脚崴到了。

两人回来的时候，已经快 11 点了。但是，所有人都在等。郭敏琪哭得泪人似的，因为她看到杨凯浩那一瘸一拐的脚，特别心疼。

小沫沉沉地趴在杨凯浩的背上，但是她搂住杨凯浩的脖子的双手却搂得那么紧，那么紧。

九

6 月 14 日，小沫拿起手机打给杨凯浩，因为今天是亲吻情人节。伟轩，你说过，会有个天使替你爱着我，杨凯浩就是那个天使，是吧!？老天爷，谢谢你，这一辈子我真的很满足，总有人这么照顾我。

小沫想着郭敏琪对自已说的话，“苏小沫，你赢了，杨凯浩真的很爱你，我退出了。你要好好爱他……”

“喂，杨凯浩，我要送你礼物。”

“什么礼物呀?”

“今天晚上不就知道了吗？我们今天晚上老地方见。”小沫偷着乐地背着手机大笑，再对着手机讲。

“那好，我今晚也有礼物给你。”

小沫把一大瓶叠好了的许愿星放在包包里，走向图书馆等着时间的到来。杨凯浩是志愿者，现在还在外面做好事呢。

小沫看书入了迷，桌子上的电话一直显示来电，小沫却丝毫没注意到。直到黑夜笼罩了整座城市，小沫才注意到错过了时间，她赶快还了书，也不知道杨凯浩会不会在那里先等着了，甜蜜的笑一直挂在小沫的脸上。

然而在路上，她才惊慌起来，哇，这么多未接电话。居然好多通都是田涛打来的，田涛是学校志愿者分队的队长。小沫感到一股恐惧。

小沫赶紧打过去，听了电话，小沫无力地靠在墙上，随后小沫发疯似的跑了出去。

“喂，小沫吗，你快来，杨凯浩出事了，为了救一个小孩，杨凯浩出事了……”其他的小沫都没去听。一路上，小沫脑海里放映的都是当初莫伟轩离去的场景。

杨凯浩，你不会有事的，你说过，你答应伟轩会好好照顾我的，你会替他好好爱我……

小沫喘着气到了医院。医院里每一张熟悉的脸上都满是惋惜。

“小沫，对不起，凯浩他……”

小沫发疯似的冲向凯浩。床榻上，杨凯浩那么安静地睡着。

“凯浩！”小沫颤抖地叫着，“你怎么了？你快起来，你看看我！”

小沫望向田涛，田涛摇了摇头。

“不会的。杨凯浩，你这个骗子，你不是说你会替伟轩好好爱我吗？你怎能丢下我……”

“小沫，你别这样……”田涛想要去拉她。

小沫挣开田涛的手：“你走开！”

小沫无力地坐在床榻边，放声大哭。小沫爬向凯浩，摸着那冰凉的脸，小沫拿着纸巾把凯浩脸上的血迹慢慢擦掉，泪打在凯浩那苍白的脸上。小沫看到，凯浩手上紧紧握着情侣戒。

这是杨凯浩今天准备送给小沫的礼物吗？

“我爱你，杨凯浩，对不起，这一句迟来的话。”小沫俯在凯浩的耳边轻轻地说着。这句话，是小沫准备在今天晚上对凯浩说的。她本来想今天晚上正式地和凯浩确定关系。

“苏小沫，你听着，从现在起，我杨凯浩就是你的人，我会替莫伟轩好好爱你，直到永远。”

又是一年五一节，雨一直在下个不停。苏小沫一个人走在桥上。

小沫觉得自己的世界变得那么寂寞。看着桥下的河水，也是那么的寂寞无比，哪怕是河水中倒映的漂泊不定的云，也一样毫无自由可言。

一条鱼突然打了个水花，云朵就在水面上荡漾起来，小沫忽然想起了许多年前曾有两个男孩为自己说过这样一句话：“我会在云上爱你。”

小沫趴在桥的扶手上，低着头，视线顺着碎成一片一片的云朵荡漾到了很远很远的地方。

谁陪我看花开成海

■ 刘仪

一

这是高一新学期的第一节课，牧欢欢穿着粉红色的碎花连衣裙，兴高采烈地推门走进教室的那一刻，一本崭新坚硬的英语书，如从天而降的冰雹，哗啦啦地冲她光洁的额头飞奔而来，霎时，鲜血从她刘海间渗落而下，熙攘喧闹的教室里，立刻鸦雀无声。那个刚刚还幸灾乐祸、优哉游哉、名叫潘军的扔书少年，着一身橘黄色的球衣，一只手还擎在半空中，惶恐地望着眼前的情景发呆。牧欢欢不由分说地跑出了教室。

班主任刘老师带着头上缠裹着纱布的牧欢欢走进教室的时候，同学们均怯怯地将头埋进了书桌里。刘老师严厉地质问："是谁扔的书？快站出来！犯了错勇于承认还是好学生，不然要是等我查出来，就要通知家长了！"

班里死气沉沉，空气近乎凝固了，无人敢将目光投向讲台上的刘老师。牧欢欢鼓着肥嘟嘟的小嘴，轻轻地说："刘老师，我没事儿，只是皮外伤，过两天就好了。"见牧欢欢如此乖巧懂事，刘老师朝台下 40 多位同学释然道："你们看，你们都要向班长牧欢欢同学学习，小小年纪就拥有一颗包容的心。如果有哪位同学知道'凶手'，下课后可以到办公室找我。"说完，刘老师悠然地走出了教室。牧欢欢走到课桌边坐下，裙摆摇起一抹幽香，划过潘军的鼻翼，潘军有瞬间的迷醉。

下课后，同学们开始窃窃私语，有的女生边暗暗地朝潘军翻着白眼，边关切地问牧欢欢头疼不疼，还有人递给她一个苹果，让她"补充营养"。虽然新学期的第一节课就"飞来横祸"，但身为班长，牧欢欢有着别人无法企及的淡定与从容。

放学后，潘军紧随牧欢欢身后，嘴里叼根香烟，那副吊儿郎当的样子，像抗战时期狐假虎威、作威作福的汉奸。

在一个书店门口的拐角处，牧欢欢猛一回头，没好气地呵斥道："你干吗老跟着我？"向来天不怕地不怕的潘军，在自己的"领导"牧欢欢面前，总是胆战心惊，因为牧欢欢总喜欢在班主任面前告他的状。

潘军说：“班长，对不起，我跟踪你是想向你道歉，因为那本砸破你额头的书，是我扔的，但我绝对不是故意的，我没想到当时你会走进来。”

牧欢欢幽幽地道：“其实我早就知道是你干的，你为什么在班里不敢承认？胆小鬼！”

潘军将目光转移上来，与牧欢欢四目相对，说：“我……我怕挨批，更怕班主任请我爸妈来开‘批斗会’，那样我岂不是死无葬身之地了？”

牧欢欢心里有些得意，说：“早知如此何必当初呢？你是班里闻名遐迩的‘雷神’，整日呼风唤雨的，谁都不敢惹，我知道。”

潘军不好意思地挠了挠头，说：“那你为什么没有举报我？”

牧欢欢扑哧一声笑道：“这点小事我至于举报你吗？我就是想看看，江湖上一呼百应的潘军，究竟是真正的男子汉，还是胆小如鼠的‘纸老虎’。再说你这头死猪，什么时候怕过开水？即便我举报也是徒劳。”

见牧欢欢这么深明大义，潘军激动连连：“只要你不揭发我，替我保密，今后我保证都听你的话，好好学习，共同把咱们班的成绩提高上去。”

牧欢欢在暖暖的阳光下，笑得花枝乱颤，潘军的滑稽让她忘记了额头的疼痛。

二

牧欢欢和潘军的家不仅同在一个小区，而且是楼上楼下，两家的关系也因子女在同一所中学同一个班里读书，而日益亲密。只是爱学习的牧欢欢，与爱体育的潘军，天生就不是一路人，一个是成绩优异、恬淡静美、知书达理的称职班长，一个是呼风唤雨、打抱不平、吊儿郎当的江湖游侠，美女与“英雄”的搭配，成为班里的一则美谈。

牧欢欢当班长的第一天，潘军就借着他高大健硕的身板和孔武有力的拳头，在班里作敲山震虎的发言：“谁要敢不听班长的话，我就让谁好看！”此番发言顿时吓傻了那些素日不太听话的“活跃分子”们。有潘军这位称职的军师在身后撑腰，牧欢欢的班长之位坐得稳如泰山，但她并不承认潘军这样一个调皮鬼在背后所起的作用，她一直坚信，是她的成绩和能力，赢得了班长的位子，以及大家对她的尊敬，与“棍棒和武力”无关。

一天，潘军对牧欢欢说：“班长，从今以后，我每天都来你家找你，咱们一起去上学，放学也一起回家吧，我可以保护你，同时你也可以帮我补习英语，我考大学就指望你了。”牧欢欢没有答应，亦没有拒绝。潘军把牧欢欢这样“不作为”的态度视为同意。

潘军因一时“失手”，在牧欢欢额头留下的“杰作”成了永久的愧疚，因为那枚挥之不去的疤痕，当微风掀起刘海的时候，是如此的清晰刺眼，这对于一个爱美的女孩来说，简直是致命的打击。但牧欢欢从未埋怨过潘军，倒是潘军自己，内心的悔意比牧欢欢打他一顿还撕心裂肺。所以他想方设法讨牧欢欢欢心，祈求她的原谅，而最直接最有效的办法，就是把成绩提上去，所以他开始加倍努力学习。

趁牧欢欢心情好的时候，潘军拿着数学题来求教，牧欢欢三下五除二就解决了，潘军佩服得五体投地。

他小声问她："你将来打算考哪所大学？"

牧欢欢满怀深情地说："武汉大学。"

潘军有些诧异："干吗去那么远？"

牧欢欢也来了劲："因为那里有如海的樱花，你想过没有，将来和心爱的人一起看那片花开成海的美景，该是多么惬意与浪漫。"

望着牧欢欢一脸幸福的憧憬，潘军顿了顿，说："不知道武汉大学有没有体育系。"

牧欢欢惊诧地问："怎么？你也想考那所大学？"

潘军有些慌乱地挥挥手说："我这样差的成绩怎么能考上啊，那里不是有黄鹤楼吗？我只是很想体验一下古代文人笔下的那番意境。"

牧欢欢轻轻地拍了拍潘军的肩膀，调侃道："小鬼，现在是高一第二学期了，要加油哦，有需要我帮忙的尽管说，到时候我们都考武汉大学！"

见牧欢欢并没有因为他成绩差而轻视他，潘军重重地点了点头，惊喜与期待，盈满了他蠢蠢欲动的青春之心。

就这样，潘军开始爱上了学习，遇到不懂的问题就去找牧欢欢请教，他那顽固不化的脾气，也因此收敛了很多。

高一期末考试，潘军的成绩进步很大，同学和老师也都开始对他刮目相看。

三

学校举办的高二年级足球赛赛场上，潘军因为犯规和对方球员发生摩擦，身为班长的牧欢欢迅速上前制止，并让潘军向对方球队道歉，正在气头上的他语气恶劣地说："你懂什么啊？凭什么让我道歉？明明是他们强词夺理！"牧欢欢说："为了班集体的荣誉和形象，你就不能退一步吗？"潘军狠狠地往地上吐一口唾液，然后吊儿郎当地把头斜向半空中，将牧欢欢的话视如空气。有人斜视着潘军窃窃私语道："这人素质真差，班长的话他都不听，原以为他变好了呢，真是本性难移！""这个班长也太没权威了吧？都管不了自己班里的学生……"

众多的言语夹击，让牧欢欢一气之下，头也不回地跑了。

这次的争吵，让两人之间嫌隙顿生。任凭潘军事后怎么和颜悦色地道歉解释，牧欢欢都决绝地理都不理。她主动找到班主任，请辞了班长一职。对于牧欢欢这种举动，潘军急得像热锅上的蚂蚁，他万万没有想到，自己的一时冲动，竟会令她"罢官请辞"。

一天放学后，潘军将牧欢欢堵在学校门口，说："我到底该怎么做你才不生气？你才能继续担任咱们班班长一职？你说吧，只要我能做到，我一定做！"牧欢欢冷冷地站在那里，嗤笑道："班长我肯定不当了，今后也不会再和你说话，至于想让我原谅你，等你考上武汉大学再说吧！"牧欢欢甩开潘军的胳膊，头也不回地消失了。

考上武汉大学？这对于潘军来说，比登天还难，这不就是等于说她永远都不可能原谅他了吗？在他出言不逊的那一刻，她就给他判了"死刑"。

潘军狠狠地将拳头砸在了墙上，心想，牧欢欢，你就安心地在武汉大学等我吧！你能做到的事，我照样能做到！

一切开始归于平静。

四

高三了，教室里开始充斥着拼杀的火药味，黑板报上的"倒计时"，每天都在提示着"战争"的紧迫与艰辛，每个人都在书山题海里挥汗如雨。曾经那些不爱学习的混混们，也在潘军的感召下，开始钻进书本，向着目标前行。潘军的成绩已今非昔比，曾经班里的后进生，已经成为校会上老师鼓励学生努力加油的榜样。而潘军并没有因此得意，他的心里，只有武汉大学，和那片如海的樱花，他期待着在那片花海里，祈求牧欢欢的原谅，并向她表白爱意，这是他唯一的心愿。

而此时的牧欢欢，也早已剪掉了那乌黑发亮的马尾辫，着一袭白裙，简单清爽地在一堆题海里挑灯夜战。她与潘军，各自为战，互不理会，形同路人。潘军每次抬头看见正认真做题的牧欢欢的背影，内心就会涌起无限动力。

高考前一晚，潘军还是忍不住，给牧欢欢发了一条短信："加油！"短信发送完毕便迅速地关了机。他思考了很久，最后觉得只有这两个字，才能完全表达出这两年来他内心的期盼、焦灼与担忧。他怕自己考不上武汉大学，也怕牧欢欢不回复他的短信，更由衷地希望他们俩都能够如愿以偿，哪怕他落榜，她考中，他也会很高兴，大不了他再复读一年，他可以忍受这样的压力，但成绩优异的牧欢欢，一定要马到成功！他不愿看到她落榜时的伤悲，她娇嫩的双肩，经不起如此沉重的打击。

五

高考成绩出来了，潘军被武汉大学基础医学院录取。他兴奋地跑到楼下，叩开了牧欢欢家的门。欢欢的妈妈打开门疑惑地问："有事吗军军？"潘军说："阿姨，我考上武汉大学了！可以去看樱花了！欢欢呢？她也考上武大了吧？"欢欢妈异常平静地说："欢欢去她姥姥家了，我们家欢欢没报武大，她考的是北京科技大学。"潘军近乎歇斯底里："怎么可能？不可能！阿姨您肯定弄错了！"欢欢妈不疾不徐地到卧室取出那张录取通知书，"北京科技大学"几个鲜亮的字，如千度高温的火球，灼入他水盈盈的满含期待的眼睛，睁都睁不开。

这，究竟是怎么回事？

潘军沿着小区的绿化带漫无目的地前行，不知不觉就来到了市一中门口，学校大门上悬挂的红艳艳的道贺条幅，在耀眼的阳光下，摆动着青春的音符。

"嗨，潘军，你考上武大了吗？"班里一位同牧欢欢关系最好的同学李琳上前问。潘军举起那张通知书，一脸茫然。李琳说："你看你，高一的时候成绩不好，现在历尽千辛万苦，考上了心目中的大学，怎么还闷闷不乐啊？"潘军忽然像刚睡醒的狮子，抓住李琳的手说："你知道牧欢欢为什么没考武汉大学吗？"李琳诧异道："难道你不知道吗？高二那年她爸妈发现你和她关系很亲密，说你是'问题'学生，老给你补课就会影响牧欢欢的学习，所以就万般阻挠你们交往，甚至还为此打过牧欢欢。牧欢欢知道你一门心思地想考武大，为了不让你分心，她就故意对你冷淡，故意不和你说话，以便瞒过她的父母，她想暂时忍一忍，等她和你都考上了武汉大学，你们俩就可以在一起了。但填报志愿的时候，牧欢欢的爸妈逼着她填了北京科技大学，牧欢欢气不过，志愿填好后就直接去了她姥姥家，她说她无法原谅自己的父母。”

听了李琳滔滔不绝的讲述，潘军的心在这炎热的酷夏，没有感受到一丝清凉。其实，他只是想请求牧欢欢的原谅，想陪她一起去看那片开满樱花的美景，他报考医学院，更想要做的，是用自己将来学到的医学知识，祛除她额角的那枚印证他年少轻狂的羞愧的疤痕。潘军承认自己的确喜欢牧欢欢，但他不会让她为难，只要两个人能在同一所大学，同一个城市，哪怕不恋爱，只是近距离地感知彼此的气息，就已足够。

潘军含泪给牧欢欢发了一条短信：“你失约了。”一分钟后，他收到回复：“对不起，原谅我没有兑现诺言，我带着额头上的‘记忆’，会永远想起那些青春往事。好好照顾自己。”

想着在即将到来的 9 月，只能一个人去看那片花开成海的美景，潘军的泪流了下来。

错乱流年

■ 雨菡

第一次遇到苏扬，是我最狼狈的时候，那个时候谁都知道有个女生，比男生骑自行车都横，在马路上横冲直撞，却从来没有摔倒过，因为家里距学校有两千米，执念的我却选择走读，所以我练就了很强的车技。为了避免同学一起放学出校门太挤。我总是在放学后十分钟再走，也可以顺便温习今天学的知识。日子平平淡淡，我向来是个守时的孩子，准时到家，从不迟到。该死！我的车子怎么没气了？今天不能准时回家，吃饭也是问题，同学都走光了，四下没人，我可以大哭一场了。“嘿嘿嘿嘿……”不知道谁笑得那么难听，瞥见一个戴鸭舌帽的男生，留着和流川枫一样的头发，我向来鄙视这种男生，又是一个不知道学习的家伙。“想不到鼎鼎大名的周暖阳也有这么狼狈的时候，怎么样，跟本少爷的车走吧。”“谁稀罕，你怎么知道我的名字?”“你嘛！周暖阳二年级二班，谁不知你是年级第一。别逞强了，跟我走吧，我不会翻车的，哈哈哈!”

以后的日子经常遇到苏扬，而每次我的车子都会没气了，他就成了我的救兵，我说他骑车像鸭子，他说自己像蜗牛，载着个千金，当然要享受下，比蜗牛还要慢。于是换我载他，虽然近视的度数挺大，我却不喜欢戴眼镜，他见我骑车像飞似的总吓得嗷嗷叫。以后的日子我还是习惯了晚十分钟再走，只是车子不会再没气了，因为车子就是苏扬捣的鬼。“找个机会认识你。”他自得的说。那时我们已经成了好朋友，我也习惯了和苏扬一起回家的日子。

你喜欢叫我暖暖，暖暖的阳光就是你给我的感觉。所以和你在一起总是那么温暖。闲着没事的时候和你走到篮球场，坐在旁边看你运球、扣球一气呵成，眼里满是惊叹，你投入一个三分球后停下，点头对我笑，转着手里的篮球，朝我晃了晃，意思不言而喻。我摇头不要，你把球塞给我，说：“你身体弱，需要多锻炼，试试看，暖暖来!”我撇了撇嘴，心里很不情愿地走到前面，哼，投就投，本小姐也不是吃素的，我奋力把篮球投出去，眼看着就要进了，我转头向你微笑，下一秒就被篮球砸中，然后是你狂笑的声音，我瞪了你一眼，摸摸头上的包。“不准笑!”“好，不笑，让我看看。”我却看到你嘴角的弧度越来越大，说：“本来就不聪明，现在可不就砸的更笨了，那我岂不是罪过了，来，告诉哥哥这是几?”你伸出了两根手指在我面前晃了晃！“真的很痛嘛，不理你了!”你用你的大手在我头上摸了又摸，说：“都是我的错。”你突然拿我的手轻轻吻了下，“暖暖，和你在一起真温暖。”那是你第一次牵着我的手，你的大胆让我没有一点反抗的勇气。

日子一如从前，和你在一起两个月了，依旧是我们一起骑车回家，只是我骑车越来越慢了，只是想和你多待一会。第二次的月考，我的成绩下降了一个名次，我总是闷闷不乐，上课也找不到从前的感觉了，总想着和你一起骑车回家，期盼着放学。我生日的时候，你送我一只比我还高的熊，你说它叫扬扬，让我每天都抱着，在每个黑夜，我也就有了陪伴，抱着你送的扬扬，只有幸福，让我看不到黑夜。

或许青春是一场劫，错乱的我在错乱的时间，在流年里来不及温暖。我再也找不到那种学习的充实，看着一天比一天差的成绩，即使和你在一起也看不到快乐的阳光，你知道我慌乱了自己，直到有一天你说：“暖暖，我累了，我们分开吧，你等着我，下一个路口遇到你，我一定理直气壮地让你跟我走，牵起你的手就不会放下。”我没有哭，只是看了看天空，没有阳光，没有扬扬，怎么会有温暖，怎么会有暖暖。我低头说：“好!”

等待是一季的沧桑，让我忘了怎样去心伤！每天我还是抱着扬扬入睡，在睡前都会写上一小段的文字，纪念我们走过的日子，粉红的信笺，以吻封笺。自从那天起你再也不和我说话，即使放学我也看不到你骑车的身影了，我知道你躲着我，再也不想看到我。每一个街角，每一个路口，我多想和你相遇，我多想我的自行车又没气了，而你会突然出现，这只是一种奢侈，奢侈罢了。你走了，等待只是一种借口。那天我出来晚了十五分钟，我知道你就在我身后，你总是等我走了再走，默默在身后骑车跟着我。

我想去看木槿花，你说高考后就带我去，可是你没等我走完高三，就先离开我了。那天我拿着自己和你分开三个月期间给你折的水晶星星去找你，你看都不看就扔在地上了，你说：“周暖阳你怎么那么烦人，我烦你了，你知不知道!”整整一千颗星星你不知道这是我用怎样虔诚的心折的，在每一个没有月光的夜晚，我希望星星陪着你，可是我的心就这样被你摔碎了，就像地上的星星。第二天，你带着一个很漂亮的女生来找我，说：“看，这是我的新女朋友，1 米 7 的个子，又高又俊吧。”我不知道哪来的勇气，狠狠地抽了你一巴掌，苏扬。我这辈子都不要再见你。我不知自己是怎样跑下楼的，一定比我骑车的速度快，我没有看你的表情，再也不想看你的眼神，你的笑，你的爱在青春里一一埋葬。

我请了一个星期假，只是在自己的小房间里，只是看着躺在床上的扬扬，望着暖暖的阳光，再也找不到温暖，找不到安放灵魂的地方。回到学校，再也没见过苏扬，只听同学提起过，他转学了。只不过那一季的花开，还没来得及开就枯萎了，就如木槿，而我想我也会如木槿一样只开一次，再没有开放的理由。我恢复了往常的习惯，依旧骑车很快，只不过很少再想身后是否会有苏扬。

那年九月，当我拿着录取通知书时，没有出乎我的意料，付出过了，总会有个好的结果，去西安交通大学或许是我早就想好的，当年苏扬也要去的不是吗？只是他，已经消失一年了。于是一个人去西安，一个人看尽长安花开，那年的木槿照常开了，依旧那么耀眼，只是没有苏扬。看着大学的恋爱，心里只会狠狠地心痛一下，只是想起苏扬。

日子不紧不慢地过着，转眼大二了，也有两年没见苏扬了，一切也慢慢淡去了，只是看到篮球场上的身影，还是会想起苏扬大一末的时候同学告诉我，那个女生是苏扬的姐姐，可是那又怎样，苏扬已经早已消失了不是吗？记者团的复试开始了，有个狂妄的大一男生竟然要向我这个面试官提问题，真是搞笑，让他进来吧，我倒要看看这是个多么狂妄的家伙。“请问暖暖学姐有男朋友了吗？”暖暖？没人知道我叫暖暖，除了苏扬，那个鸭舌帽男生。

“还记得吗，我曾说下个路口遇到你，我一定理直气壮地让你跟我走，牵起了你的手就不会放下。不要等待，再也不要让你等待，所有的幸福我给。暖暖，暖暖，”他拿着那一千颗用胶水粘好的星星说，“看，我又回来了。”

木槿花开了，暖暖的暖暖的，所有的黑夜，所有的泪水，所有的委屈，所有的等待，只是为了看到木槿花开。

浅蓝色的忧伤就此终止

■ 夏夜诺

一

我叫冉舞，是个大大咧咧的女孩，有一帮铁的要死的死党。

那天，我和我要好的死党之一的韩若，偷偷跑去了网吧通宵，于是我就遇见了他。

当时我和韩若在玩游戏，戴着耳麦，音乐声很大，但是他说的那句话却不知怎么溜进我的耳里。

我记得他问网管有什么好看的恐怖片，说真的，当时我觉得他很可笑，什么人看恐怖片居然还要问网管。

网管告诉他说看《恐怖蜡像馆》吧，他说看过了，还有没有别的，网管回答说不知道了。当时我真的笑出声了，网页上一搜不是就出来好多吗？干吗还要浪费口舌去问这种废话呢。

于是，我出声告诉他一部当时风靡网上的恐怖片，还问他看过没有，他说没有，然后从网页上搜出来看，韩若提议我们也看这部片子，我问她说："你不怕吗？"她瞥了我一眼说："这么多人呢，怕什么。"

二

这可以算是我看过的最恐怖的一部片子，当时，我和韩若还是不太敢看，于是我们两个就保持从手指缝中偷偷看的姿势，一边害怕，却一边又想看。

看到我们觉得恐怖的地方我们会倒抽冷气，而他却轻松自在地伸过头来看一眼，再轻描淡写地说了一声"一点都不可怕"。

就这样我们看了将近 20 分钟的时候，听到他说好恐怖，韩若和我立刻凑过去，当时那个场面真的是蛮可怕的，但是那个时候我们俩却觉得那个场景越往下看越好看，我们很有兴趣地往下看。但是，他却在这个时候关掉了播放器。

我们真的很气愤，问他为什么要关掉，他居然说太恐怖了，看不下去了。我们反驳他，为什么我们说恐怖的时候他说好看，我们说好看的时候他又说恐怖，他不语，只是笑。

然后我们聊着聊着便渐渐熟悉了，互相加了对方 QQ，询问了姓名，他说他叫尹辰。那时候我以为这个人就是个过客罢了，过不了多长时间就会忘记。

结果，事情出乎意料地巧合，他知道了韩若的名字以后说他认识一个叫韩若的，还知道她家在哪。

结果韩若就是他所认识的那个韩若，后来他说起他们的相识，真的很搞笑。

三

他说，他们在网上认识的，知道对方是在同一个城市后，就想约出来见面，但是他爽了约，没出现。当时我有印象我好像跟韩若一起去的，但是去得晚了没见到他，还以为他因为等不到人已经走了。

现在知道尹辰就是那个他，他说他耍了韩若，爽了约，后来韩若也耍了他一回，他们扯平了。

那天过后，我们会在网上聊天，他总是说什么时候一起出来玩，我们也总告诉他，有空就出去，但却从来都没实现过，后来我们又互相交换了电话，他偶尔会打个电话说："哎，这次有空没？一起出去玩吧。"

有时候，他会在 QQ 上跟我说话，我总是爱答不理的，甚至有时候我懒得理他，干脆告诉他说不是本人。

其实，我们也不是没空跟他出去玩，只是每次出去都不叫他罢了，毕竟跟他又不熟，我总是晚上跟韩若一块儿出去，然后再打电话让她男朋友出来，而我，每次都当一个华丽丽的七千瓦电灯泡。

说实话，每次都有点小尴尬，每次我也都会说，你们两个去玩吧我自己待会儿就好，但是韩若从来没有单独把我丢下过，她说："我怎么可能把你丢下不管，你和我们一起。"她说的话真的让我很感动。

这句对话，几乎每天都要上演一回，我觉得挺对不住他们两个的，人家过二人世界我掺和个什么劲啊。

四

我没谈过恋爱，更不用说交什么男朋友了，所以不管我跟哪个姐妹出去，我都是闪亮闪亮的高瓦数灯泡。

这次我又跟着韩若出去了，照例打电话给她男朋友。他们见面后，我还是觉得我这个电灯泡应该回避一下，让他们两人好好过个二人世界。但是韩若是个很倔的女孩，她说不放心我自己，要不跟他们一块儿，要不找个人一起。我也是个固执的人，我不同意她的建议，我不想跟着他们，打扰他们的二人世界，可是我又没有可以一起的人，我那帮姐妹都有事根本没办法出来，所以我们两个就僵持起来了。

僵持许久后，她突然冒出一句："我打电话给尹辰让他过来好了。"我说不管，她就打电话给尹辰了。

尹辰说一会儿就到，结果我们等了他好久他还没来，韩若给他打电话催他，他一个劲儿地说马上到马上到，结果我们又等了许久，他才姗姗来迟。

尹辰不是自己来的，他还带了他的两个朋友，当时那个情景真的是好尴尬哦。

他一来，韩若和她男朋友两个人就走了，剩下我跟尹辰还有他的两个朋友。过了一会儿，估计他朋友也是觉得尴尬吧，说有事先走了，剩下我们两个，气氛也变得怪怪的。

我觉得很囧不知道该说些什么，一直都是他在找话说，结果我们就一直站在一个地方说了好久的话，久到韩若回来找我回家，久到他朋友事情办完回来。

五

从那天之后，好久我们都没有再见过面。

有天晚上上 QQ 的时候，他跟我说话，结果震惊了我。他说让我当他女朋友，当时我懵了，傻了，不知所措了。

我想他肯定说错人了，要不然就是认错人了，我和韩若他有时候都分不清楚，都不知道他怎么想的。

韩若那么漂亮，而我只是一个小丑而已，我的脸上有一枚红色胎记，我知道任何人看见了都不会喜欢我的。

然后我告诉他："你没搞错吧？就我这样的，不可能啦。"他说没搞错。我说还是算了吧，咱们还是当朋友吧。

我不想这样，如果他搞错了怎么办？我说了心里话，我说：“不想谈恋爱，我这个人如果受伤，我就爬不起来了。”他却说：“一场不分手的恋爱，只要你不提分手，我肯定不提。”我脑子彻底乱了。

我不知道该怎么做，我没谈过恋爱，我的样子很让人看不起，我总说不自卑，说没关系，其实我还是在乎的，不然被别人嘲笑的时候，也就不会伤心跟难过了。尹辰突然说让我做他女朋友，我真的不敢，我怕万一我陷进去该怎么办。

我把这件事情告诉了韩若，韩若说：“你觉得他怎么样？”我说：“不知道，毕竟没见过几面。”她跟我说：“你想想吧，你想怎么做就怎么做。”我是个没主见的人，我对她说：“不知道。”她说：“我帮你看看？”我说：“好。”

六

第二天，韩若告诉我跟他交往一段试试看吧，我说那好吧，于是，我的第一次恋爱开始了。

我们是在七夕的前一天开始交往的，七夕那天下了很大的雨，晚上的时候停了，我们约出去见面，那天我叫上了死党之一的兔兔，她知道我有男朋友以后，非要看看。

那天，我以为他会是一个人，结果是三个人，他带来两个人，我不喜欢人多，人一多，我就会很紧张，很自卑，好好的一个七夕，就这样尴尬地过去了。

我们并没有像其他情侣那样甜甜蜜蜜地黏在一起，我们只是偶尔打个电话，说两句话，也不经常见面，不经常一起出去，这样的日子，一天天过去，平淡如水，但是对我来说还算是好的。

我不需要轰轰烈烈的爱情，因为来的轰烈，走的也不见痕迹，这样的爱情不适合我。我不知道我想要的感情是什么样的，但是这样平淡的爱情我也并不讨厌。

七

我甚至觉得我们可以一直这么下去，到很久很久。

我天真地忘记了，幸福是不会来得这么快的。

那天晚上，他上 QQ 莫名其妙地跟我说了一句话：“累么？”

我不懂他什么意思，他又补充说：“跟我在一起累么？”

看完后，我明白了，也许我们之间的平衡要被打破了，我反问他：“你累么。”他说：“不累。”

我说：“你觉得我累么?”他却说：“我只是问问。”

他说：“其实两个人在一起不需要那么多浪漫。”我不懂他的意思，我从来都没要求过让他浪漫，我从来没说过我需要浪漫。

我回答他说：“细水长流。”不知道他懂不懂我的意思，我只想平平淡淡、安安静静的，不需要太多的浪漫的。

他接着说了一句：“我不爱你，但是感情是可以培养的，那东西不是一下就有的。”

我真的很想沉默但是我不能，我跟他说：“我明白。”

他说：“我有时候会让你做这做那但那都是为你好。”我说：“我懂。”

他说：“懂就好，我希望你懂我。”

我说：“我会试着去懂你、去理解你。”

但是后面有句话我没说出来：“我会试着去懂你、去理解你，但是我不会再试着去喜欢你、去爱你。”也许他觉得这几句话没什么，但是对我的伤害真的是无可比拟的。

我早该明白，幸福终究不会来得那么快。

八

我也渴望能有永远不分开的爱。

我也奢望能有一个男人来爱我。

我也希望能有人看透我的冷漠。

我也期望能有人看破我的逞强。

其实我很脆弱，其实我不坚强。

其实我只是想要属于我的未来。

其实我只是想要一份爱情而已。

其实我只是想要一份依靠而已。

其实我只是想要一份永远而已。

其实我只是想要一份幸福而已。

其实我只是想要一份快乐而已。

这么简单的要求都无法实现，我告诉自己即使再伤心也不能哭，就算难过得快要死了生活还是要继续，我喜欢浅蓝色的天空，什么话我都会仰头跟它说，可现在它却成了我浅蓝色的忧伤。

那年浅蓝色的忧伤就此终止。

不应有思

抱歉，让你久等了

■ 阡陌向阳

一

“嗨，亲——安！”

声音在宁静的环境中显得格外突兀。像一声巨响，雷声敲开夏日的时候，自己看见的那抹粉红……是圆子。那个坐在草上因疼痛而瑟瑟发抖的女生，粉色的短发给人樱花的气息，四月的气息。于是，上前将陌生人带回家的行为就似乎顺理成章了，毕竟，自己是那么喜欢樱花。

“安都不理人家，没意思！”圆子气鼓鼓地倒在草地上，躺得四仰八叉。手不安分地玩弄着安的头发，青绿色的凉凉的，很容易让人联想到水鬼……不过，将整个脸都埋到青色中，轻轻摩擦。就是好喜欢呢。

“你啊……”安收回思绪，目光在接触圆子时带上了能温暖所有的溺宠，“说了多少遍了，是清水安，不是‘亲安’。”

当初告诉圆子名字时，她因紧张而模糊掉了“水”这个音，于是就变成了“亲——安”中间拖长地糯糯的撒娇式圆子叫法，并延续至今。

安的嗔怪没有多大效用，圆子听了只是“哧哧”地笑了。

“安，”圆子突然坐起来，从背后抱住安，“如果，他也喜欢你的话……你会不会不要圆子了。”

声音闷闷的，可能是埋在发里的缘故。

安愣了愣，轻轻握住圆子的手，捏了捏，说：“傻瓜，怎么会呢？你可是我最最最疼爱的妹妹啊。”

感到抱着自己的手突然收紧。安因不适而皱起眉，正欲转身，腰间的力量便消失了。

圆子站起来，叉着腰笑得开怀，说：“我就知道，我清水圆子的魅力是不可抵挡的！”

安溺宠地看着圆子，有点无奈。

“走啦，笨蛋安。再不回去，老师就要发现了！”圆子一把拉起坐在地上的安，向前跑去。

等到两人都走远了，草丛后慢慢走出一个抱着一摞书的男生。

清水安。在心里默念这个名字，很熟悉的感觉像一小股电流经过，触及心脏。男生微扬唇角，那粉红纠缠青丝的画面，很美。

二

“安，你再等等，我马上就到!”因为要给老师帮忙的圆子没能按约定时间去图书馆找安，急得直跳脚。

“路上小心。”听着圆子慌慌张张的声音，安笑了，“别急，我等你。”

翻着书，将那些美好的文字记到脑海中去。安就像她的名字那样安静，在图书馆的一个小角落中，不知觉地美成一幅画。

对面传来轻微的凳椅移动声，安抬头，是个男生，抱着很多书的清润少年。安礼貌地笑笑，得到男生的点头回应后，又低头看了起来。

男生将书放下，拿起一本翻阅起来，可是相比以前速读的节奏，自己今天的速度明显就慢了下来，那些字不知怎么地难以印到心中。男生将目光投向对面的女生。青色的发柔顺地垂着，女生笑着，淡淡的……像……一杯香茗。

感到有人注视的安，抬起头，向男生笑着说：“呐，认识下吧。我叫清水安，立海大附属中学三年 B 组 16 番。”

“啊。”男生下意识回答，然后反应过来女生是在和他说话时睁大了眼，又立刻恢复到平常状态。“柳莲二，立海大附属中学三年 F 组 19 番。”

“那么，现在就是朋友了呢。柳。”安托着腮，手指在书上漫不经心地滑动。

“啊。”柳合上手中的书。

“那以后柳就叫我安哦。”安不急不缓地说着。

“啊。”柳翻开另一本书。

“朋友间叫姓很生疏呐，现在柳称呼我为安了，那我该叫柳什么呢?”安拧起眉，状似苦恼。

“你可以称呼我为莲二。”柳接答。

“莲二啊。”安笑了起来，“太普通了，我叫你小莲吧。”

“啊。”柳回答，下一秒觉得不对。小莲，好女生的名字。抬头想说些什么，却见安一脸沉浸书中的表情，又咽了回去。自己好像被……算计了。莲二想，概率是 92.3%。然后淡淡地笑了。

他没有看见对面的女生微红的双颊，他没有想到对面的女生在叫出

“小莲”二字后，再也看不进一个字，耳中只有自己心怀小鹿正乱撞的声音。

而这些，都在赶来的圆子眼里了然。

三

夕阳的光辉在路上斑驳一片，伴着风吹树叶发出的“嗦嗦”声，莫名寂寥。

圆子看着抱着书走神的安，突然感觉自己的喉咙被一只无形的大手紧握，氧气也被抽离。她似乎即将窒息。

安的眉梢还静静地弯着，眼神也迷离而温和，唇角带着幸福的味道，却灼伤了圆子的眼。这些都不是为了她，这样的安，是因为那个男生。

“亲——安，”圆子扯了扯嘴角，逼着自己笑得明媚。

“嗯……”处于幻想中的安，无意识地回应。

圆子突然笑出了声，弯着腰，扶着身旁的树干笑得不停颤抖。

她没有注意到自己呢。那样细腻的安，只要自己有一丝一毫的不开心都能察觉出来的安，自从见到了那个男生后，却再也不在意自己了呢。没有了一转身就可以看到的宠溺的笑，没有了伤心时担心的眉梢，就连回答也不再专注。她的安，没有了呢……

“圆子?”安从幻想中惊醒，担忧地看着圆子，“你怎么了?”

“我怎么了……”圆子没有抬头，粉色的额发垂下来挡住了她的脸，看不见任何的表情，“安，我为你高兴啊!”

“圆子……”这样的圆子很不对劲呢。安担忧地伸出手想去触碰圆子的肩。

“啪!”手被挥开。安错愕地睁大了眼。下一刻，身体却被抱住了，肩膀上传来湿润感，安听见圆子不加掩饰地抽噎。她一遍一遍地呢喃着：“安，不要抛弃我。安，我只有你了。”

安的眼神一下子就温柔下来，用手轻一下重一下地抚摸着圆子的头发说：“怎么会呢……圆子是安最疼爱的妹妹。”

妹妹……眼睛更加酸涩了。妹妹么。再怎么样，自己也只是妹妹啊！圆子第一次痛恨安的温柔，为什么要告诉自己，告诉自己，只是妹妹!

圆子松开了手，转身狠狠抹去泪水。再回头，她还是那个笑得天真纯粹的圆子，用软糯的声音对安说：“亲——安，我们回家吧!”

看着圆子的笑容，安突然觉得，心里涩涩的，说不出的难受。嘴里却习惯性地应答下来："嗯，回家！"

如果，一个乖巧的妹妹，这是你的愿望。那么，我爱的人啊，如你所愿。

四

"呐，这个是樱花蛋糕啊！安，你真是太好了！"圆子看着安从袋子里拿出的蛋糕时，顿时惊呼，手也不安分地将蛋糕一把夺到自己眼前护住。

"唉唉……圆子，这是给文太的，你别吃呀……"安急忙去抢回来，哪想圆子闻言却把蛋糕护得更紧了，瞪着圆滚滚的大眼睛，一脸委屈。

"安最坏了。那个男的，你对他好也就算了，毕竟你们在交往。但为什么连那只红毛猪，你也对他那么好？"说着还手脚利索地把一块蛋糕塞进嘴里，狠狠咀嚼一番。

安无奈地摇头，揉了揉圆子的头，帮她擦干净嘴角的奶油，说："你这是吃什么飞醋啊！我不是一直都有做给你吃的嘛……只是文太很可爱不是么？"

"可爱？"圆子又一次暴走，然后可怜兮兮地凑到安的面前，用忽闪忽闪的大眼睛看她，"难道我没有那只红毛猪可爱吗？"

"扑哧……"安忍不住笑了，"当然是你可爱啦……全天下就只有我的圆子最可爱！"

闻言，圆子骄傲地挺了挺胸，"那是，我清水园子是最可爱的，红毛猪什么的快快退散……嗯，樱花蛋糕果然最好吃了！"

安的眼里尽是温柔，在圆子的额头上印上一吻，"慢点吃……我的圆子小猪。"

那样软软的触感，带着独属于安的气息，带来不可抗拒的悸动。不想让这样的感觉离开，还想要更多，更多……于是，圆子调皮地勾起唇角，指着脸颊、眼角、眉梢……嚷嚷着"这里还要！"

安自是不疑其他，也笑着一一亲吻过去。

然后，圆子轻轻仰头，双唇就这样，不可避免地触碰在一起。

圆子看着安，看着她瞪大眼睛有些无措地愣住了，甚至都忘了离开。她还看见，安的身后走来的男生，突然停滞的脚步。

圆子笑了，伸出舌在安的唇上暧昧地舔过，然后在安的耳边说："啧，安果然最美味了！"她并没有刻意控制音量，所以……

"安！"站在安身后的男生突然出声唤道。"嗨……小莲！"安匆匆回头，心里已经全然乱成一片，连脸颊和耳尖都火辣辣地烫着。唇上还有着圆子的气息，令她连简单的思绪都寻不回来。

“嗨！柳君。”圆子伸出手抱住安的腰，歪着头向柳打招呼。

柳微不自觉地皱了皱眉：“啊，清水君。”

然后，他向还待在原地的安伸出了手，“安?”

“啊！抱歉，我忘记了这件事!”安急忙将圆子的手臂扯开，拉住柳的手，连连说抱歉。

安没有看见，她扯开圆子手臂后，圆子迅速暗淡下来的眼。

第一次呢。安，这是你第一次松开我的手，那么坚决。安，你甚至未回头看我一眼。

我的安，你终究还是要将我遗弃。

五

“安……”圆子向着话筒里呼唤。

“嘟……”又是一声冷冰冰的音。

“安，我难受。”圆子将手放到额头上，希望能赶走那股热潮。

“嘟……”

“安，我好想你。”圆子喃喃着。

“嘟……”

“安，别不理我。”圆子觉得眼皮好重，好想睡觉。

“嘟……”

“安，我只有你了……”

“碰!”话筒重重掉落在了地上。

“嘟……嘟……您拨打的用户……”再也听不见任何声音，圆子昏倒在了沙发上。

六

“小莲，果真很喜欢小津安二郎的作品呢……”从电影院出来，安边拿手机，边和柳说。

柳点头，刚想说些什么，却被安的惊呼打断。

“九个未接，圆子一定急死了!”安急着打回去，却只传来“嘟嘟”的声音。没有接。

“怎么了，安?”柳询问。

“不知道呐。圆子没接电话。”安下意识地握紧了手机。

柳抿紧了唇：“那，需要现在就回去吗?”

“啊。”安回答，“是的。”

“那么打车回去吧，天还在下雨。”柳率先走了出去。

“下雨……”安低声重复。然后蓦然想起了那天。那天也是雨天，伴着倾盆大雨而来的还有雷电。就是那个雨天，圆子没了父母，而自己则遇到了圆子。安清楚地记得，圆子自那以后，十分地害怕雨天，而今天，没有自己在她身边，圆子一定怕极了吧。

安觉得自己心里满满的都是焦急，恨不得立刻飞到圆子的身边。于是，她没有发现，柳的眼里那一抹深深的哀伤。

“谢谢你了，小莲。”向柳致谢告别后，安匆忙跑进家门。

家里安安静静的，没有开灯，只有未挂好的电话亮着。安看见圆子倒在沙发上，满脸的苍白。

安轻轻地走了过去，似是怕惊醒了圆子，然后跪坐在沙发前，用手小心翼翼地拨开圆子还湿润的发。在指肚触上圆子额头时，那灼热的温度刺痛了安的心，安似是如梦初醒般地拿起话筒呼叫医生。

等待的过程总是漫长，安只是不停地流着泪亲吻圆子的额头，似是想要给她力量。

安觉得自己很害怕，浑身都在颤抖。

安难以想象圆子要是离去了该怎么办。

虽然只是高热，只要治疗就好。但是，下次，下下次……她无法想象圆子苍白着脸，躺在自己怀里慢慢流逝至尽的样子。

她的圆子应该是健康的、快乐的、无忧无虑的才对。她发过誓的，要呵护圆子一辈子的。

安不住地流泪，医生在给圆子打点滴。已然是半夜了。

圆子的高热已经有退下的趋势，安才放任自己放松下来。

躺在圆子身边，安想起早上那一幕，不由心悸，却也嘲笑自己神经紧张。圆子一贯爱玩，自己也不是不知道，又不是第一次着了道，还傻傻地怪她，真是笨。圆子……可是自己的妹妹啊。

妹妹……不知道为什么，安默念着这两个字，心头反而有些烦躁。

是太累了吧。安告诉自己。

七

"圆子，起床了！"安坐在圆子床边，捏住她的小鼻子，唤道。

"噌"的一声，圆子从床上跳起来，大声抗议着："坏安……人家要睡觉嘛。人家可是大病初愈唉。"

安由着她把自己扑倒在床上，宠溺地笑着哄她，"圆子可是最乖的不是吗？好好学生圆子可是从来不迟到的呢！"

嘟囔两声，圆子才不情不愿地爬起来。

"安，今天吃什么啊？"圆子抱着安的腰问。

"主食是牛腩饭加鳗鱼寿司，点心是草莓派。"

"唉唉……都是我的最爱呐。"圆子跳到桌前，一把就将自己的饭盒搂住，亲了两口。

"咦……安，没有给柳君准备么？"圆子扫视了下餐桌，却没有发现那个白色饭盒，不由得问道。

安闻言一顿，然后突然叫道："呐，我忘记了！"

居然忘记了小莲呐。安苦恼地撇眉。

然后对圆子说："等下啊。我这就准备。"

冲进厨房的安自是不会看见圆子抱着自己的饭盒傻傻地笑了。

"小莲！"安把饭盒递给柳，有些羞涩地笑了。

"谢谢。"柳打开饭盒，然后夹起一个寿司送入口中，"安……"

"怎么？"安疑惑地看着柳。

"没什么，"柳低头又夹了一个寿司，道："很美味。"

闻言，安放心地笑了："小莲喜欢就好！"然后离去。

看着安走远的身影，柳闭着眼靠在树干上，苦涩地笑了。

安，你没有发现么。今天的寿司，比往常都要咸呢……

八

"亲——安！"圆子凑到安面前，双手合十，"今天是我的生日，我们去游乐场吧！"

"你都多大了，还去游乐场！"安揉了揉圆子的发，答应道，"那就去吧。你是寿星，你最大嘛！"

"嗯。就知道安最好了！"圆子飞快地在安脸上亲了一下，笑得眉梢弯弯。

几乎玩遍了游乐园的各个角落，安拉着圆子的手问："接下来是去玩旋转木马，对吧?"

"不对哦！安这次猜错了呢!"圆子笑着说，"我这次想坐摩天轮。"

都说摩天轮代表幸福，所以，安，我想要和你一直幸福下去。哪怕……你从不属于我。

摩天轮一点点地升高，透过窗可以看见外面的万家灯火和漫天星斗。

夜，是那么美。

在这个小小的空间内，圆子闭着眼感觉安的气息，然后，在即将升到最高点时，睁开眼对安笑得明媚。

圆子说："安，给我个拥抱好吗?"

安愣了愣，旋即笑了起来："好啊!"

安伸出手，在最高点将圆子拥进怀里，揉着圆子的头发说："如君所愿!"

安想起柳之前对自己说的话。

"安，你其实并不爱我吧。"柳看着安的脸，突然说道。

"啊? 怎么会呢……"安无措地说，"小莲……"

"不是爱。"柳背靠着树干，"安，你只是崇拜，对我是像哥哥一样的喜欢。对吗?"

不等安的回答，柳继续说："安，你没有发现吗? 或许你幼时的感觉比现在更坦诚呢。"

"我们分开吧!"柳将安眼角的泪拭去，"你该好好去看看自己的心了，还有你身边真正爱你的人。"

柳离开了。像小时候一样地在安的眼前离开。但是，安，这次你又会如何呢? 祝你幸福，安。

思绪将安拉回了摩天轮。

"看看自己的心，和身边真正爱自己的人。"安突然对怀里的圆子说道。

"啊?"圆子疑惑。

"呵呵。"安突然笑了，"圆子就这么一个愿望?"

当然不止，我还想和安永远在一起。可是，我不能说啊……圆子苦涩地笑着摇头，说："没了，就这一个愿望。"

"那好吧!"安没有多说什么，只是笑着抚摸圆子的发，"圆子不想知道自己的生日礼物是什么吗?"

"是什么?"圆子坐回了安的对面，看着窗外发呆。

安没有回答。在摩天轮转了一圈回到地面时，向对面的圆子伸出手，“圆子，我们回家。”

圆子，我们回家。回我们自己的家，独属于清水园子和清水安的家。

九

“圆子，我很穷的。所以不能给你买精致的礼物了。”安在家门口对圆子说，“所以，我想来想去，也只好把自己送给你，你千万别嫌弃啊！”

然后在圆子惊愕地愣住时，凑上前，在她的唇上轻轻一吻。

圆子，我或许还不能分辨自己对你的感情是亲情还是爱情。但是，我想，有你在，我总会明白的不是吗？

抱歉啊，我的圆子，让你久等了。

三月，等待开来的地铁

■ 黎平

三月份的时候我决定去一趟上海，在那里有一个等了我很久的女人。

我不知道她为什么这么焦急地等待着，也许是等待着我们的故事有一段新的发展，也许是等待着我们可以互相给对方一个结局。

这很难说，因为我们都不了解对方，我一直把这作为我们关系这么僵持的一个理由，但是那一天她告诉我说不是。她说我们僵持，是因为我们彼此自由。

——题记

1. 记忆

我喜欢这样的阳光，像雾气一样撒在我身上，暖暖的又湿漉漉的感觉，在我心里荡漾开来。

她说这样的阳光叫做温暖。我看到她轻轻用指尖去碰那阳光，那温暖就在她指尖荡漾，晃得我眼花。

我习惯性地抬头，然后看着她的脖子逐渐变红，我一直奇怪她的脖子总是在看着我的时候变红。

我低下头，她就又凑着小脑袋来看我的眼睛。我知道我的眼睛很好看，从第一次见到我她就那么说。

那是一个明媚的夏天，阳光像妈妈很多年后的白发一样，水银泻地。

她静静地从我身边走过，毫无声息。

她走路从来那么轻，那次也是。她忽然回过头来对我说："你的眼睛很好看。"

知了在不远的地方放肆地叫着，像是在附和着她的声音。

为什么，为什么那么说?

她没有回答，她什么都不回答。我想她也许从我身边走过只是为了要告诉我这一点。

那天回家以后我记住了那个声音。

很多个没有阳光的下午，她喜欢抱着奶茶盯着我的眼睛看。

看久了累了，她就故意用她的鼻子来撞我的鼻子。

她总是喜欢用鼻子使劲地碰一下我的鼻子，然后捂着鼻子叫着好疼好疼。

我看着她，她也看着我。我觉得我应该有什么话要说，可是时间在我们互相注视中流逝得很快，也或者是很慢，慢到我们都不知道时间在流逝。

“还疼吗?”我问。

“不疼。”她的脖子又红了起来。我低下头。

我抬起头来，她在那笑着。

她总是笑，每次看到我都在笑。我喜欢看她的笑，很久以前在我不开心的时候她总是会神气地出现在我面前，小人得志地笑着，一边笑一边还敲我的头说：“大木瓜又不开心啦?”

我发现我最近越来越笨了，我想一定是在那时候被她一点点敲笨的。

我安心享受，习以为常，就像在有阳光的时候在那晒着太阳一样。她会在那叫着痒，说：“大木瓜揉揉!”然后我给她揉着，而她给她最爱的小猫咪揉着。

我说我妒忌。

妒忌什么?

妒忌那猫。

然后她就咯咯地笑，一边笑一边揉着小猫说：“大木瓜妒忌你呢，乖，再给你揉，气死他。”然后她惊讶地看着猫咪说：“啊，你睡着了?”

我为之气结。有段时间我习惯了这种感觉，像夏天下午抱着一堆阳光走在海边。但有一天，她不再出现。我才发现很多年的阳光的颜色也是那么灰暗的。

这是我第一次到上海，我看到了高耸入云的大厦，也看到了拥挤不堪的人群。

我不喜欢拥挤，于是走到一个最空旷的地方，我掏出手机却发现昏黄的灯光下，她已经远远地站着，看着我。

“你来了?”

“恩，”我说，“我来了。”

她的眼睛在闪烁，或者是旁边那家超市的灯光在闪烁，总之，我一开始以为那是眼泪，可是不是。

我说：“你等很久了?”

她说不，然后走过来，看着我的眼睛，一直看着。

“你看出什么了吗？”

“看出来了，你肚子饿了！”她咯咯一笑，然后我也笑，果然还是被她看出来了。

可是她的眼睛一直在闪烁，闪得我根本看不出她的心事。

她拉着我，走过了很多很多的街道，然后在一家叫做“吃一次”的小吃店坐下，她热情而且快乐地在那叫着要请我吃什么，结果她点了我最不爱吃的生煎。

我吃了一口就确定这店的名字取得真的很贴切，我就不想再来吃第二次。

但是她在那吃得津津有味，气势逼人，我发现十个人里面有九个都已经转过头来看着她，另外一个就是一直在看着她的我。

我痛苦地吃光了所有的生煎，胃里翻江倒海，感觉就好像我又回到了来上海的火车上。

我命中注定不会远走高飞，不会游山玩水，因为我什么都晕，汽车、火车和飞机。

在火车上我看着窗外不断倒退的树木，感觉时间又一点点地倒回到那个夏天，她就站在离我不远的地方看着我。阳光一点点地撒在她的眉梢，泛起了五色的光芒。

“你的眼睛很漂亮。”她说。她总是那么说，可是我真的不知道这么小的眼睛有什么漂亮的地方，如果我不戴眼镜对着镜子，我甚至找不到我自己的眼睛。

可是她那么说：你的眼睛很漂亮。好像就在耳边徘徊，和火车一起没有规则地颠簸。

记忆在颠簸里断断续续，她的身影若隐若现，若即若离。

窗外总是有一个又一个人站在铁轨边怔怔地看着我们，我不知道他们能不能看到我的眼睛。但是我知道她会看到，在很远但即将到达的地方。

我说我想跳江，她笑着说：“可以，当然可以，你想跳没人会拦你。”

“你呢？”我问。

她说：“我会帮你，一脚把你踹下去。”说着就给我一脚，然后咯咯地笑。

我不知道怎么在我的记忆里总是留着她给的一块地方，在每次不开心的时候我总是喜欢去那个地方，她有一种神奇的力量总是可以让我的心情平复。

她总是会笑着敲我的头说：“大木瓜又不开心了。”然后像小孩一样焦急地在我周围转着圈，希望可以想出什么办法让我的心情变好，可是她好笨，真的好笨，每次都想不出什么，只是让我看着她看得更加郁闷。

她转得累了会说头好晕，然后撒娇一样地抓着我说：“揉揉。”我就给她揉。

她的微笑很暖，就像她的名字一样。“我叫暖暖。”

我总是记得很久以前的那一个下午，她站在一棵树下对我说。她的眼睛在说话，我总是觉得在她的水汪汪的眼睛里应该还藏着更多的东西，我一直在寻找。

“很漂亮，很可爱。”我看着她的眼睛。我曾经非常喜欢看着她的眼睛，正如她一样。暖暖的眼睛好像总是有很多很多话要说，说给我听。

曾经在刚认识她的时候我总是会忍不住说：“我想……”

“你想干什么?”暖暖满是警惕地问。

我说：“我想听你的眼睛说话。”

于是她就咯咯地笑，然后在我头上轻轻地敲，如果是双休日，她会少敲几下，因为她要休息，如果不是，她会一直敲到累了为止，并且一直不停地说：“大木瓜，大坏蛋。”

等地铁的人很多，我知道在这些人中间有很多人和我一样，都在等待着一些连我们自己都不知道的东西。

她在我身边，看着漆黑的地铁轨道。“你知道在那黑暗的后面是什么吗?”

“我不知道。”我说。

于是我和她一起看着那轨道。地铁还没有来，两端都是一片黑暗，我开始遐想在这黑暗里面的是什么。

她说是地铁。可是这地铁会开向哪呢？是开来还是开去?

地铁要来了，通道里风吹过，她的头发和我的记忆轻舞飞扬。

她叫暖暖，夏天一样温暖的名字，我认识她在那个夏天，她说喜欢我的眼睛，我用她喜欢的眼睛看她。

暖暖，在三月的那天轻舞飞扬。

2. 寂寞

当阳光在我身边变暗，我知道新的黑暗又来到了。

有时候我想在这黑暗里面是不是有昨天看到过的眼睛，那眼睛在镜子深处，触摸不到，却逐渐迷离。

热闹的黄浦江边依然热闹，可是寂寞的人依然寂寞。

暖暖在前面走着，我跟着她的脚步。我一边走一边听着她的脚步声，每一下都踩在心上。在阳光消失以后，暖暖开始寂寞，哪怕我就在她的身边。

“你还想跳吗?”她问。

我看着江水，猜想着每年从这里跳下去的有多少人，有人因为爱情，有人因为事业，可是有没有人是因为寂寞?

“你呢?”我问。

暖暖就蹦蹦跳跳地走开了。我知道她开始寂寞了，真的知道。

每当她感到寂寞的时候她就会沉默，就像很多年前的那个下午她站在树下沉默的时候一样，树上的叶子落在她的肩上，我看到她轻轻抖去，然后蹦蹦跳跳地走过我身边说:“你的眼睛很漂亮。”

那时候她就在寂寞，只有寂寞的女生才会去注意别人的眼睛，而她的眼睛藏在镜子深处，很多次近在咫尺，却无法企及。

“我不想跳了。”我拉住在前面走得飞快的暖暖。

为什么走那么快，你在担心什么?

没人在担心什么，只是有人在哭，在很远的地方。

我听到那哭声幽幽传来，很多人和我一样开始寻找那声音的来源。

暖暖忽然拉着我就跑，在跑出很远以后我听到什么东西掉到水里的声音，我想，还是有人跳江了，也许是因为寂寞。

那天我决定去宁波，而她决定去上海，那个时候我以为我们的世界从此将不再有交集，我对她的记忆也许仅仅停留在那个夏天。

可是后来我才知道，记忆这种东西就像癌症一样会逐渐蔓延，直到有一天病入膏肓。

当有一天我重新整理记忆的时候，我才发现，在上海有一个一直焦急等待着的女孩。于是我乘上了从宁波去上海的火车，手机没有电，所以什么都没说就趴在那昏昏沉沉。

窗外总是有很多的人站着不动，睁着大眼睛木然地看着匆匆而过的火车，我想他们也许不会想火车从哪来，又开往哪去，就像他们不会思考人生的意义一样。

他们每次都努力睁大眼睛，也许只是想看清楚火车里面某一个和他们的人生毫无瓜葛的人。而我和她的瓜葛却在某一个夏天开始，在我们的生活中蔓延，千丝万缕。

到达上海火车站的时候已经是晚上，孤寂的灯光照亮着憔悴的行人，疲惫的旅程，不堪那肩头背包的重负，我想着当初她应该也是这样一个人来到上海，背后是我固执的倔强。

在一家超市昏黄的灯光下，我看到了她孤单等待的背影，影子在灯光里拖得很长很长，上面写满了无以言表的寂寞。

我走近她的跟前，看到她眼睛，那寂寞的眼睛。“暖暖，是我。”我说。

“你能不能走得慢点。”暖暖拉着我，可是却没有半点放慢脚步的意思，我可以清楚地听到她球鞋踩在马路上的声音，有时候我甚至怀疑那是她的心跳，我慢慢走近，有着血液的味道。

“你怎么了？怎么了？”我问。

暖暖依然拉着我，固执而且坚决，就像当年坚持要去上海一样。上海不是个适合暖暖这样在不开心的时候只会沉默的女孩的地方，那里有灯红酒绿，有光怪陆离，但是更多的却是，寂寞，一个人置身于世的寂寞。

我说：“暖暖你喜欢坐地铁吗?”暖暖拉着我的手又开始抓得更紧了。

我知道一个人的时候总会特别寂寞，寂寞的时候千万不要坐地铁，因为那无穷无尽的黑暗只会让你更加寂寞。

我说：“暖暖，我们回去吧。”

暖暖说：“不要。”

暖暖拉着我，继续跑着，直到她自已跑不动才停下来，喘着粗气。

“你喘着粗气的样子和以前一样难看。”我说。

暖暖瞪了我一眼。我觉得暖暖的确开始长大了，如果是以前的暖暖，她一定已经朝我头上敲下来了，并且嘟囔着嘴说：“大木瓜，大坏蛋……”

可是现在我不是大木瓜，也不是大坏蛋了。

我从宁波来到了上海，坐着那班让我胃里直到现在都还翻江倒海的火车。

在火车上我不停地想着在另外一个城市里独自生活的暖暖，想着她在现在的这个时刻，是不是正坐着地铁，往火车站赶。想着她一个人的时候是不是会感到孤单。

“你和我一起去上海吧？”当时暖暖那么问我，但是我说的是“不”。

我想去宁波，想去那个城市，因为一个女人。

我觉得我去宁波是天经地义的事情，所以我去了。暖暖一个人去了上海。我当时甚至没有去送她，至少我应该去送她，然后对她说：“暖暖，我会去找你的。”

可是我没有送，并且什么都没有说，而且，我甚至没有想过要去找她，一个叫做暖暖的女孩。

“暖暖，对不起。”我说。

然后我继续跟着暖暖的脚步，我不知道她要走向哪里，我只知道，今天我必须跟着她，哪怕她是去跳江。

“你有对不起过我吗？”暖暖忽然停了下来，扭着头问。

有吗？没有吗？我发现我回答不上来，只能看着暖暖的眼睛，她的眼睛依然透着浓浓的寂寞。

“猫呢？”我问。

“死了。”暖暖说，然后抬起头看着很远的地方，我不知道她确切是看着什么地方，也许是天堂，猫在天堂。

“不，它一定下地狱。”

“为什么？”我问。

“因为，因为我也会下地狱。”暖暖沉重地说，我看到她的嘴唇因为刚才那句话都已经发紫，一定是因为刚才跑得太累的缘故。

这次我没有再问为什么，我知道，一个女人寂寞的时候，最好不要问为什么，因为那只会让她更加寂寞。

我尝试着去拉暖暖的手，暖暖躲了一下，但是没有躲第二下。

我拉住了，然后慢慢地带着暖暖往前走，我说：“看，前面是什么？”

暖暖努力地往前看着，然后疑惑地看着我：“什么都没有啊？”

我说：“对，什么都没有。”

然后暖暖又一次狠狠地敲了我脑袋一下，和很多年前一样，然后气鼓鼓地说：“你个大木瓜，大坏蛋！”

“对，我是大木瓜，大坏蛋。”我连忙笑着说。

暖暖于是跟着痴痴地笑，那笑很美，却为什么总是透着浓得化不开的寂寞?

3. 等待

等待是一个非常寂寞的词，可是我知道，暖暖因为我而寂寞了很久，我不认为那是值得的，就好比我不值得为了另外一个女人去宁波一样。

可是，我们都在等待，为了彼此不再寂寞。

在等待的日子里，日历化成了窗外的飞雪，一片又一片，一年又一年。

“你还要等吗?”

我说：“不了，她已经走了。”

暖暖说：“哦。”然后和我一样抬头看着东方明珠电视塔。

很久，久的有点让我以为时间都停止了，可是暖暖忽然说话了：“很高?”

“恩，”我说，“很高。”

暖暖说：“从上面跳下来会怎样?”

“啊?”我看着暖暖的脸，没有表情，我想看出她为什么会有这么古怪的想法，可是一点都看不出来。

一点都不能，暖暖长大了，不再是以前那个任何心事都写在脸上的暖暖了。

现在，她只是把积累下来的寂寞写在了眼睛里，那一眼的寂寞……

“也许，是被风吹到黄浦江里吧?”我笑。

暖暖又跟着笑，她不再主动笑了，不再主动笑着敲我的头说：“大木瓜，大坏蛋。”

记忆中的暖暖已经消失了，正如暖暖记忆中我的眼睛也已经不再漂亮了一样，在火车上，我细致地看过自己现在的眼睛。

没有任何光泽，没有生命，就像空洞。

“很晚了，困了，找个地方睡吧?”暖暖打着哈欠说。

我说：“好的。”然后跟着暖暖来到了一家宾馆，真的是“一家宾馆”。

我说：“这宾馆好名字。”

暖暖说：“恩，你先洗澡吧。”

我先洗，然后看着暖暖洗完出来，裹着浴巾，我们互相看着，却不知道从何说起。

我以为我最后会说：“暖暖，我们一起睡吧。”可是没想到我脱口而出的是："暖暖，你变黑了。"

暖暖真的变黑了，她以前总是会用手指去采摘一种叫温暖的阳光，那时候我总感叹她的手指比阳光还白。

可是现在，她变黑了，她的眼睛更黑，比黑夜还黑。

我说："我困了，睡了。"然后躺下。

没想到的是暖暖也跟着躺在我身边，然后轻轻地说："你，你，可以吻我一下吗？"

我转过身去，暖暖正用她那黑色的眼睛看着我，我再次尝试着想从她眼睛里找到什么讯息，可是那讯息依然在她眼睛深处若即若离。

暖暖的唇，那么红，有着一种特殊的香味，可是我知道，从我决定去宁波那天起，这些都已经不属于我了，哪怕她一直在等待。

"你不想吗？"暖暖问。

"我不能。"我说。

暖暖忽然哭了起来说："其实，从你去宁波那天起，我就一直咒你们会分手，一直咒你们，我是个大木瓜，大坏蛋！"

暖暖哭得很伤心，我想用手去为她擦去眼泪，可是结果却是我紧紧把暖暖抱在怀里。

"都是我不好，我是大坏蛋。"暖暖哭着说。

我第一次看到暖暖哭，那个时候我才发现，我对暖暖的记忆，只有她傻傻的笑容，和那句在一个夏天的午后说的"你的眼睛很漂亮"的话。

没有其他，包括眼泪。

可是，现在，暖暖哭了。

暖暖哭着哭着就在我怀里睡着了，凌晨三点，我轻轻松开被暖暖枕着的手臂，她睡着的样子小心翼翼，蜷缩着，像一个婴儿。

撅着小嘴巴，似乎很生气的样子。

我走到宾馆的大厅，点了根烟，没有吸，然后看着烟慢慢燃尽。

我又想到了等待，我们等待的到底是什么？也许等待的只是一个大家早已知道的结局吧。

就像这烟一样吧，它等待的就是燃尽，然后死亡。

有人说死亡是新的开始，就像分手是爱情的开始一样，可是我知道，对我来说不是。

在烟蒂燃尽之后，我又回到了房间，暖暖还是睡得那么小心翼翼，我轻轻轻地将手重新枕回她的小脑袋下。

——都结束了，丫头。

4. 地铁

第二天，我决定要回宁波。

暖暖没有说什么，只是安静地穿好衣服，然后带着我又一次来到了那拥挤的地铁站。

“暖暖。”我说。

“请叫我大坏蛋。”暖暖严肃地说。

“为什么?”

“请叫我大坏蛋!”暖暖很生气。

我说：“哦哦，大坏蛋，我要走了。”

“去吧。”暖暖叹了口气，刚才的那种气势一下子全没了，取而代之的是一脸的落寞，她的脸上还有昨晚哭过的泪痕。

“真的走了，下回，也不知道什么时候再过来了。”

“恩。”暖暖盯着轨道，轨道的两端却都延伸到了黑色之中，在这黑暗之中，是否有很多我们都不知道的东西?

我不知道，我只知道，暖暖又开始寂寞了，只是知道，一旦离开，一切就都结束了。

或许，昨晚，我应该吻一下暖暖那湿润的唇，或许。

“你在想什么?”暖暖歪着脑袋问。

“哦，没，没什么，暖暖，你说哪边的车会先开过来?”

“不知道，左边吧。”

“为什么那么觉得?”

“因为我想，左边离爱情更近一点。”暖暖说。

我知道暖暖的意思，因为我要上的是右边开来的车，于是我和暖暖一起等待着，等待着哪边的列车先开到这个站台。

“你呢?”暖暖盯着我的眼睛问。

“我？不知道……也许，也是左边吧。”我说。

“真好看，你的眼睛。”暖暖呵呵笑了声说。

可是先来的是从右边而来的列车，很多拥挤着的寂寞的人机械地挤上车，对他们来说，人生已经停止在列车之中。

我跨出一步，说："暖暖，我走了。"

刚刚吹起的风还没停下，暖暖低着头，但是头发还在飞扬。

暖暖说："恩。"

我点了下头，然后准备上车，可是却忽然发现我的腰被死死地抱住了："不要走。"

不要走……

我轻轻地拉开暖暖的手，然后上了车，门在暖暖的眼泪落下的刹那关上，我看到暖暖依然是刚才那个抱腰的姿势站在那里。

我哭了。

暖暖，对不起。

对不起。

跋：

那年三月的地铁，我等到了，但是却又没有等到。

暖暖说："你的眼睛很漂亮。"那时候我正轻轻摘去落在我眼睛上的树叶，我没有告诉她，那个时候，我的一只耳朵已经聋了，而很快，将会是另外一只。

我如此清晰地记下了她的声音，因为一只耳朵听到的东西，总是会一心一意地记在心里。

那天，我拉开暖暖抱着我的手的时候，我想，我们真的可以彼此自由。

真的。

木和木如果不遇见

■ 一份残梦

1. 左木木

左木木，她的个性签名上写着：木木说、木木笑、木木图、木木哭、左木木的梦。

第一次遇见木木，是她 8 岁的时候。她有着圆嘟嘟的脸蛋，爱笑，说话很温柔，好听，像音乐。

木木总是扎着两个小辫子，蹦蹦跳跳的，小手抓着零食，小嘴不停歇地忙碌着，吃货的模样，让人忍不住地想要亲亲小脸蛋，仿佛她天生就是为了被疼爱而存在的。

只是那时我也还太小，没法表达这份懵懂的迷恋，但那种感觉从此深深烙印在了我的脑海里。那时我们只认识了一天。

第二次遇见木木，是她 18 岁那年，一个瞬间的擦肩而过，我很确定的是那个人就是她，样子一点都没变。

我急忙转身，只是没能赶得及她的回眸。我准备用最大的分贝喊住她，可是我无声了，我望着背影，愣住了，因为我喊不出她的名字，我不知道该如何陈述曾经的相识。

我并没有追上前，只是看着那慢慢远去的背影，消失在人群中。

有些人的缘分，注定是长相厮守的；而有些人的缘分，则注定是匆匆一瞥的。我当时这么想来着。

在最美的时光里，安静放着最美的画面，哪怕沧海桑田，我的回忆里也总会留下最美的一幕。不是吗？因为没有交集。因为这就是所谓的距离美，可以这么诠释吧。

这份遇见，就当做是梦的开始，也是梦的终结。我的梦落幕了。

我从没想过，木木就这么离去了。原来青春的结束，就像湖面上荡漾的水纹，早晚不一。

木木说：上帝是公平的，虽然我提前离开了，但这二十几年的生命，我很珍惜，很幸福也很满足，也许我们应该是“不遇见的缘分”。原谅夏好吗？夏，也很不容易，很辛苦。

一个冲动的念头，想要回到初识的位置，这是什么牵挂在心里，我再次告诉自己，这并不是爱。就保存好放在回忆里吧。

“十年之前，

我不认识你你不属于我，

我们还是一样，

陪在一个陌生人左右，

走过渐渐熟悉的街头”

歌声停了。

还有谁住在这里吗？不太可能吧，我看了看四周，这是一个偏僻的小山村，到处都是荒芜的气息。我是来这里徒步的，一个人，因为并不喜欢和别人一起。临出发的时候我就查过了，这个村子早已废弃，并没有人居住。

是我产生错觉了吗？伴着好奇，伴着各种猜想，我又激动又害怕落空，总之我真的说不清我的心情，原本恬淡的心情被歌声所扰乱了。

转身的时候，就这么遇见了，我想我的心跳声差点震响了这个小山村。

“听下这后面的歌不？”这是木木的第一句话，“十年之后，我不认识你，你不属于我，我们还是一样，走在一个陌生人左右”。

“错了错了，歌词错了，谁这么没水准，翻唱都记错歌词，真是的。”我脱口而出，马上就后悔了。

“我是唱得不好听，你也别这么激动哈，和谐和谐。”木木笑着说。

太意外了，以至于我有点找不着北了。

“我赶时间，先闪了哈。”

“啊。”怎么就这么走了，我还没反应过来。

“你啊什么，天都黑了你还不撤，你是想成为狸猫在半夜出来吓人吗？哈哈哈”。

“夏，你也快点啦，天都黑了。”我顺着木木喊的方向，看到了一个背着旅行包的女孩。

我就这么不可思议地遇见了木木，认识了夏。我没有想到这份遇见最终会成为不可磨灭的痛。我更没有想到，最后木木会因为我而离去，那是我还不起的生命。

2. “一度半”会所

就这样，木木成了牵挂，我们之间的距离也成了最美的距离。现实是骨感的，我始终无法抓住我想要的幸福。

当天晚上，我顺利地到达了“一度半”会所。

“一度半”是老爸经营多年的一家旅途会所，专门为徒步经过的游客提供服务。因为这地方很偏僻，我很少来帮忙。

我走进了会所，随即来到了吧台，心不在焉擦拭起一个杯子来。

“杰，你干吗呢，这杯子再擦就碎了。”

“哦，那换一个杯子给我吧。”

“咋啦，今天有空来这里帮忙?”

“是啊。”

“哎，还是我来擦吧，你手脚太慢了。”老爸夺过杯子，随后看到了客人，“真不知道你今天中什么邪，跑过来帮忙。不过，我得去接待客人了。”

“快去吧!”我懒得理他，继续拿起另外一个杯子擦拭。

随后，那边响起了老爸热情的声音：“欢迎光临一度半。”

“豪华包厢还有没有?”

“还有一间，半度。”

“那就半度吧。”

“这边请。”

“咦，是你啊，你在这里当服务员啊!”是那个夏，跟着老爸走过我身边时认出了我。

傍晚那个身穿T恤短裤，很简单的便装，背着旅行包的女孩，跟眼前这个人简直判若两人。现在的夏画着浓妆，性感的V领低胸的裙装，散发着妖娆的味道，活生生的勾人模样。

她身旁跟着一位肥胖的老男人，那男人的眼神一直在夏的胸部晃来晃去，让人想揍一拳在他脸上。这个男人怎么跟她们一起的，难道是事先约好在这里见面的吗?

“怎么，小白脸!”显然那个色迷迷的肥男人，很有敌意地出声了。我不知道我是在鄙视什么，气愤什么，还是担心什么。反正我当时冷冷的“哼”声。

“杰，一边擦杯子去，快快。两位，我们去包厢吧。”老爸在这个时候，适时地将我支开。

肥男人充满敌意的视线也从我这边重新回到了夏的胸部，他馋涎地说道："木木不一起去吗？"

"你是嫌我不够漂亮咯？"夏撒娇地说。

"怎么会呢，都漂亮，都漂亮。"那肥男人居然学女人撒娇的模样，让我都有点反胃。

"欢迎光临！"我听到了开门声，情不自禁地喊了出来。

"服务员，给我来杯水。"

"好咧。"我倒了水回头，才愣住了，居然是木木。

"原来你在这里当服务员啊？"木木发出赞叹声，居然和那个夏发出一样的疑问。

我哼了声，没有回答，顺手把杯子递给她："你朋友在里面。"

"啊？"

"那个夏啊！"

"哦。"木木露出了笑容，随后走到靠窗户的座位前，"我就是来这里等她的。"

"哼。"我忍不住又哼了一声，扫描了一下木木的打扮，和傍晚时看到的也很不相同。虽然没有夏那样大的反差，但我还是觉得有点太暴露了。

"你看什么呀？"木木发问。

"在想你是干什么的？"

木木笑了，说："其实我是个高中生。"

"啊！"我张大了嘴巴，这怎么可能。

"真的，刚高考完，但大学还没开学，这算是高中生吗？"

和我一样，我心里想着，嘴上却说："那你朋友也一样吗？但她怎么……"

我尽量忍住不露出鄙夷的样子，但我想我还是没有控制好，木木脸色变得有点难看，随后有点生气地说："她不是你想的那样，一会你就知道了。"

这时候，老爸的声音传来："杰，半度包厢的客人要一打红酒，最贵的！我在忙，你帮我送过去吧。"

"好。"我冲木木哼了声，意思是，你看吧，她有什么不一样。

我拿了酒走进包厢，却看到那个肥男人正把整个身子往夏身上靠。一看到我拿来了酒，肥男人就发出了淫笑声。

"晚上一定要把你灌醉，你喝酒的模样一定很骚包，爱死你了。"

那肥男人，真想扁他，脑中冒出这样的想法。

“哎呀，我居然把酒倒到你的衣服上了呀，让我来帮你脱掉衣服吧。”

我回头，却发现肥男人把红酒倒进了夏的V领里，然后满脸淫笑地上下其手。

我咬紧牙关，正要出手揍那个胖子，却突然看到木木站在我前面摇了摇头。

就在这时候，我听到夏发出了很大的声音：“死肥猪！你的破样我都录下来了，晚上我就发到网上，发给你老婆，发到你公司，你完蛋了！”

夏拿着手机走了出来，肥胖子要扑出来，我一把关上门。木木和夏看着我，我说：“你们快走。”

木木说：“好，晚点我会找你。”

3. 凌晨三点钟

“木木，这边。”夏带着木木来到了我的身前，我看着她们俩又换上了普通的打扮。

“你们在搞什么鬼？”

“可以说吗？”木木望向夏，夏点点头。

“其实这个胖子，曾经害的夏的姐姐自杀了。为了给她报仇，所以我们以徒步的名义把那个胖子约了出来。那个胖子是个色鬼，所以夏就打算用这种方法给她姐姐报仇。”

听了这些话，我对夏顿时刮目相看了。

“对不起，我之前误会你了。”我说。

夏苦笑：“是我要谢谢你，没你帮忙，也不会那么顺利。”

我们三人坐在外面的露台上，看着月色朦胧，我突然觉得这种感觉似曾相识。

“木木，我们是不是认识？”

我终于问出了这个我第一次看到木木时就产生的疑问。

“啊？我也这么觉得呢。”

“就是想不起来究竟什么时候见过呢。”

“我也是。”

夏大大咧咧地说：“两只傻猪，我们今晚就不睡了，聊聊各自有记忆的经历，总能找出交集的嘛。”

夏说的有道理。我们聊了一个晚上，最后我们发现，原来在八岁的时候，我们曾经在城隍庙见过一次。我们都对那次有印象，是因为她记得那次有个好人把一堆零食主动给她吃，而我记得的是那次有个坏丫头，抢光了我所有的零食。

“哈哈，那究竟你们谁的记忆是真的呢?”夏抱着肚子笑个不停。

“肯定是我的啦。夏，你最了解我了，你看我是那么坏的人吗?”木木说。

随后两人一起笑了起来，留我在那里发呆。

不过我也蛮高兴的，原来我跟木木这么早就已经有缘分了呢。

天亮了，我们决定一起徒步到下一个景点，一路上我都在不停地看木木，最后连夏都受不了了，偷偷跟我说：“杰，你也太夸张了吧。我们是三个人一起徒步呢，怎么你的眼里好像我从来不存在一样?”

“没有啊!”

“我也是个女人耶！你也见过我性感的样子的!”夏还在唠叨。

“见是见过。”一想到夏的深V，我脸都红了。

“哈哈，想起来了啊！记得，这几天一起徒步，可别不当我存在哈！要想和木木成为朋友，可是一定要过了我这一关的哦。”

夏狠狠给了我胸口一拳，我马上捂着肚子装疼。

“夏，你干什么打杰呢?”木木只看到我装疼的样子。

“靠，我打的是他胸啊！演技不够就别出来混嘛!”

然后我们三个人哈哈大笑起来。

现在想想，那时候的我们真的好快乐啊。尽管我看着木木的笑容，总是有点隐约的不安。当时的我无从知晓，而现在回想，原来一切我早有预感。

4. 木木的离去

之后，在上大学之前的两个月内，我们三个人经常一起吃饭，一起玩耍。

有一天，夏突然开心地告诉我们，那个胖男人和他老婆离婚了，胖男人还因为诈骗被抓了起来。我们一起恭喜夏终于报了姐姐的仇。

那天我们在KTV喝酒唱歌，夏喝酒喝得有点多，在木木去厕所的时候，夏抱住我跟我说：“杰，你喜不喜欢我这种男人样的女人呢?”

我吓了一跳，说：“你的性格我很喜欢……”

她笑了，说："知道了，你一定是喜欢木木吧！我就知道，木木这种女孩特招人喜欢。不过我要跟你说，木木她不能谈恋爱的……"

夏的话还没说完就戛然而止了，我顺着她的视线望去，结果看到木木站在门口。

"木木……"

"夏，你为什么要多嘴！你答应过我，不说我的事情的！"木木的眼中噙满泪水。

我有点丈二和尚摸不着头脑，只能不停来回看着她们俩。

"木木，你总是要说的。"

"我现在不想说不行啊！"木木摔门而出。

"还不快去追啊！"夏推了我一把。

"哦。"我随手抓起木木的外套追了出去，在门口的时候我回头，看到夏拿起啤酒又开始喝。

在 **KTV** 外很远的地方，我才追到木木。

我拉住她的手说："木木，你干什么呢?"

"我……"木木欲言又止。

"木木，其实夏说的也没错，你知道吗？我是真的喜欢你，我喜欢和你在一起。如果你真的有什么隐衷的话，你一定跟我说。不然你对我公平吗?"

我看到木木在发抖，便给她披上了外套。

木木摇了摇头："那你就不要喜欢我。"

"为什么?"

"因为我确实不会喜欢你。"

"是你有其他喜欢的人了?"

木木拼命地摇着头，最后她叹了一口气，说："因为我活不过这个夏天呢。"

我怔住了，这是什么意思。

"我得了癌症，医生说只有不超过两个月的寿命了。所以这次我和夏出来徒步，其实也是为自己找一个离开这个世界的场所……"

"傻瓜傻瓜傻瓜！"我抱住了木木，"就算只有两个月寿命又如何呢！这难道就不能喜欢人了吗？就不能被人喜欢了吗?"

木木推开我，头也没回地离开了。

我愣在那里，突然觉得这个世界是那么的寒冷，原来有这么多的缘分，就只是擦肩而过而已。

几天后，我在一度半酒吧逛荡，快开学了，我却完全没有心思去想读书的事情。

我给木木发了很多条短信，可她却没有给我回一条短信。

马上就是我的生日了，我很想和木木一起过。我对着手机琢磨了半天，最终还是按了拨出键。

接通电话的却是夏，夏说："木木出国了。和她爸妈一起，她让我告诉你，谢谢你对她的这份感情，她已经觉得很幸福了。她的父母得知国外有可能治愈她的病，她觉得这不失为一个机会。但是她让你不要等她了，就算她能够治愈，也不会再回国内了。"

那次生日，最终是夏陪我一起过的，我在夏面前哭得跟个泪人似的。

夏嘲笑我说："你怎么那么不像个男人啊，那天你保护我时的勇气哪里去了啊！"

我说："这能一样吗？我这次是失恋啊！我失去了我最重要的东西，你明白吗？"

夏没再说话了，她开始喝酒。

直到喝了很多酒，两个人都醉醺醺了，她和我互相搀扶着出去。

我们在路边一起呕吐，然后她抱着我笑，说："杰，其实你那天是不是想揍那个胖子！"

"是啊。"

"为什么？"

"他想欺负你啊！他欺负你，我当然要揍他。"

夏听了哈哈地笑，伸手刮了一下我的鼻子说："我就知道！"

突然她一把搂住我，亲住了我的嘴，我推开了她："夏，你怎么了？"

夏红着脸，说："其实从那天开始，我就喜欢上你了。杰。"

我沉默了，但我还是喜欢着木木，哪怕她出国了我都喜欢她啊。

夏说："你就喜欢我一下吧，不用很久，就一段时间行不行？2 个月？"

"为什么？"

"不为什么。"

哎，我醉醺醺地看着夏，觉得她的样子真是楚楚可怜，原来夏也有这么温柔的一面啊。

"让我想想吧，我先送你回家。"我起身，晃晃悠悠往前走。

我听到从我身后传来焦急的喊声，然后我就什么都不知道了。

从医院醒来的时候，我看到夏趴在我身上哭成了泪人。

我抓着她的手说："傻瓜，我不是好好的吗？"

夏说："不是你，是木木，木木死了。"

我脑中一阵雷鸣："医生不是说她还有2个月生命吗？"

"不是的，她是出车祸死的。"夏继续号啕大哭，"杰，对不起，其实是我骗了你，木木没有得癌症，真正得癌症的是我，是我只有2个月的命了。但是我好喜欢你，我好想这2个月里，你可以做我的男朋友。但是你喜欢的却是木木。为了得到你，我跟木木说让她假装得癌症，试试你对她是不是真心的。"

"所以她才跟我说得了癌症？那她出国的事……"

"也是假的，都是我拿了她的手机发短信故意骗你的。我跟她说和你的交往由我来把关，所以这段时间都是我在用她的手机。我想和你一起过你的生日，我想告诉你，其实我一直很喜欢你。我觉得只要把握好这个机会，我真的可以让你陪我这最后2个月的。"

我整个人都傻掉了。

"那木木呢，木木怎么会出车祸呢？"

"是我不好，昨晚你出车祸，我才担心出了大事。所以给木木打了电话。木木很焦急，就连夜跑了出来，结果在路上出车祸去世了。杰，是我对不起你！"

可是，可是……我看着号啕大哭的夏，我发现我居然连伸手握住她的手的力气都没有了。木木死了，她原本好好的，我们原本可以在一起的，可现在……

"夏！"我忍不住大叫起来。

我想骂出口，可是我骂不下去。

几天后，我再次在一度半碰到了夏，她穿着我第一次看到她时的那套徒步装备。

"我要走了。"她突然笑了一下，说。

"走了？"

"是啊。我要去选好的地方了。"夏说的意思我现在懂了。

我别过头："好的。"

我不想目送她，是她毁了我的人生，是她让我欠了木木这样一条鲜活的生命。

夏叹了口气，突然冲上来在我额头上吻了一下。

我马上推开了她，我盯着她的脸，却看到她眼中都是泪水。

“再见。”她转身走到了门口，“我知道你现在一定很恨我。我也很恨我自己。你知道我和木木的感情有多亲吗？你知道她的死对我来说意味着什么吗?”

我看不到她的样子，但我知道，她一定已经哭成了泪人，声音听得出来。

“我会带着她一起去那个地方的。再见，杰。”

她晃了晃手里的瓶子，里面装了白色的东西，我突然醒悟，那是骨灰，那一定是木木的骨灰。

我追了出去，看着夏慢慢消失在前方的景物之中。

木木，我想你是真的离开了我了。但是，木木，你不会孤单的，因为夏会一直陪着你的，在你们之前选好的地方。

那一次蓄谋已久的出走

■ 小才女

那年夏天我偷了爸爸妈妈的一千元钱，收拾了几件像样的衣服、鞋袜，背起那个红得触目惊心的小包就离开了，甚至连一封信也未曾留下，其实不是我不愿意留，而是即使我留了他们也看不到，更确切地说是他们根本不愿意看。

坐了十二个小时的车，我独自来到了A城，这里道路两旁有着浓密的香樟，大片大片的叶子几乎遮去半边天，可我知道无论怎样也遮不去我心中的哀愁。

因为在我看来父母的婚姻已经走到了尽头，他们离婚也是迟早的事，作为他们的女儿我是无法面对他们离婚的，与其这样还不如我先离开。

新的一天新的开始，我每天早晨起来都会这样对自己说。

很多时候我都觉得自己是孤独的，自卑得无可救药的孩子，我很怕那种感觉，就好像是被漫无边际的黑暗所吞噬的感觉。

那种感觉从十岁那年就已经如影随形般地跟着我了。也是从那个时候起我便发誓，等我长到十七岁时我就离家出走，去一个不认识的地方重新开始。

因为父母的关系我开始变得愤世嫉俗，没有朋友，也不愿交朋友，我想如果没有经历那种深刻的友谊和爱，那么即使有一天他们通通离你而去了，你也不会太难过吧！我就是这样，因为怕受伤，干脆把自己冰封起来，不去感受友谊的可贵与美好。

一个月后我接到了叔叔打来的电话，他说："柳惠，你爸爸妈妈真的离婚了，你妈妈跟个老外跑了，而你爸爸也娶了新老婆。"

我紧咬着下唇，指甲几乎陷进肉里，全身开始僵硬，我从来都认为他们的婚姻是因不和，所以才经常吵架闹离婚，可是我错了，原来他们早已背叛了对方。

放下电话我居然咯咯地笑了起来，路人驻足，用观看外星来客的眼神看我，也许他们想哪有女孩子家流着眼泪笑的，这不是疯了吗？

咬了咬牙，我取下手机卡，将它狠狠抛向了空中，也奇怪那一刻我觉得我的心突然就释怀了不少。

小莫是我来这座城市后唯一的朋友，也是唯一一个与我坦诚相待，和我说真心话的女孩。我很感谢她，真的，发自内心的。因为是她让我相信了人世间不光只有丑恶的钩心斗角，还有纯真的美好。

虽然如此，我有一件事不明白，既然我们已无话不谈，她为何就是不肯对我说出她心中最隐蔽的秘密。她心中有个秘密是我第一次见到她时就感觉到的，我倒希望那是我的错觉。

小莫她时常会一个人坐在楼顶望着天空，她说她喜欢望着那一抹神秘且辽远的湛蓝。

那时我知道她和我一样是个有故事且害怕孤单的孩子，我们有个同样的遭遇，就是从小都没有在一个正常的家庭中成长。

我问过她，我说小莫你是不是有什么心事，或是有什么秘密还没有和我说，她不语，继续望着那一抹辽远神秘的湛蓝。

我后来也不再问她，因为我知道如果她不想说，即使我再问也无济于事。

我开始慢慢地不那么愤世嫉俗了，我想只要有她在我身边，我就可以像许多人那样过正常的生活了。

我满足地和她一起生活在这个到处长满高大挺拔的香樟的城市。

终于有一天，她把她心里隐藏了十几年的秘密告诉了我。

在我为之震惊之余，不免也对她产生了同情。

她说她爸爸是个名副其实的杀人凶手，认识她妈妈的那一天是她爸爸越狱出来的日子，可当时她妈妈并不知道他是那种人，看他昏倒了很可怜就把他留下了。

在妈妈的精心照顾下，三天三夜后他睁开了眼睛。然而妈妈没想到的是，他睁开眼睛说的第一句话就是："嫁给我吧！"妈妈很吃惊，这个几乎没看到自己容貌的人怎么第一句话就是要娶自己。

可他却说："也许你不信，我一直深信自己不会死，会遇到贵人，我和老天打赌，如果这次我能再次睁开眼睛的话，我第一个看到的人，必将是个女人，我和她说的第一句话就是向她求婚。"

妈妈更吃惊，也有点害羞，抿嘴浅笑。因为当时的爸爸正是个二十来岁的帅小伙儿，而且他总是一副轻佻无理的模样，好像他说的什么事都那么的理所当然。

于是她妈妈点头答应了，而后这些却传到了她外公外婆耳朵里，他们无论如何也不会让自己唯一的女儿嫁一个来历不明的人。

可妈妈铁了心，最后无奈和她爸爸逃了出来，偷偷和爸爸结了婚。

她说直到她七岁那年爸爸和妈妈的关系开始破裂，整天除了吵架，还是吵架。

她依然记得那个天气阴霾的下午，天空好像要坍塌下来，她从学校回来看到的不是妈妈做好的温热的饭菜，而是妈妈已经僵硬的身体。旁边是一脸铁青手里拿着刀的爸爸。

她哭喊着奔到妈妈身边，血泊里的妈妈早已没了气息。

那一刻她用仇恨的眼神瞪住爸爸，然后说："苏震，我恨你，从此以后你不是我爸爸，我也不再姓苏。"

她打了电话报了案，爸爸没有逃，在警察拿出当年的旧案时，吃惊地发现他就是当年那个越狱逃跑的人，她很震惊，也为妈妈不值，直到死她都不知道那男人隐藏了八年的秘密。

说完她松了口气，好像也释怀了。她说她一直不告诉别人这些的原因就是怕别人看不起她，不再和她做朋友。可是相处的一段时间里她觉得我还不错，所以就说了出来。

我想从今天开始我要用我全部的力量来温暖她保护她，保护这个小鸟一样柔弱的女孩。

和我在一起她也会经常问我，为什么只一眼便看穿了她的心思，我不语，轻笑。然后说："你就是一张白纸，心思一眼我便能看破。"

直到那个叫林落离的男孩出现。

他是距离我们工作的咖啡厅不远的一所学校的高二学生。趁着暑假在我们店打临时工。

他是一个很幽默的男孩，会喜欢他也许就是因为他开朗向上的性格吧！他的那种乐观我是没有的，也许是他的外表，也许是他的内涵，总之我想我是真的喜欢上他了，曾经发誓不会为谁心动不会为谁难过的我也开始有了想要牵挂和珍惜的人。

我知道小莫也是喜欢他的，因为我能看得到，能看到她的心，从小莫第一眼看到他时，她的眼神里便纠结着浓得化不开的爱慕。

我想我是不是不该去爱他，或是不该认识他，这样对他对我们都好。

小莫是我最好最珍惜的朋友，我怎会为了爱一个人而伤了她的心?

我和小莫都是高中没念完便离家出走了，所以我们很喜欢也很怀念在学校里那些无忧无虑、整天没心没肺嘻嘻哈哈的日子。

林落离会经常给我们讲那些我们原本该经历如今却再也不可能经历的事。

我常常想如果这样过日子也是不错的，左边有落离，右边有小莫，就我们三个永远不要分开该多好啊!

可是，直到那一天他喝醉了，他突然对着我说:“柳惠，我喜欢你。”我的脸突然红了起来，然而这一幕却全部被刚从洗手间走出来的小莫看到。其实，我是不想伤害到她的，我们的友谊是风吹不动的，这是我们最初的约定。对于小莫我不想失去，而对于落离，我深有愧疚，可是，我没有办法。为了小莫，我努力和落离保持着距离，不再和他一起聊天、谈心、对他笑。然而这一切都是为了小莫，只是她不知道而已。

那以后我还是一如既往地疏离落离，他不明所以，我也不再说什么。

我不再对他好对他笑，甚至在一个没人的午后对着他咆哮:“你以为你是谁呀!不是全天下的人都会喜欢你，我柳惠就偏偏不屑你。”

这样做不但没让他恨我，反而他对我更好了，也不知从哪一天起我便答应了他，做他的女朋友。当然我有自己的想法，这一点我是不会告诉任何人的。

他约我去玩我也去了，他让我陪他看电影我也欣然答应了，总之他说的一切我都接受，我想毕竟我和他在一起的时间最多也只有一天。

在凌晨三点时我们走出电影院，他突然抱了抱我，在我耳边轻吐:“答应我，我们永远都这样好不好，在我面前做最真实的自己。”

“恩。”我点头答应了。

转过头却看到被泪水模糊了视线的小莫，她什么都没说便跑开了。我喊她追她，都无动于衷。

对不起，我对着她的背影说，其实我所做的一切都是因为你，为了你。

第二天，这个城市还未完全苏醒时我就背着来时的那个小包离开了。没有告诉任何人，手机卡再次被我无情地抛向了空中，可是这一次我却有种很想哭的感觉。

走后我一直在想小莫会不会看我留给她的信，还有林落离知不知道其实我是爱他的，那晚和他说过的话也都是骗他的。

在友谊和爱情面前，我认为友谊也有着举足轻重的地位。

一年后，我在C城安定了下来，找到一个当会计的工作，在我工作的地方有一幅很漂亮的画像，看样子是刚画好不久的，闲来无聊我拿起那幅画仔细看了一下，发现画背面还有一行清秀的字迹：如果你能看到这幅画，请一定要与我及时联系，想你的莫。

我竟忘了其实小莫是个爱画画的孩子，她一直梦想着成为画家，在我此刻看来，她离实现梦想应该不远了吧！

染染说她一点儿也不喜欢这个季节

■ 暮光倾城

闷热的季节，虫鸣争杂。染染说她一点也不喜欢这个季节，明明刚冲过澡，不到十分钟又是汗涔涔的感觉，黏黏的，很不舒服。染染和我其实是同一类型的人，尽管小的时候我那么不喜欢她，但我不能否认我们是那么相似，总是不知疲倦地抱怨这个世界，却又不是真的去抱怨什么，因为我们没资格……

这世界上有一种人是最可恨也是最让人嫉妒的。那就是天生富贵命的人，而我和染染恰恰是这类人中的代表，会让人羡慕、嫉妒，甚至是恨!

我和染染之间的缘分从没出生就定下了，这缘于染染妈和我妈妈是老乡而且又同时怀孕，两个大腹便便的孕妇便约定孩子出生后，若是一男一女便订婚，若是同性便让俩孩子结拜。在20世纪80年代末90年代初，这种事情已经要绝迹了，可还是很悲催地发生在了我身上。

我很庆幸我干妈把染染生成个女孩，若是个男的，我绝对会逃婚的！我和染染从小就是死对头，上小学我们做了六年同桌，打了六年架，但老师每次都罚她，从来不会说我半句。这就是好学生与坏学生的待遇区别。染染说我是一只披着羊皮的狼，迟早有一天她会撕破我伪装的面具。我和染染就是这样，一见面就干仗，却又是一日不见如隔三秋。

上小学六年级的时候，染染终于忍受不了校园生活，轰轰烈烈地和老师干了一架，然后从家里偷钱跑掉了。家里人找了很长时间没有找到，干妈整日以泪洗面，最后终于放弃了。我突然间有种哀伤的感觉，以后再也没有人再和我斗嘴打架了，也不会有人要来撕下我伪装的面具了。染染，或许她就这么一去不返了……

染染失踪了，我的生活便寂寞而空虚了，每天除了学习还是学习。其实，我是很崇拜染染的。她从来都不会被别人所控制，想干什么就干什么，对生活充满热情与希望，她身上永远都是活力四射。而我即便怀着满腔的激情与叛逆，却也只能隐藏在心底尽量不去碰及，生怕一触及便一发不可收拾。其实，我骨子里充满了腐朽的懦弱……

染染失踪了一年多，在我读初二的时候终于露面了。

老师在晨读时告诉我有人找时，我便有一种强烈的预感，然后便看到满脸笑容的染染。这个在我生命中如此重要的女孩儿终于又真实地存在于我生活中了！那一瞬间欣喜充满胸腔，我们都长大了，终于不再像以前一样斗来斗去了，终于肯承认对方是自己生命中不可缺少的一部分了。我和染染再一次走进了彼此的生活，然后我生命中另外两个重要的人便出现了——阿凡和小逸。

阿凡是染染的男朋友，也是染染离家出走最大的收获。染染说她虽然从小学就开始谈恋爱，却从来都不懂爱。直到遇上阿凡，她才确定这就是她要的人。我语带嘲讽地说："染染你才几岁呀，就把爱挂在嘴上，恶心不恶心?"染染马上踹我一脚，说："姐早熟不行吗？再说我都15岁了，马上就成年了！"我想也许染染是真的爱了，我从来都没见过她如此认真。阿凡和染染一样都是放荡不羁的孩子，却又是彼此收服了对方。染染嘴甜得像抹了蜜，阿凡妈妈对她喜欢得紧。染染和阿凡就这么稳定了下来，阿凡妈妈甚至把自己的理发店交给了阿凡和染染去打理，而染染似乎在这方面又是个天才。理发店在染染的管理下不到一年的工夫便发展得一发不可收。我说："染染，你现在也是女老板了，咱可是结拜姐妹，你可不能把妹妹忘了！"染染很大方地来了句："要多少钱尽管说，以后姐就是你的银行。"我笑："有钱人就是不一样！"染染说："你别损我了！"然后我们笑了，笑到最后我说："染染你回趟家吧！你走了后干妈天天哭得眼睛都快哭瞎了。"染染听了我的话眼眶就红了。我说："你起码让家里人放心。"我知道染染其实很想回去的，只是她不知道该如何去面对家里人罢了。

染染最终还是回去了，在阿凡的陪同下。据染染说她一进家门，干爹就找扫把揍她，但都被阿凡挡下来了。干爹终究还是原谅了染染，也成全了染染和阿凡。

我突然间觉得染染和阿凡的爱情那么伟大，有那种同生死共患难的感觉。

染染和阿凡回家一个月后又来看我，而且还带了一个人来。那是我第一次见到小逸，不是很帅却又刚毅的一张面容。只是那么一眼，我就知道我情窦初开了。染染说："这是小逸，阿凡的铁哥们儿，和你一个学校，高你一级。以后有什么事就找他，他是咱们的老大哥。他在你们学校混得特熟，初中念了五年了，老师们都认识他。"我听了染染的话口中的水直接喷地下了，然后咳个没完没了。我从小到大第一次这么在外人面前没形象，而后听见小逸开口说："你再拿我那点破事到处宣传我就让阿凡把你休了！"染染头发一甩，傲气地回答："你觉得阿凡会听你的？"阿凡马上逃跑说："我去上个厕所……"

小逸对我确实很照顾，照顾到本来要初三毕业却又留了级和我到了一个班。正好我以前的同桌转学走了，他便自然成了我的同桌。我和染染说起小逸和我一个班时，染染当时就乐了，扭头问小逸："哥，你不准备初中毕业了？"小逸面无表情地说："再议吧。"染染没心没肺地来了一句："您老也是一奇才，初中都念六年……"

我惊奇地发现，我们一向温柔漂亮的班主任似乎和小逸有什么过节，凡事都针对小逸。例如，上课老爱叫小逸回答问题，小逸的作业量要比我们多……我私下偷偷问小逸："你以前得罪过班主任？"小逸闷闷地回答："算是吧。"然后又继续低头写作业了……我曾听阿凡说，小逸家里对他是十分严格的，所以才会让他一直念初中，小逸达不到标准绝对不会让他毕业的。

说实话，小逸其实是很聪明的，但学习这方面就偏偏不开窍。我费尽心思帮他补习，成效却小得让人伤心。小逸说："算了吧，大不了再多念几个初三。"听了这话，我当时就生气了。我都那么努力他却轻易放弃，想着都生气。最终小逸在我的生气中妥协了，我们比以前更加努力。那段时光虽然辛苦却是我从小到大最快乐的一段时光……

年少的爱恋如此简单，不由自主地想对他好，只想和他在一起，即便是学习这么无趣的事，只要和他一起也是那么甜蜜……

毕业考试的那天，我很紧张，小逸却是一脸无所谓的样子。小逸路上安慰我说："没事，你成绩那么好。怎么可能考不上？"我斜他一眼说："我是担心你考不上！"小逸乐了，很不要脸地说了一句："皇上不急，急死太监！"我追上去对他一阵狂揍……闹了一番之后，小逸问我还紧张么？我摇头。他笑得没心没肺，拍拍衣服上的土说："我有预感，今年必过，相信我！"

那一年，我和小逸都喜欢上了光良，而且都对光良的《约定》情有独钟。我觉得我和小逸之间有种无形的约定，那便是一起顺利毕业。而且为了这个约定，我们一起努力了那么长时间。

考试成绩出来的那天，我、小逸、阿凡、染染都乐疯了！我和小逸的成绩都很好，小逸终于顺利毕业了。

我们决定好好庆祝一番，小逸说他妈妈已经准备好一桌丰盛的菜。

一进小逸家，我就被吓着了。因为我看到了我和蔼可亲又温柔漂亮的班主任……我看了小逸一眼，小逸乐的眼睛眯成一条线说："是我妈啊。"然后又悄悄附在我耳边说："我早就想看你来我家见到我妈的表情了。"我瞪他一眼，换上笑脸喊了一声老师，小逸妈妈倒是很自然的表情，似乎看透了我心里的一切。

饭桌上小逸妈妈一个劲儿地夸我，我唯唯诺诺地笑着回应，小逸爸爸也是很慈祥的样子，一直都笑眯眯地给我夹菜让我多吃点。小逸妈妈看出了我的紧张，笑着说："然然成绩好，又乖，在班里我就喜欢。然然你以后来就把这儿当自己家，我一直都想有个女儿，儿子长大就忘了他妈……"我听了后心里咯噔一声，接着又听到小逸死气沉沉的声音："妈，然然是我要留着以后娶媳妇的，你要女儿到别处找去。"我一激动饭卡在喉咙里呛着了，染染揶揄我："乐极生悲了吧？"小逸倒了杯水给我，才顺下去。接着小逸妈妈数落小逸："看把然然吓着了吧？儿媳也是半个女儿么，总之以后是要叫妈的。"我吓得一句话都不敢说，这一家人，还真是前卫啊……

这世界上，最令人欣喜的事莫过于你暗恋的人也对你情有独钟……

我总会想上天对我不薄，才会让我遇见小逸。想起电影《卢旺达饭店》中男主角的那句话："我每天都在感谢上帝，因为能够遇见你。"

那个夏天，我收获了我的爱情。

这一年，我没辜负父母的期望考到了重点高中，小逸念书终究是没天资，便索性开始工作了，染染和阿凡的理发店又扩张开分店了。这一年真是丰收的一年！

我的世界似乎仅此而已，我、染染、阿凡、小逸。染染曾经很傻很傻地说："我们以后也不分开，我们四个人就这样一直下去。"听完这句话，我的眼眶就红了，然后，我们都沉默了。

越长大越孤单，我每天的生活都是学习，突然间有种堕落的冲动。很想就那么放弃什么学习和大学，痛痛快快地去疯狂，我开始不甘，不甘自己的青春就在无趣的学习中度过。

小逸说，人生就是一道道得与失的选择题，你得到一些就必然会失去另一些。而我从小就不是冒冒失失的人，所以我别无选择。

我从来都不会把染染他们带入我的另一个世界，那一个没什么真实感的世界。我问小逸我是不是很贪心，染染插进来补一句："然然，自私一点的女人才可爱。"小逸淡笑不语。我和染染是相似，但不同的是，染染总会把自己弄得很妖娆，高跟鞋、小吊带、酒红色的头发，一点也没有像我那种小清新的感觉，就像染染自己说的，她就是要成熟，小清新是很早以前的事了，她已经离开学生时代很久了。染染说我总硬邦邦的，没有丰富表情，没有很多话，很容易就被人忽略了。除了学习成绩能引起人们关注，其他时候就是一个隐形人。

高考那年，我发挥超常，父母都乐得合不拢嘴，趁着父母高兴我把小逸领回家了。我坚定地站在父母面前说："我以后要嫁给这个男人。"然后父母就沉默了，妈妈是反对的，小逸没有高学历，在妈妈眼里就是前途渺茫一片黑暗。爸爸说："孩子长大了，她明白自己该干什么不该干什么，这是她一辈子的事，我们不能干预太多。"最后，妈妈终于妥协了，说大学毕业后，我如果还是坚持就不反对。

人们都沉浸在新年的喜庆中，又是惯例的家族大聚餐，那种互相攀比还夹杂着讽刺、嘲笑与看不起的家族聚餐，这样的聚餐我很不喜欢，明明都是至亲却嗅不到一点人情味儿的感觉。我偷偷从后门溜出去，染染他们开车来接我。染染很不满地抱怨："然然，你什么时候才能光明正大的和我们出来玩？每次都像做贼似的。"我尴尬一笑，染染说："行了，行了，你还是不笑的好，笑起来比哭还难看。"小逸瞪染染一眼说："就你事多，快开车吧！"阿凡说："咱几个还是属然然有出息，起码还是个大学生，不像我们都是些文盲。"我自嘲一笑："大学生又怎么样？很多大学生出来照样没工作。"染染乐了："别人没工作，你还能没有？家里肯定会给你安排的，放心吧。""除去这个姓氏，我什么都不是。"心底暗涌的那句话终于破口而出，然后我们都沉默了。我不知道我说这话时表情是怎样的，悲或喜？抑或是淡淡的讽刺……其实，我、染染、阿凡、小逸都是一样的。除去姓氏，我们什么都不是，只是活在家庭庇护下没经历过风雨洗礼的小幼苗罢了……甚至，对自己曾经的梦想都没有了激情，只剩冷漠。生活不再有激情……只剩空洞，只剩荒芜……就像没有情绪变化的……机器人……

小逸说生活总会不厌其烦地一遍遍提醒你，现实与梦想是有差距的……

然后，我突然间很悲哀地发现：我很悲哀地将青春都献给了学校，然后毕业后会顺从家里的安排把一生都贡献给自己毫无兴趣的工作上，对于自己曾经的梦想也只能无奈地放弃……小逸很悲催地从一个单纯安静的大男孩变成了满口官腔、满脑算计的大男人；而染染和阿凡原本是热衷于自己的事业，可现在却有了淡淡的厌恶，只因为要撑起虚伪的笑脸……

那天晚上，我们都喝高了。一个个哭得像个孩子，也把所有的悲哀与无奈都释放了出来……

天还没大亮的时候，我第一个醒来。从小逸外套兜里拿了香烟去阳台抽，已经好多年没闻过香烟的味道了，记忆中那淡淡的苦涩与芳香再一次弥漫在胸腔，让我充满了真实感。记得第一次抽烟还是在小学的时候，是被染染骗的，她本来是想要我被呛着的。却不想我爱上了香烟的味道，到后来染染总会叫嚣着说：然然骨子里就充满坏水，只不过她一直深藏不露而已……其实染染说得对，我从骨子里是坏的，只不过我是个懦弱的胆小鬼，不敢像染染那样冲破家庭的束缚……身后传来熟悉的脚步声，我知道是小逸。还没来得及思考，手中的香烟已被夺去，小逸淡淡的声音似乎从远古飘来：“我送你回去。”小逸不喜欢我抽烟的样子，他总是能轻易看穿我的心事。

在路上，我很仔细地观察小逸。他成熟了很多，原本刚毅的面容更加棱角分明。恍然间才从思想中走出来，我已经不是17岁的小女生了，小逸也不是当年21却停留在初三年级的大男孩了，我们都长大了，或许说，我们都老了……小逸说我们正是风华正茂，大好年华，哪有一点老的迹象。我苦笑，我是心老了啊。不会再去追求新事物，也不会再追求新生活……

下车的时候，小逸凉凉地说：“然然，我是男人，是让你来依靠的，别什么事都藏在心里，什么事都自己扛，把你的男人当废物看待。”我目送小逸离开，似乎一眼就从21岁的小逸看到了现在。看他用稚嫩的肩膀挑起生活的担子，从一张青春年少的笑脸在官场中摸索到现在只剩一张猜不出心思而又老成的脸庞。其实，这么多年，他也叹过、悲过、难过过吧？

我转身向家走去，又仿佛是向幸福走去……耳畔似乎又响起染染的声音：“然然，我们以后也不分开，我们四个人就这样一直下去……”

我想，小逸、染染、阿凡是我这辈子最大的坚定，最大的勇敢，即使别人怎么反对，我也不会放弃他们。回家后，我依然是父母眼中的乖孩子，即使我已经24岁了，我依旧是个不会做家务的孩子而已……这该是一种欣喜还是悲哀？

浅唱安年

白发胜似雪

■ 纤雪

1. 谁是巷子里那最后一声呼喊

她是卖豆腐的，就因为这一点，我很厌恶，有她这样的母亲。

尽管小时候看着别人给她大把豆子，然后从她手里换回或大或小的一块豆腐，我感觉很得意，因为每次他们都微笑着期待能从她手里多得一点儿，那时她笑得也最灿烂，总是一边卖一边跟买豆腐的人聊天说："是呀，是呀，我的小女儿，聪明着哩，5 岁就会算账啦！"谈笑间，我就成了大人们口中的神童，她感觉我是她的骄傲。

上幼儿园时，已经学会攀比的小朋友间开始流传"谁的爸爸是大官谁的妈妈是画家"时，有几个熟悉我的小朋友开始喊我"卖豆腐的女儿"，这称呼我一时之间难以接受，为什么别人就有大官爸爸和画家妈妈？为什么我只有一个卖豆腐的她？

2. 我没有爸爸

从生下来那天起，我的身边一直只有她，问起爸爸，她总是含糊而过，再逼急了就会告诉我"他在好远好远的地方看着你"。其实，这都是骗人的，我在这种欺骗里成长着，渐渐仇恨着，直到上小学，学校让填家长栏里的父亲名字，我终于对再次撒谎的她动了火，扔了笔，撕了表格，跑出了家门。

那天，风很大，边陲小镇常常是风里裹沙，我揉着眼睛，似哭未哭，心里的恨却越泛越深，在她那里，我始终问不出来，我的父亲究竟是谁，她所能回答我的只是那一声声"卖豆腐哩，卖豆腐哩……"其实她不知道，我有多么的希望，她会在我跑出家门那刻喊一声"女儿你在哪儿"，可是没有，我一直躲在家的后院里，等待着，期盼着，直到她推着豆腐车出门，一声声喊着卖豆腐，我心里的期盼才一点点灰下去。

"几岁的孩子始终没有勇气离家出走。"这是我回家之后，她说的第一句话，说完，就把桌上的饭菜推到我面前，微微叹着气说："唉，跟你那个爹一个脾气！快吃吧，我可不想再热第四遍。"这是她第一次在我面前提起我的父亲，却也只说了一半就匆匆跑进豆腐房磨豆子去了。

晚上，我在她的监视下完成了作业，躺回床上，然后听着她开了门，一边推车一边在巷子里喊"卖豆腐哩，卖豆腐哩……"她的呼喊是这条巷子夜里唯一的声音，她一喊，似乎夜就静了下来，而我在她忽远忽近的呼喊声里，沉沉入睡，再醒来时往往是早上，她会一边催我吃油条喝豆浆，一边半迟疑半坚持地问我："我是不是老了？买豆腐的张姨说我头上有白发了呢，是真的吗？"

我不回答，转过头去，眼角的余光莫名闪了一下。

3. 谁将行衣密密缝

转眼，我进了中学。

学校组织的一次义演，我良好的歌唱声线被组织方发掘，他们找到家里跟她交涉，想带我进演艺公司当小童星。按理说，这是一条星光大道，多少家长期盼自己的孩子能有这样的一天，可她却跟人家翻了脸。

她的理由是"我的女儿是神童，将来要考大学的哩！"

在她眼里，已经十多岁的我是越来越会算账的神童，可她并不明白，我这个神童多么希望自己浑身充满力量，点石成金一样，让所有耻笑我的同学都不再耻笑，让所有耻笑她的人都不再耻笑。

演艺公司也是这样劝的，他们说："谁家孩子能这么早就挣钱？你难道不希望家里条件改善一下吗？"

她摇头，那么坚决："我家缺什么吗？什么也不缺！"

在她固执的坚持下，演艺公司的人走了。送走他们，她回身第一句话就告诉我"做人要有长远的眼光，不能只看眼前利润，那样会吃亏哩。"

可我却彻底跟她倔强开来，"什么叫长远？什么叫眼前？你看看我们家有什么？那台破冰柜都用破了角，一到夏天地上全是它化开的水！还有那台18寸电视机，简直就是一台老古董嘛！"我越说越气，不禁冲她发了火，"你瞧瞧你身上这套衣服，从我小时候穿到现在，有十多年了吧？真是个古董！"

我的话刚说完，她的巴掌突然落了下来，那么快，竟然不给我思考的时间。

她的眼睛里充满了一种叫委屈的东西，有泪想落，却又忍住，她就是如此倔强，从不在我眼前掉一滴泪，哪怕是被人欺负或被买主要了秤，她都会笑着说没关系，卑微到极致。

自从打了我之后，她却变得越来越卑微，每天都是一副小心翼翼的模样，说话更是少之又少，对此，我以为是自己的反驳起了作用，所以对她越来越肆无忌惮地进行批评，“天下哪有一个女人像你这样不知打扮的，哪有一个当妈的像你一样张嘴就说自己女儿是神童的，哪有人能跟你一样永远就知道卖豆腐卖豆腐……”我的愤怒史无前例，越长大周围的议论就越多，在同学和邻居眼里，我不仅是一个没有父亲的野孩子，还是一个穷苦出身的穷孩子。

料想不到的是，她竟然在雪地里摔倒了，左半边身子行动不便。

为了一车豆腐，她把自己差点摔成豆腐。我一边唠叨着一边埋怨着，却还是按着她的指示生火，淘米，做着两人份的饭。

这一次，她竟然当着我的面哭了，哭得那么恐惧，惊天动地，连床身都是摇晃的，我被她哭得不知所措，寻声望去，她低下去的头上竟然真的顶了半头白发，丝丝缕缕的银针莫名就刺疼了我的心。

我决定不再埋怨她。

而她也没有给我再埋怨下去的机会。第二天，家里来了一个 40 岁上下的男人，一进门就让我喊他爸爸，而他们的面前竟然堆了我一堆衣服，有两件是全新的，看针脚是她缝的。

她这是要赶我走吗？

4. 谁的白发胜似雪

她从床上爬了起来，收拾得很利索，打扮得跟过年一样，新衣新帽还换了新鞋子，见我进屋赶紧拉住我，一声又一声地劝：“妮儿，快叫爸爸，他是你亲爸。今天让他来是想着把你带回去，毕竟，我身体这样子，养不了你……”见我不动弹，又劝：“你不是喜欢唱歌吗？你爸说了，回头就把你送到艺校，而且学费和生活费他出，快，叫爸爸呀……”

我张了张嘴，却还是将称呼收了回来。

男人一脸失望，连哄了几次都没能听到那声称呼，最后竟然回头冲她发起了脾气：“不是说将她教育得很好吗？怎么这么不懂礼貌？真是有什么妈就有什么闺女！不认我是吧？那我走！”说完，他竟然真的不顾母亲的挽留，摔门而去。

她急了，从床上跳下去，追出院去，然后又踉踉跄跄地追到了街上，最后我听到一阵失望的脚步声折了回来。

她回来了，那个男人走了。

一进屋，她第一次冲我恼了："不是说要进演艺公司吗？不是说你有很多理想吗？只有他能帮你实现，你怎么就这么不懂事？你想气死我呀！"说得太激动，她竟然真的倒了下去。

倒下去的她，头发顺着我的脸颊缓缓飘过的时候，我突然想到了刚学会的"白发胜似雪"，起初我以为，是人的头发跟雪一样白，可看着她的头发我才明白，所谓的胜似雪其实是夹杂了银灰黑的混合体，只不过，白发盖过了灰与黑，显得人那般苍白无力。

这一次，她真的病倒了，半身不遂。

而我，竟然一夜之间长大，学会了做饭，学会了缝衣，学会了跟她一样磨豆腐，然后推着车子在巷子里做最后一声呼喊。

不是我过早地懂事，而是我终于知道了自己的身世。

同样是花季少女的她因为一时错爱，爱上了我名义上的父亲，那个不争气不负责任的男人，明知有家室却依然勾搭母亲，直到她生下我。等到她发现真相时，一切都晚了，一场错爱为她留下的只有一个我。为了我，她搬到小镇以卖豆腐为生，她说："我只想在平静中看着你长大，就这么一个愿望。"

就这么一个愿望，我却差点辜负。泪掉下来那刻，我终于柔柔地叫了一声："妈！"

或许是我从没这样认真又温柔地唤过她，她竟然哭了，一把抱过我，满头白发在那瞬间覆盖了我半张脸，我第一次闻到了她的发香，裹着豆腐的清香，还有一种叫亲人的滋味，那么醉人……

疯娘

■ 佚名

23年前，有个年轻的女子流落到我们村，蓬头垢面，见人就傻笑，且毫不避讳地当众小便。因此，村里的媳妇们常对着那女子吐口水，有的媳妇还上前踹几脚，叫她“滚远些”。可她就是不走，依然傻笑着在村里转悠。

那时，我父亲已有35岁。他曾在石料场子干活被机器绞断了左手，又因家穷，一直没娶媳妇。奶奶见那女子还有几分姿色，就动了心思，决定收下她给我父亲做媳妇，等她给我家“续上香火”后，再把她撵走。父亲虽老大不情愿，但看着家里这番光景，咬咬牙还是答应了。结果，父亲一分未花，就当了新郎。

娘生下我的时候，奶奶抱着我，瘪着没剩几颗牙的嘴，欣喜地说：“这疯婆娘，还给我生了个带把的孙子。”只是我一生下来，奶奶就把我抱走了，而且从不让娘靠近。

娘一直想抱抱我，多次在奶奶面前吃力地喊：“给，给我……”奶奶没理她。我那么小，肉嘟嘟的，万一娘失手把我掉在地上怎么办？毕竟，娘是个疯子。每当娘有抱我的请求时，奶奶总瞪起眼睛训她：“你别想抱孩子，我不会给你的。要是我发现你偷抱了他，我就打死你。即使不打死，我也要把你撵走。”奶奶说这话时，没有半点儿含糊的意思。娘听懂了，满脸的惶恐，每次只是远远地看着我。尽管娘的奶胀得厉害，可我没能吃到娘的半口奶水，是奶奶一匙一匙奶粉把我喂大的。奶奶说娘的奶水里有“神经病”，要是传染给我就麻烦了。

那时，我家依然在贫困的泥潭里挣扎。特别是添了娘和我后，家里常常揭不开锅。奶奶决定把娘撵走，因为娘不但在家吃“闲饭”，时不时还惹是生非。

一天，奶奶煮了一大锅饭，亲手给娘添了一大碗，说：“媳妇儿，这个家太穷了，婆婆对不起你。你吃完这碗饭，就去找个富点儿的人家过日子，以后也不准来了，啊？”娘刚扒了一大团饭在口里，听了奶奶下的“逐客令”显得非常吃惊，一团饭就在嘴里凝滞了。娘望着奶奶怀中的我，口齿不清地哀叫："不，不要……"奶奶猛地沉下脸，拿出威严的家长作风厉声吼道："你这个疯婆娘，犟什么犟，犟下去没你的好果子吃。你本来就是到处流浪的，我收留了你两年了，你还要怎么样？吃完饭就走，听到没有？"说完奶奶从门后拿出一柄锄，像佘太君的龙头杖似的往地上重重一磕，"咚"地发出一声响。娘吓了一大跳，怯怯地看着婆婆，又慢慢低下头去看面前的饭碗，有泪水落在白花花的米饭上。在逼视下，娘突然有个很奇怪的举动，她将碗中的饭分了一大半给另一只空碗，然后可怜巴巴地看着奶奶。

奶奶呆了，原来，娘是向奶奶表示，每餐只吃半碗饭，只求别赶她走。心仿佛被人狠狠揪了几把，奶奶也是女人，她的强硬态度也是装出来的。奶奶别过头，生生地将热泪憋了回去，然后重新板起了脸说："快吃快吃，吃了快走。在我家你会饿死的。"娘似乎绝望了，连那半碗饭也没吃，踉踉跄跄地出了门，却长时间站在门前不走。奶奶硬着心肠说："你走，你走，不要回头。天底下富裕人家多着呢！"娘反而走回来，一双手伸向婆婆怀里，原来，娘想抱抱我。

奶奶犹豫了一下，还是将襁褓中的我递给了娘。娘第一次将我搂在怀里，咧开嘴笑了，笑得春风满面。奶奶却如临大敌，两手在我身下接着，生怕娘的疯劲一上来，将我像扔垃圾一样丢掉。娘抱我的时间不足三分钟，奶奶便迫不及待地将我夺了过去，然后转身进屋关上了门。

当我懵懵懂懂地晓事时，我才发现，除了我，别的小伙伴都有娘。我找父亲要，找奶奶要，他们说，你娘死了。可小伙伴却告诉我："你娘是疯子，被你奶奶赶走了。"我便找奶奶扯皮，要她还我娘，还骂她是"狼外婆"，甚至将她端给我的饭菜撒了一地。那时我还没有"疯"的概念，只知道非常想念她，她长什么样？还活着吗？没想到，在我六岁那年，离家 5 年的娘居然回来了。

那天，几个小伙伴飞也似的跑来报信："小树，快去看，你娘回来了，你的疯娘回来了。"我喜得屁颠屁颠的，撒腿就往外跑，父亲奶奶随着我也追了出来。这是我有记忆后第一次看到娘。她还是破衣烂衫，头发上还有些枯黄的碎草末，天知道是在哪个草堆里过的夜。娘不敢进家门，却面对着我家，坐在村前稻场的石碾上，手里还拿着个脏兮兮的气球。当我和一群小伙伴站在她面前时，她急切地从我们中间搜寻她的儿子。娘终于盯住我，死死地盯住我，咧着嘴叫我："小树……球……球"她站起来，不停地扬着手中的气球，讨好地往我怀里塞。我却一个劲儿地往后退。我大失所望，没想到我日思夜想的娘居然是这样一副形象。一个小伙伴在一旁起哄说："小树，你现在知道疯子是什么样了吧？就是你娘这样的。”我气愤地对小伙伴说：“她是你娘！你娘才是疯子，你娘才是这个样子。”我扭头就跑了。这个疯娘我不要了。奶奶和父亲却把娘领进了门。当年，奶奶撵走娘后，她的良心受到了拷问，随着一天天衰老，她的心再也硬不起来，所以主动留下了娘，而我老大不乐意，因为娘丢了我的面子。

我从没给过娘好脸色看，从没跟她主动说过话，更没有喊她一声“娘”，我们之间的交流是以我“吼”为主，娘是绝不敢顶嘴的。

家里不能白养着娘，奶奶决定训练娘做些杂活。下地劳动时，奶奶就带着娘出去“观摩”，说不听话就要挨打。

过了些日子，奶奶以为娘已被自己训练得差不多了，就叫娘单独出去割猪草。没想到，娘只用了半小时就割了两筐“猪草”。奶奶一看，又急又慌，娘割的是人家田里正生浆拔穗的稻谷。奶奶气急败坏地骂她：“疯婆娘谷草不分……”奶奶正想着如何善后时，稻田的主人找来了，竟说是奶奶故意教唆的。奶奶火冒三丈，当着人家的面拿出根棒一下敲在娘的后腰上，说：“打死你这个疯婆娘，你给老娘滚远些……”

娘虽疯，疼还是知道的，她一跳一跳地躲着棒槌，口里不停地发出“别，别……”的哀号。最后，人家看不过眼，主动说“算了，我们不追究了。以后把她看严点就是……”这场风波平息后，娘歪在地上抽泣着。我鄙夷地对她说：“草和稻子都分不清，你真是个猪。”话音刚落，我的后脑勺挨了一巴掌，是奶奶打的。奶奶瞪着眼骂我：“小兔崽子，你怎么说话的？再怎么着，她也是你娘啊！”我不屑地嘴一撇：“我没有这样的傻疯娘！”

“嗬，你真是越来越不像话了。看我不打你！”奶奶又举起巴掌，这时只见娘像弹簧一样从地上跳起，横在我和奶奶中间，娘指着自己的头，“打我，打我”地叫着。

我懂了，娘是叫奶奶打她，别打我。奶奶举在半空中的手颓然垂下，嘴里喃喃地说道：“这个疯婆娘，心里也知道疼爱自己的孩子啊！”我上学不久，父亲被邻村一位养鱼专业户请去守鱼池，每月能赚50元。娘仍然在奶奶的带领下出门干活，主要是打猪草，她没再惹什么大的乱子。

记得我读小学三年级的一个冬日，天空突然下起了雨，奶奶让娘给我送雨伞。娘可能一路摔了好几跤，浑身像个泥猴似的，她站在教室的窗户旁望着我傻笑，口里还叫：“树……伞……”一些同学嘻嘻地笑，我如坐针毡，对娘恨得牙痒痒，恨她不识相，恨她给我丢人，更恨带头起哄的范嘉喜。当他还在夸张地模仿时，我抓起面前的文具盒，猛地向他砸过去，却被范嘉喜躲过了，他冲上前来掐住我的脖子，我俩厮打起来。我个子小，根本不是他的对手，被他轻易压在地上。这时，只听教室外传来“嗷”的一声长啸，娘像个大侠似地飞跑进来，一把抓起范嘉喜，拖到了屋外。都说疯子力气大，真是不假。娘双手将欺负我的范嘉喜举向半空，他吓得哭爹喊娘，一双胖乎乎的小腿在空中乱踢蹬。娘毫不理会，居然将他丢到了学校门口的水塘里，然后一脸漠然地走开了。

娘为我闯了大祸，她却像没事似的。在我面前，娘又恢复了一副怯怯的神态，讨好地看着我。我明白这就是母爱，即使神志不清，母爱也是清醒的，因为她的儿子遭到了别人的欺负。当时我情不自禁地叫了声：“娘！”这是我会说话以来第一次喊她。娘浑身一震，久久地看着我，然后像个孩子似的羞红了脸，咧了咧嘴，傻傻地笑了。那天，我们母子俩第一次共撑一把伞回家。我把这事跟奶奶说了，奶奶吓得跌倒在椅子上，连忙请人去把爸爸叫了回来。爸爸刚进屋，一群拿着刀棒的壮年男人闯进我家，不分青红皂白，先将锅碗瓢盆砸了个稀巴烂，家里像发生了九级地震。这都是范嘉喜家请来的人，范父恶狠狠地指着爸爸的鼻子说：“我儿子吓出了神经病，现在卫生院躺着。你家要不拿出1000元钱的医药费，我一把火烧了你家的房子。”

1000元？爸爸每月才挣50元钱啊！看着杀气腾腾的范家人，爸爸的眼睛慢慢烧红了，他用非常恐怖的目光盯着娘，一只手飞快地解下腰间的皮带，劈头盖脸地向娘打去。一下又一下，娘像只惶惶偷生的老鼠，又像一只跑进死胡同的猎物，无助地跳着，躲着，她发出的凄厉声以及皮带抽在她身上发出的那种清脆的声响，我一辈子都忘不了。最后还是派出所所长赶来制止了爸爸施暴的手。派出所的调解结果是，双方互有损失，两不亏欠。谁再闹就抓谁！一帮人走后，爸看看满屋狼藉的锅碗碎片，又看看伤痕累累的娘，他突然将娘搂在怀里痛哭起来，说：“疯婆娘，不是我硬要打你，我要不打你，这事下不了地，咱们没钱赔人家啊。这都是家穷惹的祸！”爸又看着我说：“树儿，你一定要好好读书考大学。要不，咱们就这样被人欺负一辈子啊！”我懂事地点点头。2000年夏，我以优异的成绩考上了高中。积劳成疾的奶奶不幸去世，家里的日子更难了。恩施州的民政局将我家列为特困家庭，每月补助40元钱，我所在的高中也适当减免了我的学杂费，我这才得以继续读下去。

由于是住读，学习又抓得紧，我很少回家。父亲依旧在为50元打工，为我送菜的担子就责无旁贷地落在娘身上。每次总是隔壁的婶婶帮忙为我炒好咸菜，然后交给娘送来。20千米的羊肠山路亏娘牢牢地记了下来，风雨无阻。也真是奇迹，凡是为儿子做的事，娘一点儿也不疯。除了母爱，我无法解释这种现象在医学上应该怎么破译。

2003年4月27日，又是一个星期天，娘来了，不但为我送来了菜，还带来了十几个野鲜桃。我拿起一个，咬了一口，笑着问她："挺甜的，哪来的?"娘说："我……我摘的……"没想到娘还会摘野桃，我由衷地表扬她："娘，您真是越来越能干了。"娘嘿嘿地笑了。

娘临走前，我照例叮嘱她注意安全，娘"哦哦"地应着。送走娘，我又扎进了高考前最后的复习中。第二天，我正在上课，婶婶匆匆地赶来学校，让老师将我喊出教室。婶婶问我娘送菜来没有，我说送了，她昨天就回去了。婶婶说："没有，她到现在还没回家。"我心一紧，娘该不会走错道吧?可这条路她走了三年，照理不会错啊。婶婶问："你娘没说什么?"我说："没有，她给我带了十几个野鲜桃哩。"婶婶两手一拍："坏了坏了，可能就坏在这野鲜桃上。"婶婶给我请了假，我们沿着山路往回找，回家的路上确有几棵野桃树，桃树上稀稀拉拉地挂着几个桃子，因为长在峭壁上才得以保存下来。我们同时发现一棵桃树有枝丫折断的痕迹，树下是百丈深渊。婶婶看了看我说："我们到峭壁底下去看看吧!"我说："婶婶你别吓我……"婶婶不由分说，拉着我就往山谷里走……

娘静静地躺在谷底，周边是一些散落的桃子，她手里还紧紧攥着一个，身上的血早就凝固成了沉重的黑色。我悲痛得五脏俱裂，紧紧地抱住娘，哭喊："娘啊，我的苦命娘啊，儿悔不该说这桃子甜啊，是儿子要了你的命……娘啊，您活着没享一天福啊……"我将头贴在娘冰凉的脸上，哭得漫山遍野的石头都陪着我落泪……

老二，最疼我的人

■ 关汉翔

“老二，我又来玩了！”“不准那么没礼貌！”隔壁传来妈妈的咆哮声。我立刻趴在老二的大腿上，对着妈妈做了一个鬼脸，“为什么你可以叫，他们可以叫，我就不可以叫？”

老二最疼我了，每次知道我会去，都会把好吃的、好玩的藏起来，等我到时就偷偷地给我，还叫我不要告诉老表们。吃饭的时候，总会把鸡肉去骨，然后撕成一块块给我吃。夏天晚上睡觉，老二总是为我扇风，让我凉快儿凉快儿。想想，一个大男人做这种事，真的娘得要命耶，但是爱不分娘不娘。

每次来到老二家，我就像被释放出笼子的鸟那样，玩得翻天覆地。有时候，妈妈提早来接我回家，我不想走，老二也不舍得我走。老二就像一个小孩那样跟妈妈斗起气来，骑着单车带着我去躲妈妈，直到妈妈走了，我们胜利了，老二才载着我回家。

大舅是养鱼的，所以屋子旁边有很多池塘，小时候老二生怕我掉进池塘，所以就种了片小竹林，然后用篱笆把池塘围住。有一次我在钓鱼，鱼儿不给面子，等了很久都不上钩，正当我不耐烦的时候，鱼线突然“咻”了一下，上钩了。我用尽吃奶的力把渔线拼命地往回扯，一不小心滑了一下来个四脚朝天，身子一半掉进了池塘。我拼命呼叫老二，老二从厨房拿着勺子冲出来，单手把我拉上来抱在胸前，我就在老二的怀抱中哭得眼泪鼻涕都分不清。

那次以后，我发誓要学会游泳，所以傍晚偷偷地跟村里的孩子去村头那条河里学游泳。有一次，有个孩子看见水塘旁边树上有个蜂窝，“我们把它捅了，然后用最快的速度跑回家，死不了的。”不知道哪来的兴奋，我们都答应了，我还没穿好衣服，那个勇敢的孩子就拿起一支竹子迅速地把蜂窝捅了下来，没等我反应过来，一大群马蜂向我扑来，我急得连衣服也不穿，光着身子一口气跑回家。跟马蜂速度激战完毕，回到家里，刚好老二不在。盼啊盼，盼啊盼，终于盼到老二回来。想不到的是，老二一回来就跟我说：

“今天你出名啦，整村人都在议论你，以后我教你游泳，别再跟着那帮人去了。”果然每天傍晚老二干完活都会教我游泳。就这样，学游泳，没难度。

夏天的晚上，邻居们都会搬椅子到院子里乘凉。我问老二，为什么我走路经常会摔倒，老二跟我说，小孩子摔多点会比较快长大，会长高。我说，那我爬高一点摔下来是不是更容易长大，当场引来一片笑声。

到了新年，表姐弟们都来了，我们闹得更厉害了。我拿着鞭炮放在牛粪上，点燃火线，没爆，我走过去一看，嘣的一声，满身牛粪，我哭着回家。街上的人看见我像见了鬼那样，躲得老远。回到家里，所有人都嫌弃我，叫我自己去洗澡。老二竟然不怕脏，帮我洗。我真的感动得一塌糊涂。直到有一次，表哥玩鞭炮把手给炸了，大舅大发雷霆，要把我们送回各自的家。我哭着不走，看着老二不舍的眼神，心里酸酸的。

那次以后，我就很少去老二那里，放假妈妈就让我到补习社里补习。那时候我才真正明白啥叫监狱，啥叫思念。

后来有一段时间，妈妈晚上下班总会去老二那里，回来的时候总是苦着脸，我问妈妈什么事，妈妈说小孩子别问那么多。后来偷听到妈妈跟爸爸说老二中风了。终于有一次，妈妈带我去了，一进屋，看见老二躺在床上呻吟。我马上跑过去，当场吓了一跳，苍白无血的脸色，瘦如竹竿的身躯，老二捉住我的手，我感觉到他冰冷的体温，这是以前强壮的老二吗？我认错人了吗？我问老二：“怎么了？”“没什么，你听话自己去玩吧，老二不舒服，要睡觉。”

不久，老二永远地睡着了。一个待我很好的人从此在这个世上消失了。老二，我的外公，最疼我的外公，家里排行第二，人称老二。在外公坟前，我心里有深深的遗憾，遗憾直到他死去那天，我竟没有一次发自内心地尊重地叫他一声“外公”。

外公，祝你在天堂快乐！

谁的温柔曾放肆了过往

■ 晴初

我知道有一个生物在一直伴随着我，每个我心碎的日子里，我都能清晰地听到它对我说：来吧，跟我一起，颠覆这个无望的世界。

——题记

我想我需要写些什么来缅怀这个日子，二十年前的今天，我成功地成为一个个体。然后两年前的今天，我开始我的第一场旅行，而且，这一年的这一天，我决定干一件大事。

我要打败一直跟着我的那个东西，我就叫她格子吧。

我知道格子的存在，大约是那年苏青带着我搬离云开镇的时候，那年我十岁，在云开镇里面有着最亲密的伙伴络颜，有着最爱我的奶奶。只是某一天奶奶死了，有一个美丽优雅的女人走到我身边说："暖，我是你妈妈，跟我回去吧，我们去城里，我会给你所有你想要的东西。"城里一直都是我和络颜所向往的，我们曾经约定要买好多好看的芭比娃娃。我的梦想终于可以有人替我实现了。我便迫不及待地想马上去城里。可是云开镇的其他人却不像我一样开心。

云开镇因为苏青炸开了锅，我一直都认为云开镇像是一个慈祥的老人，会给我们以温润的小溪和祥和的竹楼。苏青的到来，让我知道了另一个不同的云开镇，有着谩骂，有着臭鸡蛋，还有着一层层的冷漠。

我记忆里的云开镇，是漫山遍野的桃树和竹林。请原谅我早已离开了云开镇，只能平白地构造出那个像世外桃源一般的镇子，至少，在认识格子之前我是这么认为的。隔壁的张婶婶，会给我她们自家种的大桃子，我和络颜可以肆无忌惮地奔跑在每一个小山包。我愿意相信，云开镇是一个平静的仙境，可是苏青的到来打破了它。

在十岁之前，我真的是一个讨人喜欢的孩子。虽然那时候我不知道我的父母亲是谁，可我还是很快乐。奶奶说过，苏暖这个名字是她取的，因为我出生的时候号的那一嗓子把她的心都融化了，所以给我取名叫做苏暖。镇里面的人都很尊敬我奶奶，连同着镇里面的人都很喜欢我。那时候，我还会穿奶奶缝补的小裙子，日子过得清贫也别有滋味。可是苏青一来什么都变了，我恨苏青。你看，她抚养了我十年，直到昨天，我依旧恨她入骨。

络颜的父亲以前是镇长，只是不知道怎么就去世了。还好她妈妈很能干，一个人操持整个家庭。而且络颜的妈妈也很喜欢我，那时候我和络颜好的跟连体婴儿似的，大部分的时间都会在一起。我想，如果我有一个姐姐，她必须是络颜的样子。

当我求苏青让我跟络颜告别的时候，络颜的妈妈却把络颜锁在了屋里。我还记得络颜妈妈说的那句话："你以后别跟那个小贱种来往。"我忽然发现，我所以为的不可一世的络颜，竟然瑟缩地躲在角落里，不管我怎么样呼喊她都没有再看我一眼。苏青跑过来抱着我说："暖暖，你去学校的时候再跟她告别吧。"苏青始终都是那么优雅，一直对我好的张婶婶直接扔了一个鸡蛋在苏青海藻般的头发上，并且嘴里还大声骂着狐狸精的时候，苏青依旧保持着优雅的姿态，一身紫色的长裙妥帖地贴在身上，姣好的身姿尽显出来。不要问我为什么还会记得苏青那时候的样子。我说过，那是格子出现的时候。

老师说过有妈的孩子像块宝，不得不承认苏青对我除了疏离一点以外，其他都很好。开始的时候，我是不恨苏青的，因为她那么美丽，那么优雅，而且她还可以把我带到城里。

苏青领着我去办转学手续时，在路上我看到了络颜，我跑去兴奋地告诉她："络颜，我要去城里了，我会给你买好看的芭比娃娃的。"可是络颜却很怨恨地骂了我一句"贱种"，你能想象得到一个小孩子以那种表情吐出这么残忍的话吗？那个人还是以前和你最好的朋友。我的关于芭比娃娃的信仰一瞬间破碎了。然后我听见格子说："苏暖，来，我们一起颠覆这个世界。"

虽然我没有看清过格子的样子，但是我知道格子是这个世界上跟我最亲密的，超过奶奶，超过络颜，超过苏青。它从我的身体里面钻出来，从此以后一直跟在我后面。

你以为这是终结吗？不，当然不是。格子给我的震撼还有太多，那么，请听我平静地说完。

我开始恨苏青了，因为她，我没有了最好的朋友；因为她，我由人见人爱的小孩子而变成了贱种。苏青也是恨我的，不然她不会在喝酒醉了之后骂我，别人是憎恶地骂我小贱种，可是苏青是绝望地骂着。我恨她，她给了我生命却让别人肆意践踏。别人践踏我还可以忍受，可是她不一样，她是和我血连着血的人。

我转到了城里的小学，因为格子，我不再主动与人说话。每次一接近别人，格子都会提醒我说："苏暖，你还记得络颜吗？他们比络颜还要坏，他们会在你把心交给他们的时候肆无忌惮地破坏。"所以我的小学、初中都和格子相伴。有的时候，我会觉得世界上唯一对我好的只有格子。

格子教会我反抗，当苏青喝醉酒骂我是贱种的时候，我则是冰冷地回她："没有你这骚货，哪来我这个贱种。"苏青还是一如既往的优雅，可是，我能感觉到她的难过，不过没关系，她越难过，我越快乐。是她让我变成这样的。

进了高中，我看到了我既想看到又不想看到的人。那就是络颜，那时候她已经出落成一个亭亭玉立的女孩子，清纯的样子比十岁时还要美好几分。托苏青的关系，我来到了城里最好的高中读书。我想，在这里我应该阐明下苏青的情况。

苏青是一个神秘的女人，至今为止仍旧独身，可是好像有很多的钱，而在我们那座房子里，经常有着不同的男人出入。只要有男人来，苏青就不让我离开我的房间。我用脚趾想都可以想到苏青是干什么的，用现在的话来说她就是一个 bitch。这也是我恨她的一个原因，我不知道谁是我父亲，同时我还恨她为什么不为我的父亲守住自己的寂寞。可是苏青是何等优雅的人，我的所有讽刺对她来说只是幼稚的把戏而已。

好吧，回到正题。我遇到了络颜，络颜没有认出我，我对着她笑的时候她还善意地回了我一个微笑，后来班主任念到我的名字的时候，络颜的脸就像是打翻的调色盘，五颜六色的十分好看。我依旧没有跟络颜和好，因为格子说络颜是个坏人，也因为络颜认为我是个贱种。可是我还是愿意跟她和好的，前提是她也愿意。

高中，我本应该和初中一样苍白平淡地走过的，可是因为有络颜，我的高中也多姿多彩了。我会在我的凳子上看到鲜红的墨水，我放在桌肚里面的书也会变成一条条的。我知道是络颜做的。我一直都是活在自己的世界，除了她，我招惹的再无别人。我怯懦地问过络颜为什么这么对我，面对络颜，我一直都是怯弱的姿态。络颜却是咬牙切齿地说："你回去问问你那发骚的妈妈吧，杀人犯的女儿。"

你能想象我的心情吗？我想，你当然不能，就连我现在也想不起那时的疼痛。格子告诉我说不要相信任何一个人。真相是需要自己找到的，可是我却是个笨孩子，兜兜转转始终找不到答案。我跑回家问苏青，我有好多事情想问苏青，比如说她与云开镇的纠葛，比如说络颜的爸爸。比如说我究竟是谁的孩子。

"等你二十岁的时候我会告诉你。"这句话是苏青给我的答案。我没有能力没有勇气找到一个完美的解决方法，所以我想，只要我二十岁就好了，就到我写下这些的这天，一切都会真相大白。虽然格子说过叫我不要相信任何人，可是我还是觉得，我应该相信下苏青，毕竟，是她给了我生命。

一转眼我就十八岁了，高中生活也即将结束，络颜仍旧会给我涂墨水，撕我的书，可是再也没骂过我。谁也看不出我和络颜的矛盾，络颜像个洁白开朗的天使，而我是阴郁的病孩子，当然不会有交集。可是我想，络颜心里也还把我当朋友的。她的那些小孩子游戏只是抱怨我当初自己离开而已。只是后来，我的念想被亲手粉碎了。我记得那天，就像是我记得格子出现一样。

临近高考，络颜写纸条告诉我说愿意跟我和好，约在学校里的凉亭见面。我满心欢喜，络颜终于放下心结了。我很激动地跑了过去，结果迎接我的是两个社会上的痞子。我想，后面的不必我讲你都猜到了。格子说："身体越脏的人灵魂越干净，我的灵魂清澈透明。"格子说："来，我们颠覆这个无望的世界。"

我一直在想格子说的这两句话，直到苏青把我接回家。看到伤痕累累的我，苏青第一次哭。我的心奇迹般的柔软了一下。苏青原来也是会关心我的啊。可是格子在我背后面大叫着说："苏暖，不要靠近她，她给了你不堪的生命。"或许是因为一个人太久，我这一次没有听信格子的话。一直乖顺地待在苏青的身边。

苏青替我办理了辍学手续，老师同学们都为我的遭遇表示同情。他们说，虽然苏暖不爱说话，可是她的学习成绩不出意外的话可以上一个非常好的大学的啊。你看，络颜是要多恨我，才能以这么决绝的方式让所有人都远离我。虽然我的灵魂很干净，可是你要知道，人们看到的只是身体。我所想象到的璀璨的未来，一下子就划上一个大叉，成了一个连接不了的断点。

我没有告诉别人是络颜叫的人，人缘好与人缘坏的差别便是对与错的差别，除了格子，没有人会相信我。

还好，络颜为我留了一个别人同情的名声，而不是被人憎恨被人唾弃。我要这样安慰自己。

我辍学之后心开始流浪，十八岁，络颜给我上了痛彻心扉的一课；十八岁，我开始自己旅行；十八岁，我从苏青脸上看到了淡然以外的表情，那是担心。

其实，我所说的旅行，只是从一个地方到达另一个地方，只是，我所到达的地方，是精神病院。苏青不放心我，给我请过心理医生，催眠、吃镇静剂之类的我都试过。可是我的睡眠很好，面对心理医生的催眠我也只是缄默不语，后来苏青哭着把我送进了精神病院。

我自认为我很正常，我的思想通透无比。格子说得对，当大众无法理解你的不同时，她会把你送进精神病院。直到现在我写下这些，我依旧是在这个狭小的精神病院的病房里。四周是光滑的不带一点棱角的摆设，窗上还有几根粗壮的栏杆，阳光被撕裂然后照进来。

我前面说到的，苏青说我二十岁的时候把真相告诉我，现在时间到了。当我记下这些的时候，我已经知道了真相，别急，让我说给你听。

二十岁的苏青是云开镇最漂亮的女子，因为不满足云开镇这个小小的地方，便想出去闯荡，可是却被络颜的父亲还有几个其他的年轻人看上，一起玷污了她。出于自卫，苏青失手杀了络颜的父亲，然后还把另外几个年轻人告上法庭。

云开镇的人们都觉得这件事情是一个耻辱，而带来耻辱的本源就是苏青。苏青告了好多次终于让那几个年轻人坐牢了，还得到了很多钱作为赔偿。可是云开镇她却再也待不下去。苏青知道我的存在的时候已经失去了药流的机会，只有把我生下来。我就是那场错误的产物，是苏青不能忽视的耻辱。后来我奶奶去城里的时候碰到了苏青，我说过，奶奶是受人尊敬的人，她所能看到的都比云开镇能够想到的多。在苏青即将临产的那些日子里，奶奶一直都陪在她身边。苏青给我取名叫苏暖之后便把我扔给了奶奶。苏青把我当耻辱，奶奶却把我捡回去当成宝贝。

云开镇的人都以为我是奶奶进城捡来的。怪不得知道我是苏青的孩子时，他们会这么排斥我。原来，我不仅仅是苏青的耻辱，还是整个云开镇所谓的道德的耻辱。我终于知道苏青为什么对我那么疏离，我终于知道络颜为什么对我那么憎恨。可是这些都来得太晚了。

因为我看见格子了，你能从我的字迹里感觉到我手的颤抖吗？我无法用语句来表达我此刻的心情，我感觉我的心像一个气球一样慢慢膨胀起来。这是我第一次看清格子的样子，以往笼罩的那层雾气散开，映入我眼睛的是和我一样的眉眼……

哦，你看，我都兴奋得忘了我的目的了。我今天要干一件大事，我要打败格子。苏青已经离开一会儿了，这支笔的坚硬程度应该能够打败格子。对了对了，苏青回来时，请你们告诉她：苏暖爱她！

嘘！你看到了吗，格子正在钻进我的身体，别吵别吵，让我来打败它……

我们都是上帝的孩子

■ 梅玲

1. 我们都是抱养的

我没想到，自己对尤小乐忧心忡忡地说出那个天大的烦恼时，会换来他的狂笑。他边捂着肚子，边龇牙咧嘴地拍拍我的肩膀说：“淡定啊，淡定！就这点儿小事，值得你把自己折腾成‘熊猫’？”

我腾地一下站起来，把怀里的抱枕狠狠往他身上砸去：“尤小乐，我发誓再也不理你了！”我把他赶出我的卧室，锁上房门，扑回床上继续哭。

3 天前的中午，老师让我们画出心目中最美丽的动物。我准备画凤凰，可描来描去，怎么看画在纸上的凤凰都像是一只长尾巴鸡。正郁闷的时候，我突然想起妈妈帮我收藏着的长命锁，上面好像就雕着一只凤凰。我兴奋地钻进衣橱一通乱翻，结果，长命锁没找到，却在最底层的纸袋子里找到了一张领养证，被领养人一栏，赫然写着“尤小美”三个字。我一下子蒙了。

尤小乐的动作从手敲门变成了用脚踹门，折腾 10 分钟后终于消停了。我正哽咽着听外面的动静，一根细细的钓鱼竿挑着一张字条，“刷拉”一下从门缝儿里弹了过来，上面写着几个很醒目的红字：“我们都是抱养的。”

我的眼立马瞪圆了。

2. 只有自己改变了

整个家都没变，变了的，只有我自己。

老爸伸手揪揪我的马尾辫，笑着说：“我们家小美，什么时候这么深沉了?”我沉默着端起盘子，坐到餐桌的另一端，不理他。

老妈把一块红烧鱼夹进我碗里，说：“多吃点儿，正是长个子的时候，不要讲究什么身材！”我固执地把那块鱼又夹回盘子里，悲哀地告诫自己：又不是我亲妈，不会真疼我的，还不是做做样子！

只有尤小乐在无所谓地大吃大嚼，嘴里冒着油还不忘抽空猛拍老妈的马屁：“嗯，好吃！这双味虾的味道，五星级饭店的大厨都做不出来！”

我翻给他几个大白眼：哼，几顿饭就被收买了！我可不能像他这么不痛不痒地活着，怎么着也得找到自己的亲生父母问个明白。说不定，我是某个被拐卖的孩子，等我历尽千辛万苦，终于来到亲生父母身边时，我们一定会喜极而泣、抱头痛哭吧？我被臆想出来的经典画面狠狠地感动了一把，不自觉地抽搭了两声，害得自己被他们三个注目了很久。

第二天早晨，我和尤小乐结伴走进校门后，我偷偷地拐了个弯，又绕了出来。离家出走第一站的目标，是家附近的孤儿院。可是，好不容易说明来意，戴花镜的老院长把领养档案翻了好几个来回，也没找到跟我吻合的被领养女孩的记录，只好冲我无奈地摊了摊手。

那天晚上，准备第二天去另一家孤儿院查找资料的我无处可去，只能窝在火车站的大厅里。夜里10点的时候起风了，尽管身上裹着一件羽绒服，我还是忍不住在寒风里瑟瑟发抖，感觉像掉进了冰窟。昏昏欲睡中，我突然觉得身边多了个人，是个四十来岁的男人，嘿嘿地笑着睨视我，酒气熏天。我惊叫一声，抓起包就跑，全然忘了大厅外面，就是来来往往的车流。

所以，当刺眼的车灯打到脸上的时候，我完全傻掉了。我呆呆地站在街心，看着那辆汽车向我直冲过来。恍惚中，有人狠命地推了我一把，我毫无预兆地跌倒，耳边响起刺耳的刹车声……

趴在地上的我支撑着抬起头来，看到尤小乐躺在离我两米远的地方，痛苦地捂着胸口。他挣扎着对随后飞奔过来的爸妈说：“我很好，我没事……快去看看小美。”

3. “我们家小美”

尤小乐被撞断了两根肋骨。

做完手术的第二天，他一边有滋有味地喝着鸡汤，一边安慰吧嗒吧嗒掉眼泪的我：“哥这不是好好的？医生说了，接好的肋骨加了钢条，比原配的结实多了，抗个十级地震什么的绝对没问题。所以说，这就叫因祸得福啊！”

趁着妈妈出去洗碗的工夫，他赶紧冲我摆手，贴着我的耳朵说：“警告你啊，尤小美，离家出走的蠢事再也不能干了，不然，就别认我这个哥！”

他本来就不是我的亲哥，却在最关键的时刻，冒着生命危险救了我。我停止抽泣，盯着自己的脚尖问他：“你现在是不是已经后悔了？如果你残疾了，或者，或者……”他笑着打断我：“尤小美，别这么婆婆妈妈的好不好？

我不会后悔的，现在不，将来也不！就算我真的挂了，不是还有你吗？咱爸咱妈有你照顾，我还有什么不放心的？”

我扭过头去嘀咕道：“别那么操心好不好？我又不是爸妈亲生的！”“那有什么关系？”尤小乐冲着我叫起来，“爸爸不爱你吗？你小的时候，他整天把你搂在怀里，就连奶奶都说，他恨不得变成袋鼠呢！还有妈妈，一直把我们俩当成宝贝，好吃的从来舍不得吃，都给我们留着！”

他说的倒是事实，可是，他们真的能代替我的亲生父母吗？噙着泪冲进卫生间，我把背抵到门上，想一个人静一静。只是，还没站稳脚跟，一个声音就从里间传了出来，是妈妈。她正背对着我，哭着打电话：“我真的恨我自已，为什么就晚了那么一步？如果当初推开小美的那个人是我，如果小乐没事该有多好！要是能替孩子受疼，哪怕是当场死掉我也心甘情愿……你不知道，那会儿，我们家小美都快吓晕了，我真怕孩子会受不了！”

因为我离家出走，小乐差点儿把小命丢了，爸爸也在扑向小乐时扭伤了脚。闯了如此大祸的我，竟然还是“他们家小美”吗？我眼里、心里都热热的，扑过去搂住她的肩头哭着说：“妈，都怪我，我错了！”

4. 我们都是上帝的孩子

尤小乐出院后的第三天，就神神秘秘地把我叫到了阳台上。他倚在门边，苍白着一张脸从怀里掏出一张纸，展开让我看。那是他的领养证，被领养人一栏，清清楚楚写着“尤小乐”的名字。他吸着凉气努力挤出一丝笑，说：“我没骗你吧？我们俩都是被抱养的，所以，更要成为一个战壕里的朋友，更要和现在的父母相亲相爱，因为他们选择并且养育了我们，而不是别人。”

看着一本正经的尤小乐，我噙着泪把头点了又点，轻轻叫了声“哥”。从小到大，和我个头一般高的尤小乐从来都是被我直呼其名，哪里享受过这么隆重的待遇？他明显激动了，“耶”一声习惯性地手舞足蹈，却马上牵扯到伤口疼得弓成了一只虾。

我再也忍不住，眼泪铺天盖地地流了下来。他不知道我已经了解了真相。就在离家出走的前一天，我去衣柜里翻出领养证准备复印，无意间看到了压在下面的尤小乐的出生证明，加盖了县医院的公章，亲生父母两栏，分别署着爸和妈的名字。

可是，又有什么关系呢？我们每一个孩子，不管是亲生的还是抱养的，都是一样的，都是上帝的孩子。他把我们寄养在尘世里的父母身边，不是要我们抵触、抱怨、流泪，而是让我们学会感恩，悦纳彼此，真心相爱。

赶考那点儿事

■ 欢一刀

一

伏案在书桌前，相信是你曾经或多或少有过的画面。十年如一日在无情的书海里打磨着，到头来却发现昨天对于今天失去了意义。

内心好久没有平静了，程峰向外遥望，不知过了多长时间，好像他的邻旁早已没有人影了，也许是太晚，也许是太黑了，灯光在教室里显得格外明亮。那么安静，连呼吸也多出了色彩，隐隐可以看见，程峰眼中的明瞳渐渐地黯淡了。

“喂，老妈，今天可能有些迟，你不要等我了，我回家自己有钥匙的。”随手勾去最后一道选择题。他挂了手机，擦了擦额角，还剩一张试卷就写完了。

“离高考还有几个月了，不能放弃，考不好老妈他们会伤心的。”

刚有些困意的时候，内心就响起了这般广播一样的话语。紧接着，小摊前母亲忙碌的身影也逐渐清晰了起来。

眼前这个无声无息的校园，就在昨天还弥漫着高考前的硝烟。两天之后就要高考了，分数已经基本不会改变了，现在还和程峰一样这样在做习题的，多半也只是为了巩固一下知识罢了。

白天班主任找过他，大概的意思是想让他报清华，足足半节课的时间也不知道说了些什么，只记得出来后，人也走得差不多了，程峰才突然明白，原来明天不用再上课了。

6 月 7 日，多么平凡的一天啊，又是多么特殊的一天啊，多么残酷的一天啊，有些人是上刑场，有些人是跨龙门，用考生脸上的神情来说，好像一点也不亚于登上“步步高升”的节目舞台吧。

终于做完最后一张卷子，他舒了口气，望向窗外。

二

早上晴空万里，昨晚上睡得比较早，可早上被老妈喊醒的时候却感觉还没有睡醒。

程峰洗着脸，心中默默地开始祈祷了起来，希望别有什么差错啊，祈祷慢慢变成了担忧。

也不知道老妈几点喊醒他的，他的手机也被收走了，老妈不想他分心吧！家中唯一的钟也是坏的，刚想开口问问老妈，却被老妈焦急的喊声挡了回来："峰儿，快来吃早饭。"

程峰"噌噌"跑进厨房，急急忙忙塞了几口早饭，老妈就将他拽上了车。

车上的程峰有些无聊，老妈的叮嘱不知道班主任说了多少遍了，反正都是千篇一律的措辞，只是老妈背得还不够滚瓜烂熟！

程峰目光开始游离，咦？车上的时间错了吗？怎么还没到七点？

程峰马上问老妈："妈，这时间怎么才六点半？"

"啊，不是七点半考试的吗？"

"不是吧！这个时间你也能记错。"程峰脸上显出无数条黑线，尽管心中汇成了江涛，脸上还是很平静地帮老妈纠正了时间。

看着老妈好像做错事的孩子一样，程峰心中不禁感到好笑："其实，去早些也蛮好的，毕竟可以充分地准备下。"

程峰这么一说，老妈扑哧一声又笑了出来。

因为时间太早了，考场外还只有稀稀疏疏几个人。程峰找了一处阴凉地方坐下，就让老妈回家了。也不是他优哉，而是那绝对的实力让他实在找不出不自信的理由。

班主任说过，心态可是很重要的哦。

随着一分一秒地流逝，终于要开始进考场了。

"喂，你的准考证呢？"

到了程峰，他随手在包里翻找，咦，老妈的钱包怎么在我这，他忽然想起原来是早上打的付钱后放进来的。

几秒钟后，程峰脸上的轻松也不见了。

糟糕，昨天晚上好像被老妈要去了，说是怕我忘记带。也不知她有没有拿，脑海里浮现起早上老妈焦急的神态，禁不住擦了把冷汗。

“准考证你带了吗?”

额头上的汗丝还在会聚，一滴滴顺着脸颊流淌下来。

“可能，可能……可能在家呢！你别着急，我马上回家拿。”

话音未落，程峰拔腿就开始冲刺跑。

那边，老妈一脸的焦急，拦下出租车就喊:“师傅，中街花园，麻烦快点啊，有红灯就闯红灯，罚款我付了!”

司机一阵嘀咕:“你是疯子我还不是呢!”

程峰跑到校门口，刚好出租车也停在了门口。老妈一看到程峰，推开门就下车。

司机不乐意了:“你坐车不给钱的呀!”

“哦，你看我这记性，这茬怎么能给忘了呢?”

老妈随手向口袋摸去，心跳又加速了，糟了，钱包还在儿子手里呢!

“啊！你没钱坐什么车，莫不是你想打劫吧，那边有你的同伙吧!”

司机又怎么会不知道这里是个考点呢？只是现在社会治安不太好，而且看这位女士也不像是坏人，就这样他才更担心！现在哪个坏人长得不像个好人啊!

“妈，我的准考证在你那吧!”

程峰在这个时候，刚好跑到了校门口，一看到老妈就开始喊。

老妈一回头，看到儿子也开始喊:“峰儿，我的钱包在你那吧!”

随后，程峰在最后关头终于赶到了考场，老妈也终于付了司机出租车的费用，但闯红灯的钱她没出。

因为司机说:“这钱我出，我差点成了打劫你儿子成绩的坏人了，这就当赔偿。你儿子要是考上了清华，我还开车送你儿子去清华。”

老妈笑了:“成，去清华我们可不闯红灯啊!”

我是土根家的小铃铛

■ 张小西

父亲可能卑微，可能渺小，但无法将他远远地隔离在世界之外，因为他们一直在无怨无悔地付出。子女人生这场戏里，他绝不肯缺席。

一

“哟，这不是土根家的小铃铛吗？几年不见，都快认不出来了。”我和夏威夷在超市里买日常用品，一个熟悉的声音猛地在我耳边响起。我回头，是同村的桂花婶婶。

桂花婶婶怎么会来省城呢？“我在东塘那边一个老师家里当保姆。”定是平时难得遇到一个熟人，桂花婶婶话匣子一打开就合不上了，“真是女大十八变啊！漂亮得跟明星一样。还这么有出息，都成城里人了。土根真是好福气！这是男朋友吧？多俊啊！天生一对！天生一对！”

好不容易等到桂花婶婶说：“我要回去做饭了，小铃铛，再见！”我才松下一口气。可是她刚转身，夏威夷就冲我做鬼脸：“小铃铛，真好玩！以后我也叫你小铃铛！”

我红着脸说：“夏威夷，你再说我就不理你了！”

我叫杨梅红，小铃铛是我的小名。我讨厌我的小名，更讨厌别人叫我“土根家的小铃铛”。我努力考进大学，努力留在这个城市，就是希望远离那个熟悉的村子，远离那些知道我是“土根家的小铃铛”的人们。

二

我的父亲杨土根算得上是村里的名人。无论哪家收媳嫁女都要请他合生辰八字；无论哪家做红白喜事都要请他挑日子；无论哪家建房子都要请他选宅基；无论哪家死了人都要请他去选坟地；甚至哪家的小孩子受了惊吓都要请他施仙水驱鬼。可是这些并不能说明父亲在村里有多高的地位。人们当着他的面恭敬地称他杨半仙，背着他的面却叫他杨瞎子。

父亲八岁时患眼疾无钱医治双目失明，十二岁开始跟人学算命，四十岁结婚。妈妈比他小三岁，也是瞎子，一出生就看不见东西，结婚四年，我出生了。让他们万分欣慰的是我有一双明亮而美丽的大眼睛。中年得女，父母自然是心尖尖般宠着。妈妈从此足不出户，专心在家带我。爸爸也减少了四处奔波的时间，大多数时间在家里守着我。

我四个月大的时候，妈妈把我放在床上，去洗衣服，洗完衣服却发现我不见了，她吓得大哭起来。邻居们跑来，在床底下找到了依然熟睡的我。爸爸听说了这事，第二天就去县城买了一对小铃铛回来，系在我的两只小脚脖上。我一动，小铃铛就发出清脆的“叮当”声，这样，无论我爬到哪个地方，他们都能准确地找到我。我的名字也诞生了，所有的人都叫我小铃铛。

童年是单纯的、快乐的。爸爸从别人家回来，总会带些花生、糖果之类的礼物。我只要看到他的影子在村头出现，就跑过去迎接他。趴在爸爸的背上，我一边吃着糖果，一边指挥他往前走，告诉他哪儿有坑，哪儿有石头。偶尔也会小小地恶作剧一下，看着爸爸在我的“往前往前”的指挥下踩进大水坑，溅得满身是泥，我会笑得前俯后仰。爸爸佯装生气，把我从背上放下来作势要打我屁股，我从他的手中挣脱，跑出好远，一边跑一边喊：“来啊，来追我啊！追不上吧！”

床头的小罐子里常年放着我吃不完的零食，爸爸妈妈是从来都不吃的。他们说，大人不吃零食，只吃饭菜。就算是饭菜，他们也只挑青菜吃，把鸡蛋、肉之类的菜夹到我碗里。妈妈没有读过书，但是她歌唱的好。听人说在我出生前她经常和爸爸结伴外出卖唱，一把二胡伴奏，夫妻两人一唱一和，能够把村里的姥姥婆婆全部吸引过来。在家的时候，只要几个女人聚在一起，大家便起哄要我妈妈唱歌。妈妈便亮着嗓门唱，我也学着唱，奶声奶气，口齿不清，引得大家哄堂大笑。

三岁开始，我便跟着爸爸“闯江湖”了。爸爸的固定工作地点是县城的一座老桥——镇东桥。那座桥的两旁坐满了跟爸爸一样双目失明以给人占卦算命为生的男男女女。我牵着爸爸的探路棍，当他的眼睛。我脚上的铃铛“叮当叮当”地响着，吸引了不少同情的关爱的目光。因为我，爸爸的生意出奇的好。挣了钱，爸爸会给我买雪糕，买西瓜，买我想吃的东西。他自己不吃，只是认真地听我咂吧着小嘴，不时地问我：“好吃吗？好吃吗？”我趁他不小心，塞一点到他嘴里。他美美地说：“我的闺女真懂事，会孝顺爸爸了。”

四岁的时候，我差点被人贩子拐走。那天我看到一个小男孩在吃蛋糕，要爸爸给我买。爸爸要我坐着别动，自己去了对面的超市。我坐了一会儿，就跟着一个卖金鱼的老爷爷走出了好远。一个中年男人走过来说："小丫头，你爸爸在找你，我带你过去吧！"他带着我上了一辆摩托车飞跑起来。我觉察不妙，大哭。我说："我要爸爸，我要爸爸！"也许是我的哭声太大，引起了路人的注意，那个人贩子半路上把我抱下了车，自己溜了。

我在路边无助地哭，一位好心的叔叔问我是哪儿的，叫什么名字，我不会说，只是哭。他带着我去了警察局，一进门，我就看到爸爸满脸泪水地坐在那里。我叫了一声"爸爸"就扑了过去。爸爸搂着我，仔细地摸我的脸、我的手、我的脚，生怕我有什么闪失。他把身上的三十多元钱都掏出来一定要交给那位好心的叔叔。好心的叔叔没要钱，只是教育爸爸，小孩子要告诉她自己住哪里，家长叫什么名字，这样万一走失了人家也容易帮她找到家人。

回到家，爸爸开始反复教我说："你叫小铃铛，黄土岭杨树坳的，爸爸叫杨土根。你是土根家的小铃铛。"我跟着他一字一句地学，终于学会了。爸爸还是不放心，每次外出的路上，都要再三地考我："你是谁？家住哪里？叫什么名字？"我脆生生地回答："我叫小铃铛，黄土岭杨树坳的，我爸爸叫杨土根。我是土根家的小铃铛。"他满意地点头："记好了，不要忘了。"我说："不会忘了。"

三

我是在六岁半走进校门之后开始注意到自己父母与别人父母之间的差别的。报名的时候老师问我叫什么名字，我说："小铃铛。"老师问："你没有学名吗？小铃铛是小名吧。"我爸爸正站在我身后，赶紧说："老师，我们没文化，取不出什么好名字，你就帮忙给我女儿取一个吧。"老师问我姓什么。爸爸说："姓杨。"老师说那就叫杨梅吧！爸爸说："对了，老师，小铃铛出生的时候刚好是杨梅红的时候，就叫杨梅红吧！"于是，我有了正式的名字，杨梅红。但是除了老师，别人还是叫我小铃铛。

有一回，老师带我们做游戏，击鼓传花，花到我手上，鼓声停了，大家要我表演一个节目。我唱了一首妈妈喜欢唱的《十月探妹》，同学们都听得津津有味，老师却锁起了眉头。我唱完后，老师问我是哪儿学来的，我说是我妈妈教我唱的。老师说以后不许再唱这样的歌了，这样的歌小孩子不能唱。那时候觉得特别委屈，后来才知道，那些歌唱的都是男女偷情的内容，是很不健康的。

上科学课的时候，有一堂课的内容是破除迷信，相信科学。书上讲了这样一个小故事：有一位老奶奶，在孙子得了病之后，不带他上医院，而是请一位仙娘来家里驱鬼，结果让孩子耽误了治疗，夭折了。老师讲完课后就请同学们说说周围一些相信迷信的例子，结果，几乎所有的孩子都是拿我爸爸举例：他们生病了，请我爸爸给他们下茶；他们家的房子因为我爸爸说风水不好，家里准备另建；他们的哥哥姐姐跟谁谁好，因为我爸爸说八字不合，家里就逼着他们分手……我做梦都想不到我一直引以为荣的爸爸居然是这样的“罪恶滔天。”

那天爸爸回家的时候，我第一次没有迎上去搂着他的脖子撒娇。我说：“爸爸，以后你不要再给人家算命、不要再给人家看日子、不要再给人家选房屋宅基地，也不要再给别人家的小孩子下茶了好吗？”爸爸摸着我的头问：“为什么？”“老师说这是封建迷信，是害人。”爸爸着急地说：“谁说是封建迷信啊，爸爸还有证书的，县佛教会发的，爸爸是会员，受法律保护的。法律上说，公民有宗教信仰自由。”爸爸翻出一本红本本给我看。我一把推开说：“我不看，反正我不喜欢你这样。你再这样我就不理你了。”

爸爸沉思了好久，第二天还是出门了。我没有牵着他的棍子送他上车。我不愿意再当他的眼睛，我开始害怕那些落在我身上的或怜悯或嘲讽的目光。

每次重新安排座位，都没有人愿意与我同桌。老师把我叫到办公室委婉地提醒我：“以后要学着自己洗衣服，要讲卫生，勤洗头发常洗澡，这样同学们就会愿意跟你一起玩。”我低着头，使劲儿地绞着自己的衣角，我的衣服确实很脏，本来是白色的，穿过几次便成灰的了。因为妈妈看不见，洗的时候只是胡乱地搓一下。因为妈妈看不见，她也不知道我什么时候该换衣服了，该洗头发洗澡了。那一刻，我感到了羞愧，也第一次对妈妈有了怨恨。跑回家我就开始发脾气：“洗衣服为什么不洗干净，害得我被老师批评，被同学们笑话！”妈妈红着脸说：“以后妈妈洗衣服的时候你在旁边看着，告诉妈妈哪儿还没洗干净，妈妈就继续洗，好吗？”我不耐烦地说：“以后不要你洗，我自己洗！”

从此，我真的自己洗衣服、洗头洗澡了，还学会了洗碗、扫地、抹桌子等家务。妈妈欣慰地说：“我们的小铃铛长大了。”我说：“我不叫小铃铛，难听死了，我叫杨梅红！以后只许叫我杨梅红！”

我确实长大了，可是童年的快乐也随着我的长大离我而去了。十来岁的孩子在一块是最容易发生纠纷的，只要我跟谁争吵几句，他们就把我的父母扯出来骂。有一回是跳方子，女伴踩了线，却不愿意停下来。我说你踩了线，该我们跳了。

她破口大骂："我哪儿踩线了，你没长眼睛啊！你父母是瞎子你也瞎了啊！"我和她打了一架，从此她就网罗了班上一部分同学孤立我，故意在我面前拿一根棍子学着我爸爸妈妈的样子走路，甚至在课堂上，他们都不放过戏弄我。有一回老师要大家用"忙"组词，再造句。一个同学站起来，怪声怪气地说："瞎忙！小铃铛的爸爸妈妈总是在瞎忙。"大家看着我，哄堂大笑。我拿起文具盒，狠狠地朝那个同学的头上敲过去，那个同学的头上立即起了一个大血包。他的妈妈闻讯后冲进教室里，指着我的鼻子骂："小畜生，知道你们家土根和菊花为什么瞎了眼吗？是前世造了孽。这辈子不做点好事积点德，小心世世代代瞎下去！"

父母是爱我的，可是他们的爱是那样的卑微，卑微到让我感到耻辱。我痛恨他们给我的任何东西，包括生命，包括名字，我痛恨人家叫我小铃铛。我痛恨上天赐我一对盲人父母。我发誓，一定要离开那个让我抬不起头来的家，离开那个让我伤心的地方。

四

和夏威夷初识是在一次产品推销会上，相互作过介绍后他笑着说："你的名字真是标准的雅俗共赏，只看前面两个字'杨梅'，雅致，后面却又加一'红'字，就俗到家了！"

我在乎夏威夷的看法和想法。在这座陌生的城市里摸爬滚打五六年，我希望拥有一段爱情，拥有自己的家。我打电话回家质问爸爸，你的眼睛又看不见，怎么知道我出生的时候正是杨梅红的时候啊！

爸爸说："你妈妈怀你八个月的时候，特别想吃杨梅，我一个村子一个村子地找，我给别人免费算命，他们送我杨梅。那个时候杨梅还是青的，特别酸，他们告诉我，还得等一个月，杨梅就红了。一个月后，我再去换杨梅，你就出生了。"

我咬着嘴唇，再也说不出责备的话，哪对健康夫妻为子女做出的牺牲能超过我的父母？我的报答却是公式化的每个月三百元钱的生活费。逢年过节打个电话回去，也没什么好话说，就是挨个地训他们，让他们不要到外面低三下四算命卖唱了，吃的穿的不要太节省。

我诚惶诚恐地跟夏威夷开始交往，刻意地隐瞒着我的爸爸妈妈是盲人、他们的职业是算命卖唱的这个事实。我知道，没有谁会愿意接受这样的家庭，这样的双亲。

夏威夷反复追问我为什么叫小铃铛，还猜我的父母是不是知识分子能给我取出这样有趣又好听的小名。问我什么时候可以带他去见见我的父母，我沉默无言。

妈妈打电话来，问我爸爸七十岁生日能否回一趟家？我一下子愣住，爸爸七十岁了？他有这么老了吗？

妈妈说："孩子，听桂花婶婶说你有男朋友了，你爸爸生日能带回来给我们看看吗？你爸爸做梦都盼着你有个好归宿呢。你不要愁嫁妆，我们棉被枕头什么的都给你备齐了，你每个月寄回家的钱，我们都给你存着，你爸爸另外还给你存了两万元，能让你风风光光地嫁了。"

妈妈还说："你爸爸的身体大不如前了，话也少，天天把你小时候戴过的那对小铃铛带在身边，不时摇一摇，真的是老了。"我颤声问："他还出去算命吗？"妈妈说："不去了，早就不去了。人家问他为什么不去了，他说小铃铛不让去，让他在家享福呢。"

五

我带着夏威夷登上了故乡的列车，但我没有告诉爸爸妈妈我要回家。

在县城转车的间隙，我带着夏威夷在街上走了走。经过一家超市门口，发现围了一大群人，我凑过去一看，浑身的血液一下子涌上了头顶。我的爸爸坐在一条长凳上，一边拉二胡一边入神地唱着那些古老的情歌。

四年不见，他苍老了很多，头发差不多全白了。夏威夷说："别看了，还要赶车呢。"我站着没动。爸爸说："有喜欢的捧捧场，我这里有录音磁带，五元一盒。这些歌曾经被当作淫秽歌曲，现在听说成了文化遗产，有好多艺术家还在搜集整理，准备出集子呢。买回去放上几年，说不定成文物了呢。"

我的眼泪夺眶而出。这是我的父亲，他用这种卑微的方式把我养大，尽管我在意他们的残疾，痛恨他们的职业，尽管我远远地把他们隔离在我的世界之外，他们仍然无怨无悔地为我付出……

童年时一家人相亲相爱的情景浮上脑海。那时，我那样地爱爸爸宽宽的背，爱妈妈甜美的声音，我是那样为“我是土根家的小铃铛”而骄傲，我小小的心眼里没有虚荣，只有爱。从什么时候开始，我变了？

爸爸没有卖出他的磁带，城管来了，粗暴地驱赶他。爸爸一边说着求情的话，一边手忙脚乱地收拾自己的东西。有一盒磁带掉到了地上，眼看就要被人踩到，我急忙挤开人群，冲过去捡起来，递到爸爸的手上。

爸爸警觉地侧着耳朵听了听，问我：“你是谁？”

在夏威夷惊诧的目光中，我含着泪大声说：“我是土根家的小铃铛。”

旧梦空城

想和机器人谈恋爱

■ 紫水晶

故事发生在史前2000年，这个时期的人类已经被一切人工智能所代替，煮饭是人工智能，开车是人工智能，生产、研究、探索，甚至做杂活都是人工智能在操作。更有甚者，有的人也和机器人谈恋爱，也领养机器小孩，但是人工智能毕竟是人类科技的产物，也是产品，机器人永远都不会有真实的感情。

即使如此，万事万物中总有极个别极例外的怪异事件。

艾丽莎是一个十八九岁的机器人女孩，她是拟真电子公司花了毕生心血研制而成的新一代机器人，内部结构是轻质合金骨架，五脏六腑全是复杂的机械在运转，而外表是鲜活的血肉之躯，因此表面上和人类是一模一样的。她的能量来源是氢核反应电池，寿命几乎是永久的，因此她是长生不死的。

艾丽莎的大脑是一块超智能芯片，不仅能作出和人类一样的反应，还能自行思考、做梦、学习等！

她的出世本来是震惊世界的新闻，但是这么智能的机器人似乎没什么用处，因为她并不受任何人摆布，她有自己的思想、自己的意愿。拟真电子公司在做了大量的推广之后，仍然没有人愿意购买这机器人。

研发小组的成员感到非常失望，其中大部分人日渐郁郁而终，最后只剩下研发小组的组长，哈比教授。由于缺少了主要成员，拟真电子公司几乎就此倒闭。过了很久，哈比教授几乎忘记了艾丽莎这个可爱的女孩。

自从艾丽莎的思想被开启的那一刻，她就不停问别人这是什么地方，自己从何而来。但是没人回答她，反而将她囚禁在一栋独立的公寓里面，孤独一人。

她的资料库里面被写入了关于人类所有的一切，包括人类的亲情、友情、爱情，人类三大最宝贵的感情。唯一的就是她并不知道自己是个机器人，因为研发人员没有写入这份资料。

艾丽莎孤独一人在公寓里，每天不停地想，自己的妈妈是谁，自己到底从何来，为什么要来到这个世界，目的何在，意义又何在。

直到有一天，她终于按捺不住好奇心，悄悄离开了公寓，来到了人类的世界。第一次来到港华大街上的她就被这一切事物所震惊了，汽车全在空中飞行，开车的都是一些怪异的机器人，这点她看得明白，但是始终不知道自己也是一个人工智能。

可怜的她出来时还光着一双小脚丫，身上只穿了一件橙色连衣裙，乌黑的长发披在肩上，迎着阳光泛出一道道明亮的反光。整个身形比例非常协调优雅，可爱的脸蛋上却透着一丝惶恐和忧伤。

看着这个世界，她突然不知道该何去何从了。

目光在街面上扫描了一遍，她发现对面有个卖小吃的商贩，只是那人背对着她，于是过去问道："先生，你好！请你帮帮我！"

那人发现这个甜美的声音之后，赶忙转过头来道："你好！请问有什么我可以效劳的？"

艾丽莎失望地吓了一跳，原来这人也是个机器人，而且面目全是金属构造的。迟疑了片刻，艾丽莎还是说道："谢谢你的好意，我想你可能帮不上我。"

那机器人不慌不忙地介绍了一遍自己所有的小吃，之后又道："那要看你喜欢哪一样，我能做的都没问题！"

艾丽莎失落地向后退了几步，突然一辆出租车从天而降，里面那个机器人驾驶员热情地说道："嗨！你好，请问你要去哪里？我们的服务是一流的，不到目的地绝不收取费用！而且快捷方便，价格实惠！"

艾丽莎胆怯地摇了摇头，赶忙转身走了。漫无目的地走了许久，突然一个声音说道："天啊，这是哪家的女孩，怎么光着脚丫到处跑？"

艾丽莎抬头一看，原来是一个胖太太正目不转睛地盯着她，而且表情很惊讶。艾丽莎也惊愕了一下，立即又高兴起来，终于找到了一个真人了。

胖太太和蔼地问道："小妹妹，你从哪里来，要去哪里啊？"

艾丽莎兴奋道："我也想知道我到底从哪里，我妈妈是谁，我来这个世界到底是为了什么？你可以回答我吗？"

胖太太一脸疑惑，心想这个女孩难道是失忆了。出于好心，她将艾丽莎带回了自己的家里，给她穿上了鞋子，挽起了头发，戴上了一个可爱的粉红色蝴蝶结。不过这些并不能吸引艾丽莎的注意力，她还是一个劲儿地问问题，但是胖太太怎么也回答不了她，因为她也不知道艾丽莎是个人工智能。

但是胖太太灵机一动，想到了一个办法来帮助艾丽莎，于是将艾丽莎的照片发送到了警察局，请求警察局的人帮助艾丽莎找"妈妈"。警察局看到艾丽莎的照片之后，立即看出了她就是拟真电子公司的最新“产品”。于是告诉了胖太太，要她将艾丽莎留住，他们派人来将艾丽莎送回公寓。

艾丽莎得知了胖太太和警察局的通话内容，也知道了自己的身份，一时大失所望，伤心欲绝，怎么也不敢相信自己是机器人这个事实，也无法接受这个打击。但是她不会在这里坐以待毙的，尽管如此，她还是想搞清楚有关自己的一切，于是再次选择了离开。

没多久，她便又来到了一个不该来的地方。这里是一个娱乐场所，由于现在所产生的废旧机器人逐渐增多，人类怕这些机器人日益增多之后会反抗人类，于是专门开设了这个以屠宰机器人为乐趣的娱乐场所，一方面是追捕逃亡的过期的机器人，用各种残忍的方法将他们肢解；另一方面便是以这种方式吸引顾客，赚取非法利润。

艾丽莎很不幸地来到这个“机器人地狱”，而且丝毫不知这里的危险。就在距离“机器人地狱”不远的一个垃圾厂旁边，有一辆垃圾车正在那里倒掉了一车废旧机器人零件，那全是被用各种方法肢解的机器人零件。

等到这辆车离开之后，周围突然围上一群过期的人工智能，他们面目全非，缺胳膊断手，有的甚至还露出了内部的合金骨架，更有一部分是缺少下巴，或者少一只眼睛，缺一只耳朵的。他们很聪明，缺少什么找什么，断手的找来手臂自己焊接，没有眼球的找到眼球自己安装，甚至找到别的机器人的下巴来安装到自己身上。

艾丽莎看到这一幕，彻底愣住了，她始终不相信自己也是这样的构造，也不敢接受这个事实。过了半晌，她狠狠地抽了自己一耳光，顿时感觉到了火辣辣的疼痛，她便更不相信自己是人工智能了，因为她能感觉疼痛，而那些废旧的机器人却不能。尽管如此，她还是想要搞清楚自己从哪里来，又该去哪里。

而此时，机器人地狱的猎车已经来了，他们是专门追捕过期逃亡机器人的，那些机器人闻声，纷纷向周围逃去，艾丽莎不知怎么的也跟着跑了起来。猎车很快向四周追去，之后天空渐渐升起了一轮“明月”，那是猎杀队的指挥部乘坐的热气球。上面有两个工作人员，他们首先发现逃亡的艾丽莎，不过他们并不知道艾丽莎是拟真电子公司逃出来的。其中一个叫威明斯的是总指挥，他觉得这一幕很奇怪，于是对旁边的助手道：“那个十八九岁的女孩看起来不像是人工智能，这到底是怎么回事?”

助手拿起红外感应设备扫描之后道：“老板，她身上没有红外线，没有热量。应该是新一代的人工智能，说不定是新鲜货。抓住它应该很不错。”

威明斯不相信，亲自拿起红外探测设备扫描了一遍，这回他也不得不相信了，果真是个人工智能。猎车队将这一群机器人都一网打尽了，将他们都送到了机器人地狱的笼子里关押着。包括艾丽莎也在其中。

她一双眼睛大而清澈，在此刻更是眼泪汪汪。透过笼子看着外面一个个机器人全被各种残酷的方法肢解了，心中就泛出一波波心痛的涟漪。

此时，负责后台摄影管理工作组的米兰波先生的一个学生来了，他今年刚刚大学毕业，约莫21岁。当他走近笼子时，目光不由得被艾丽莎吸引了过去，看着艾丽莎眼泪汪汪的双眼，他感觉太不寻常了。相比其他破旧的机器人，艾丽莎身着橙色的连衣裙，全身完好无损，而且从来没有机器人会哭，从来没有机器人的眼神会这么惹人心碎。

他叫蓝痕，看了这一幕，他赶忙进入了摄影后台工作室，找到了他的老师米兰波，并告诉他笼子里有个女孩。

米兰波惊讶道："你小子眼花了吧，笼子里怎么可能有女孩子。"

蓝痕坚持道："不，一定是搞错了，我刚才看见她明明在哭，你有见过会哭的机器人吗?"

米兰波听蓝痕这么一说，不得不考虑这个问题，于是将摄像头转向笼子，找到了艾丽莎，尽管光线不好，但是屏幕上清楚地显示她正眼泪汪汪地看着笼子外面。米兰波慌了，赶忙问道："蓝痕，你怎么发现的?"

蓝痕急道："不要问那么多了，我们快去看看吧!"带着金属扫描仪，他们很快进入了笼子，并找到了艾丽莎。

看着艾丽莎忧郁的眼神和脸颊两行热泪，米兰波和蔼道："你叫什么名字?能不能过来让我看看?"

艾丽莎不敢妄动，也没有说话。

米兰波又道："别怕，我们不会伤害你。你叫什么名字?家住哪里?"

艾丽莎这才慢慢放下戒备心，缓缓说道："我叫艾丽莎，但是我也不知道我家在哪里，我更不知道我到底从哪里来，我不知道我妈妈是谁，你能告诉我吗?你能帮助我吗?"

米兰波开启了金属扫描仪，在艾丽莎的面目扫描了一遍，立时感到了一阵失落。蓝痕也惊愕道："不可能，不可能有这么完美的人工智能!"

米兰波也诧异道："但是很遗憾，她确实是人工智能。"

艾丽莎听到这里立即哭道："不，我不是，我一定是我妈妈所生的，只是我现在还没找到我妈妈!"

蓝痕心酸起来，对米兰波道："老师，尽管如此，但是我们绝不能将艾丽莎当成垃圾去毁坏，放过她好不好？”

米兰波迟疑了一下说道：“但是这件事不是我一个人做主的，只怕没那么简单！”

正在他们无法处理的时候，外面突然来了三个人，他们嚷着要找什么新鲜货，冲进来便指着艾丽莎道：“就是这个，新一代的机器人，表面上还完好无损，这回要让观众开开眼界！”

米兰波对他们道：“不，你们不能将她当成废品。我不赞成这么做！”

蓝痕也赶忙劝阻他们。他们其中一个叫威尔逊的吼道：“你们别傻了，千万不要被她的表面所迷惑，其实里面全是合金骨架，是人工智能。”

米兰波道：“就算她是人工智能，你们也不能将她拿去销毁！”

此时，艾丽莎更伤心了，因为她觉得自己在人类心目中不过是件产品而已。作为和人类有同一思想的她，无法接受这个事实，无法理解人类这么残忍的做法！

威尔逊和米兰波吵了起来，威尔逊以为米兰波是为了钱财在争执，于是狂言道：“你不就是要钱吗，要多少我给你，但是这个人工智能我必须带走。”

米兰波道：“你错了，这不是钱能买到的。这是人类的良知，就算是机器人也有她的生存权利……”

他们吵得不可开交，差点打了起来，幸好另外两个人分别将他们拉住。此时，蓝痕趁机带着艾丽莎逃出了笼子。他们一口气冲出了机器人地狱，来到了树林里安全的地方。

艾丽莎擦干眼泪道：“谢谢你救了我，你叫什么名字？”

“我叫蓝痕。对了，现在已经安全了，你快走吧，这里不是你该来的地方，千万要记住，以后再也不要靠近这个地方！”

艾丽莎道：“走？去哪里呢？我不知道该何去何从，不如你给我指点一条明路？”

蓝痕一时也不知道该如何是好，面对这个人工智能的哀求，他居然感到浑身不自在，仿佛眼前的她根本就不是机器人，而是一个活生生的人类。过了片刻，蓝痕还是说道：“那你之前都待在哪里？身边都是什么人？”

艾丽莎哀伤道：“我也不太清楚，我之前在一个单身公寓里，每天都有人看守，我不知道自己从何而来，又该去向何处。我想知道自己的妈妈是谁，但是现在看来已经没有必要了。现在我只想知道自己存在的意义到底是什么？”

蓝痕听到这一段话不由得感到一阵心酸，心想，一个人工智能怎么会有如此思想？这到底是哪家公司生产的，怎么从未听说过有这么先进的技术？

过了一会儿，艾丽莎又问道："你在想什么？你能不能帮我呢？"

蓝痕悄悄地瞟了一眼艾丽莎的脸蛋，不敢回答这个问题，他感觉好矛盾，眼前的这个人到底是不是个人工智能，怎么骨子里完全没有那种感觉，这分明就是一个活生生的人类。过了一会儿他才说道："那么现在你先和我一起去我家吧，到时候就说是我同学就行了，至于你以后想去哪里，你自己打算吧！"

艾丽莎道："去你家？我是你同学？你的意思是现在我的身份是你同学，我能拥有这样一个身份？"

蓝痕吞吞吐吐地说道："哎呀……随便啦，我们快走吧！"

说着，他们便向树林外面走去了，此时艾丽莎的脸上终于露出了一丝笑容，那么甜美，那么可爱。

去了蓝痕的家里，原来他们家好大的，分别有前院和后院两个大院，东侧和西侧分别有两个别院，蓝痕就独自生活在东边的别院。他的父母住在前院的正院里，他们二人都是当代电子产品的研发者，是当今其中一家电子公司的经纪人。

奇怪的是，蓝痕对于电子智能技术这一块并不感兴趣，大学毕业以后就想自己写作，完全不想继承父母的大业，因此也很少和父母走在一起。

蓝痕将艾丽莎安置在别院的一套房里，让她自己抉择自己想去哪里、去做什么事。但是事情没那么简单，艾丽莎并非一般的人工智能，她懂得友情、爱情和亲情，懂得寂寞、孤独和自由。于是每时每刻都要在蓝痕身边，说一些关于人生的话题。她的语言里面对未来充满期望，慢慢地也明白了人生的意义，得知了人类是要生老病死的。

过了一些时日，蓝痕慢慢习惯了这个人工智能的陪伴，甚至不当她是个机器人，有时候也陪她一起去外面散步。生活过得就像一对情侣一样。

时间一晃而过，一个月过去了，艾丽莎觉得和蓝痕在一起的时间里是那么的开心和自由，无忧无虑，仿佛天塌下来也没事一样。直到有一天，蓝痕的父母匆匆而来接走了蓝痕，只是艾丽莎并不知道，而蓝痕的父母也没有发现她。

过了一整天艾丽莎都没有看见过蓝痕一次，于是觉得奇怪了，内心感到了一种莫名其妙的空虚，甚至失落和怅惘。她找遍了整个东院，没有发现蓝痕的任何影子，于是去了前院、后院和西院，可惜仍然没有见到蓝痕的踪影。心想，蓝痕一定是外出了，说不定很快就会回来的。

一天过去了，两天过去了，蓝痕依然没有回来，艾丽莎感觉到了一阵恐慌，于是决定出去找蓝痕。一向很少外出的她出去之后根本不知道该去哪个方向，于是蹿到街上到处寻找，人海茫茫，她又怎么找得到呢？

况且蓝痕并不在这个城市里，他的父母带着他去了陵城，准备好好培养他的电子智能技术，将来继承大业。但是蓝痕根本就没有心思去学，勉强学习了一周之后，他便要求回家继续写作。父母没办法只好送他回去了。

当蓝痕回家时，突然想起了艾丽莎，但是此时的艾丽莎已经不知道去了哪里。蓝痕心想，她一定是去做自己想做的事去了，也没多放在心上。但是每当坐到电脑前面准备写作时，耳边又回忆起了艾丽莎那甜甜的声音，久久回荡在心间，根本没心情写作。

艾丽莎的离开，蓝痕也感到了一种怅惘，他开始不习惯一个人住这么大的院子，开始想念艾丽莎在时的乐趣，开始回忆以往的谈话，回忆艾丽莎可爱的笑容。艾丽莎对未来是那么憧憬，那么有信心。甜甜的声音，可爱的面庞，一直回荡在蓝痕的脑海，难以忘却。

过了几天，蓝痕终于按捺不住想要出去寻找艾丽莎的下落。当他终于下定决心踏出了院门时，令他惊讶的是艾丽莎也正好回到了院子，二人相互一愣便又同时说道："你回来啦？"

之后二人又害羞似的不吭声了。他们不约而同地回到院内，蓝痕终于先开口问道："你可不可以告诉我这几天你去哪里了？"

艾丽莎不好意思地说道："没什么啦，我就是出去走走而已，你又没在家，我也不可能每天待在这里吧！"

蓝痕道："我还以为你……"他没有说出下半句。

艾丽莎却看出来了，于是道："你以为我走了是吧？"

蓝痕愣了一下说道："也不是了，你去做你喜欢的事情也无所谓了。只是，你不在的时候，我感觉……"他还是没说完下半句。

但是艾丽莎已经明白了。她心里有着说不出的高兴，一种奇怪的感觉袭上心头，有点美妙，有点酸涩，似乎终于找到了自己存在的意义。

过了一段时日，蓝痕的父母觉得他最近变得很奇怪，不仅每天不出门，而且也几乎不找他的朋友们聚会了。他们二老心想，难道这小子生病了？于是抽时间到了东院观察，结果他们发现了艾丽莎，这才恍然大悟，原来这小子"金屋藏娇"。他们以为蓝痕找到自己的女朋友，还经常在网络上鼓励他好好把握。但是他们哪里知道，其实艾丽莎是个人工智能。

直到有一天，他父母给蓝痕发了一条消息，大概意思是要他带艾丽莎亲自到前院见父母。这让蓝痕不知所措了，他明白父母的意思，但是他也知道艾丽莎不过是个人工智能而已。在父母的再三催促下，他也没办法，但是又不忍心赶走艾丽莎，为了艾丽莎以后能快乐地在这里生活，蓝痕决定硬着头皮去一次。

可惜，蓝痕不知道这是个陷阱，原来他父母早就知道了关于艾丽莎的事情。但是没有当场揭穿艾丽莎的身份，只是暗地里要求蓝痕亲自将艾丽莎送回机器人地狱。送回去本来也不是难事，只怕的是，送回去之后他们便要肢解艾丽莎，这才是蓝痕担心的事情。

蓝痕自然不会这么做的，尽管他知道艾丽莎是个人工智能，但是他不愿看到她受到任何伤害。特别是机器人地狱那么残忍的伤害，但是机器人地狱已经知道了艾丽莎在这里，并且不停要求他父母交出艾丽莎，送回机器人地狱肢解以吸引观众。

他的父母也知道蓝痕很有同情心，但是同情一个他们认为没有生命意义的人，是他们无法接受的，并且不停地要求蓝痕早点做好这件事，否则机器人地狱是不会善罢甘休的。

蓝痕没有办法，在父母的严厉威逼之下，他只好考虑将艾丽莎送走，但是绝不会送去机器人地狱。而且要送走艾丽莎也不是一件容易的事，蓝痕只好撒谎说是带她出去到处走走，并且亲自驾驶着自家的汽车，他们走出了很远很远的距离，到了很远很远的地方，并且下车进入了一片草原。

艾丽莎高兴道："今天就我们两个人，真的好开心。你想要怎么度过今天呢？"

蓝痕迟迟没有说话，也没有任何行动。艾丽莎疑惑道："怎么了？你带我出来玩，不高兴吗？"

愣了几秒钟，蓝痕终于开口道："我知道你无法理解，但是我决定要把你留在这里！"

艾丽莎问道："是和我玩捉迷藏？"

蓝痕忧郁的表情里顿时充满了哀伤，轻轻说道："不是！"

艾丽莎觉得奇怪了，又问道："那你还来接我回去吗？"

蓝痕悄悄地掉了一滴眼泪，哽咽着说道："不会了！"

艾丽莎眼眶里立时泛出一汪秋水哭道："为什么这样？"

蓝痕道："对不起，我没有告诉你人类世界的真相，但是我可以告诉你，我们是不可能在一起的，你走吧，走得越远越好，记住千万不要回到机器人地狱，他们是不会放过你的。”

艾丽莎哭得更厉害了：“为什么这样？你告诉我到底是怎么回事，难道是因为我做错了什么事？你告诉我，我可以改的！”

蓝痕忍不住自己的泪水，赶忙回到了汽车旁边，想要一走了之，却又迟迟放不下艾丽莎。抹了泪水道：“因为你不是真正的人类，所以我们不能在一起！”

艾丽莎伤心道：“对不起，对不起我不是真正的人类，但是我希望你不要离开我，我在你身边没有任何企图，我只要一直在你身边，请你原谅我不是真人，但是我真的不能离开你！”

蓝痕终于还是不能释怀，他始终无法做到这样丢弃艾丽莎，于是作出了一个决定，带着艾丽莎一起走，远离人类世界。

但是事情哪有那么简单，无论他们走到哪里，他的父母总是很快就能找到他们，并且再次要求把艾丽莎送往机器人地狱。这次的蓝痕不再妥协了，因为他始终无法释怀艾丽莎，实在不忍心让她去那里被残忍地杀害。在他眼里那是一种杀害，并不是肢解那么简单，在他眼里艾丽莎就是一个活生生的人，并不是机器。

最后他的父母觉得这孩子确实不可理喻，非要为了一个没有生命的人而与他们作对，于是说了一句狠话：“你若要为了这个人工智能而违反这种纪律，那么你以后再也不要回家，就在外面自生自灭好了！”

经过这么多风风雨雨，艾丽莎也明白了蓝痕的苦楚，她知道人类每天都必须要吃饭，要睡觉，不能经受风吹雨打。于是决定自己离开，为的就是不要蓝痕为她吃这种苦头。蓝痕也觉得，既然没有好结果，这样做未必不是件好事。

他们在一起相拥了，艾丽莎听到了蓝痕强有力的心跳声，仿佛每一声都撞进了她的心底。蓝痕感觉到了艾丽莎的温暖，并不是冰冷的机械。

临走时，蓝痕再三嘱咐了艾丽莎，千万不要去电子公司，远离人类，远离机器人地狱，还给了她一些钱以备不时之需。

艾丽莎走了，蓝痕感觉到了一种前所未有的失落，但是很高兴她没有去机器人地狱。但是艾丽莎并不会就此放弃的，她来到了港华城，她想找到自己的来源，她想既然有人能研制出自己，那么这个人一定有能力把自己变成真人，只要变成了真人他便可以和蓝痕在一起了。

她来到一个叫艳都的地方，这是港华最繁华的地区。艾丽莎并不知道哈比教授在哪里，经过多番打听，都没有人愿意告诉她。但是聪明的艾丽莎发现了一个地方，是一个知识宝库，也是一个人工智能在那里工作。这个机器人拥有全世界所有的知识，天文地理、政治历史、科技、常识、生活等，它无所不知，无所不晓。

于是艾丽莎去找到了这个叫做万事通博士的机器人，并问了他问题："机器人可不可以变成真人？要去哪里才能，谁才有这个技能把自己变成真人？"

万事通博士回道："机器人想要变成真人，必须翻过高山，越过大海，找到春暖花开的地方。世人皆悲哀，处处皆凄凉，只是你不懂！"

艾丽莎不明白博士的这句话，再次问道："那么我要翻过哪座高山，越过哪片大海才能找到这个人？"

万事通博士道："其实，机器人能不能变成真人，我也不知道。但是你可以去找研发你的公司，拟真电子公司，并且找到哈比教授，如果可以的话，他一定会帮你的！"

万事通博士回答了一个连自己都不知道的问题，结果当场发生电路短路，一命呜呼了！

艾丽莎得到这点仅有的信息，毅然向前走去，哪怕只有一丝一毫希望，她就绝不会放弃。历经千辛万苦，艾丽莎终于找到了拟真电子公司。哈比教授早已在办公室等候了，他知道艾丽莎一定会为了这件事回来的。

艾丽莎一见到哈比教授，立时扑到教授怀里，潸然泪下，泣不成声。哈比教授轻轻说道："你是独一无二的，世界上再也找不到第二个艾丽莎。你很想知道你的父母是谁吗？"

艾丽莎在哭泣中挤出一个字："嗯！"

教授将艾丽莎慢慢放到椅子上坐着，列出组员的照片，慢慢说道："这些人都是你的父母，包括我也是，只是这些人都已经离开了人世。你的愿望很美好，你的想法很天真，但是请恕我无能为力。就现在的科技而言，机器人是不可能变成真人的。但是今后我会尽一切努力来帮助你。"

艾丽莎不能接受这个事实，从椅子上起身哭道："不可能，我不相信命运。我一定会找到方法的。"说完，她跑出了办公室，为自己的梦想追逐去了。

但是人类世界哪有那么容易行走。当她再次来到艳都时，很不幸地再次被机器人地狱抓到了。这一天，蓝痕刚好在新闻节目里看到了，他发了疯似的，开着自家汽车很快到了机器人地狱，时间刚刚好，艾丽莎正被困在台上，那些人准备用浓硫酸将她烧死。

此时的威尔逊正拿着话筒高声讲着："各位观众，你们看好了，其实这是个人工智能，千万不要被她的表面迷惑了，其实里面全是金属骨架。它们是人类的耻辱，它们什么都模仿人类，它们是产品，没有生命，没有真实的感情。我们要消灭人工智能，不能让这种东西存在，你们说好不好！"

"好……"台下的观众一片欢呼。

蓝痕到了机器人地狱的门口被保安人员拦住了，根本没法进去。但是眼看着艾丽莎就要被害了，他的心里有着说不出的痛苦。

观众欢呼之后，艾丽莎抬头看了看上面浓烟滚滚的浓硫酸，那里正好滴了一滴在地上，顿时冒出了一股青烟，一阵恐惧突然袭上心头，于是大声吼道："不要烧死我，我不是人工智能，你们快放了我！"

此时，有部分观众疑惑了，以往的机器人从来没有过这么求饶的。看着艾丽莎眼泪汪汪的双眼，他们开始怀疑这个女孩的真实性，其中有人吼道："威尔逊你这个混蛋，这分明就是个人类，你真不是人！"

威尔逊赶忙解释道："错错错！你们千万不要被她骗了，这个人工智能是新一代的机器人，她什么都懂，她懂得求饶，会哭会笑，因为制造她的公司给她写入了程序。程序可以写入，但是感情绝不可能写入，你们一定要相信这点！"

此时艾丽莎哭着道："不是的，我有真感情，我不要被烧死，我要和蓝痕在一起，求求你们放了我！"

此话一出，很多观众都开始议论起来，都怀疑机器人地狱的真实性。威尔逊没办法，只好说道："各位，身上没有芯片的人，如果你觉得这个女孩是真人，请扔出你手中的第一块石头。"

他的话音刚落，当头便迎来一个重重的臭鸡蛋，接着又来好几个，接二连三地又飞来许多烂水果，最后大家都群起而攻之，蓝痕趁机冲过了保安的阻挡，赶忙上台救走了艾丽莎。坐上了蓝痕驾驶的汽车，艾丽莎终于放心了，但是突然又想到，如果这样的话，蓝痕还是不能和她在一起，这样反而会害了蓝痕。

于是道："这次你又救了我，那你怎么向你父母交代？你不会真的要永远不回家吧？"

蓝痕把车停在野外的路边，说道：'不，就算为了你永远不回家我也无怨无悔，人类说你不懂得真实的感情，我笑了，好像他们的感情很真实一样。"

艾丽莎没有明白，问道："你真的相信我的感情是真实的？"

蓝痕说道："不错，我觉得你的感情才是最真实的，虽然你不是真正的人类，但是你拥有人类真实的感情。"

艾丽莎更疑惑了，说道："不，我们永远不可能在一起对吧？因为我不能给你真正的幸福，我是机器人，我不能为你生儿育女！所以我们不该在一起，我也不要你为了我在外面受苦，你回去吧，我宁愿被他们烧死！"

蓝痕突然一阵心酸，反问道："你知道什么才是真正的幸福？你明白吗？"

艾丽莎道："我知道人类不是长生不死的，你们必须为下一代着想，但是我也不知道你想要的幸福是什么样的！"

蓝痕道："我不管什么长生不死，我现在只知道我想和你在一起，哪怕我的生命只有短短的几十年。如果你觉得我是人类不可以和你在一起，那么我也可以找电子公司，我让他们也把我变成机器人！"

艾丽莎退了几步道："不，我不能让你为我吃这种苦，我宁愿你好好做人，我也愿意变成真人和你在一起。但是我不知道可不可以这样！"

蓝痕深深呼吸了一次，心里有着说不出的痛，过了片刻才说道："你以为我想要的幸福就是这样吗？你错了，那么我反问你一句，你想要的幸福又是什么样的？"

艾丽莎道："我想要的幸福就是能和你在一起，直到永远！"

蓝痕眼里终于露出了一丝笑容，说道："不错，我想要的幸福也是如此，而不是去做生儿育女这种无聊的事。我相信你的感情是真实的，我要的是你的心，我要的是永远和你在一起，这种最为纯洁的感情！因为你就是你，谁也不可以代替！"

艾丽莎最终明白了人生的意义，人生不是为了一辈子追求功名利禄，而是追求真正的幸福！蓝痕不惜放弃父母大业，也要和艾丽莎在一起，那种最真挚的感情，只有在艾丽莎身上才能找到！

放下江山，跟你走

■暮千雪

楔子

宇宙初开，天地清澄，山峦隐隐，密林叠嶂。霞光万丈下，一派葱茏祥和。

彼时阔阔山谷间，蝶舞蜂鸣，小溪淙淙。茵茵山坡间有两只白影，敏捷灵动的身姿在山花绿野中划着美丽的弧度，起起落落。

待近前，原来是两只白狐！毛色洁净温润，反射着丝丝霞光。

想必一路追逐甚是累了，稍落后一尺的那只白狐发出一声暗示，便倒于丛野间，有不管不顾的任性。前方的白狐有些意犹未尽地折回身，走近卧躺于温软草地上的同伴，绕着其转了两圈，然后也仆下四肢伴卧于一侧。少顷，它平了喘息，蹲坐于软草上，开始为同伴理起如玉皮毛。

尖润的唇，温热的舌，滑过一丝一缕，小心翼翼地舔出浓浓怜惜。

再少顷，休养过神的白狐启开双眸，慵懒迷离的目光与同伴相遇，立刻多了一汪欣喜的清澈明亮。然后，另一只也停止抚摸。

两只白狐相凝视，彼此爱慕情愫如彼此的眸，清澈毕现。

那一时，万物宁息，山谷空鸣，微风习习，花香暗浮。

一

这是什么地方？如此幽冷？

四面皆冰的洞庭中央，一素衣女子缓缓起身，打量着四周。四下空寂，唯有如玉之冰墙上映出她模糊的影子。

女子盯着自己的影悚然一惊，后又大喜，不可置信地对着影环首打量袅娜的自身。

“白狐！”恢宏的声音从天而降，轰然响起。

素衣女子立时谦恭地伏于地：“佛祖！”

“白狐，如你所求，现已千年，许你人形，你可自行去了偿夙愿！”

“佛祖？”女子欣喜的语气里夹着无助的乞求。千年之后，他，在哪里？

佛祖不言，转身之际巨袖轻轻地拂向一墙，冰墙上顿时显现出熙熙攘攘的画面。只是，可见其影不闻其音。

女子扑近前努力记下一些线索：恢宏的宫廷，前簇后拥的仪仗，巍峨之冠，气宇轩昂的背影从女子眼前滑过。女子焦灼的目光紧紧相随。终于，气宇轩昂的背影缓缓侧转，是他！

虽然，他已不再是狐身，但轻轻晃动的流苏下，那双眼是不变的烙印！

女子急切伸手，画面不见，只触到一把沁骨冰凉。

南海冰宫，无处不冰凉。吸了千年寒气的她，也是通体寒透。这种寒，让苏醒的她难以承受。她抱紧肩，笑了，笑得坚定无比。

只要他在这个尘世，难道还怕找不到他？

红尘光阴，似水流转，待她寻至他的面前，尘世已晃过几十春秋。

“退朝！”

窸窸窣窣，一阵脚步声后大殿归于一片安寂，宫人们屏息静气地依次立在投射进殿的朝阳中，谁也不敢惊扰高堂之上肃穆而坐的人。

吁，一声轻叹，从心底不经意间冲出了喉咙。静坐良久的人从龙椅上起立，拂袖，背身。宫人们立即上前，小心翼翼地左右相侍走出大殿。

没有人理解作为一国之主的落寞！他，原也不该落寞的，他，万里河山之主，坐拥天下，后宫如云佳丽使出万般解数讨取他展颜一笑。

可他，竟整日紧锁眉头，夜夜挑灯批阅奏章打理国事，以驱长夜之寂寞。

谁能知晓他心底的秘密？——有一双眼眸在他梦里无数次晃过，时而深情似水，时而焦灼慌张，时而忍受煎熬的困苦。

无论哪种景象，这双眼都能牵动他躯体中最柔软的部分，他为它的深情动容，为它的焦灼慌张担忧，为它的困苦而痛楚。

这一切的一切牵挂与莫名的思念，皆是因他清晰地捕捉到这双眼里深深的期待，对他的期待与眷念！

那份执着不化的期待与眷念如丝如缕地刻在他心里、脑海里，令他觉得身边奋力迎合他以获取荣华富贵的女子索然无味。可他又不敢相信，那双眼，并非人族。

而是——一只狐！

他秘密令人占卜他的前生，占卜他与狐的渊源，可，每次，龟骨总会意外地四分五裂。占卜师云，天子之命不可卜，所谓，天威难测！

二

夜静人未央。烛火朦胧，树影婆娑，搁下竹简，已是二更时分。辛拖着广袖长袍立于花园之中，屏下左右，沐浴于微凉的月光之下。

遥远的地方似有丝竹之音杳杳而来，与一园花香相融，悠然飘浮于清凉的空气中。

辛记起，明天是中元节，王宫历来也稍作庆祝，以示与民同乐。想必那不眠不休的乐人紧着为明日盛会做着预演。自己该做的便是睡一觉，养足心神，明天威仪地坐于高堂之上一振人气。

天子一笑天下乐，天子一怒山河愁！既为天子，一怒一乐早已不由自己随心所欲。辛回转身走向阔阔的寝宫。月光将他的影子肆意地拉长，长到寂寥。

翌日，朝歌内喜庆纷呈，丝乐声声，歌声缭绕，佳人舞影翩飞，掌声、喝彩声、欢笑声缕缕不绝。辛于高台上端坐，威严的面容沉静如水，深邃的眼神难辨悲喜。

待一首陌生的曲子缓缓响起，辛不由得凝了神，冥冥中有种力量在召唤，异样的热切从心底升起。他些许动容的目光，随宫商角徵羽的起伏错落紧紧地锁在舞池中央的素衣女子身上。

但见那女子素衣翩飞，轻盈婀娜，起身落脚处，不惊纤尘的翩然。空隙间，女子明眸也倏然于高台掠过，只是那么一瞬的惊鸿一瞥，高台之上的天子之心便被惊起千层浪。他深深地盯住这个给他逐渐不再有希望的心带来异样之感的曼妙身形上。

女子从急速的飞旋中低缓收势，飞扬的衣袂裙裾依次渐落，如瓣瓣新荷在闭合，待曲罢，一枝白莲含苞待放楚楚亭亭地伫于舞榭中央。

四周一片瞠目，忘记这一刻，究竟是人间还是天上？

“传此女前来见驾！”辛下达天子之命。

女子似预料中般，浅笑上前跪伏于辛的脚下。

“你，是谁？”

“辛，我是妲己。”一字一字清晰入耳，音色婉转情深。音落处，豁然举首望向高台之上错愕的男子，一汪秋水碧波盈盈，有着复杂的欣喜。

“大胆！”左右怒斥，不经允许观望天子，按律，刺双目，何况她居然喊天子名讳。

意外的是，辛，无论朝歌之下还是朝歌之下，向来冷面如霜的纣王居然笑了。一笑倾朝，万人动容。冷漠深邃坚硬如冰的眼神也有揉进春风时刻的温情，柔软的目光如解冻的冰河，流泻出潺潺爱意。

是了，就是这双明眸，无数次在梦里在心里低回。此时，这双沉静明眸里尽现深深压抑的呼之欲出的热切、期待、眷念。轻轻一声呼唤，似熟谙几世的故人归来，有多少情，欲语还休，那盈盈双目里点点热泪里泛着只有他能知会的怜惜——渐生的华发，寂寥的身影，这漫长的寂寞你是如何捱过的？

眼神交错，一代帝王双眼濡湿，纠缠一生的寂寞孤独悉数退去，似抖落一身风尘样的轻松欣喜。

三

“妲己。”

“纣王。”

重帷叠幛里，两情款款隐隐而待。

“妲己，告诉我，究竟你是谁？究竟，我是谁？我知，你定非寻常女子。”

妲己蓦然怔住：“纣王一定要知道？”

“一定！”

“轻轻对合上掌心，合眼，睡去，辛！”语音温柔如哄孩童。

纣王温顺垂眸，果真，思绪纷乱窜进梦境。

梦境里，两只白狐于山花烂漫的山野间追逐而去。跨过傍山浅浅小溪，歇住，将美丽的头颅探进清亮的溪水里，忽然身后有轰隆隆声，两只头颅同时回望，一块巨石从天而降，就在那一秒的时光里，一只白狐狠命将同伴推开，那只狐跌出三尺开外，而巨石不偏不倚碾过这只来不及逃离的狐身。

跌出得救的白狐反身回来，见同伴身体崩裂，一地血浆，唯有头颅完好无损，双眸依然明亮地望着完璧无缺的同伴，欣慰中有千般不舍，不忍离去的眷恋。

完璧无缺的白狐嘤嘤而泣，绕着奄奄一息的同伴转圈，转啊……转啊……凄惶而无助地不时用头去抵再无力站起来的同伴。时而冲天嘶鸣，绝望悲恸。

适逢佛祖探视下界，看到此场景，恻隐之心即生，万物皆有情啊，于是现身于前。

“白狐，若有方法救你同伴，你可愿意?”

“愿意！求佛祖说来!”

“将你心换与他，保住他的心魂，他便可以另一种形态存活于世。”

另一种形态？白狐困惑。

它的心魂将附着于一种称为人的动物身上，世代轮回不再消亡。

那我又该如何？我愿换下他的生命，只是，怕尘世若没了我，他是不是会寂寞？白狐眼神哀切。

佛祖轻笑：“好一只痴狐！移一人心于你体内，你必须于南海冰宫静修，待你狐身与人心合为一体，方可修成人形，这，需要人间千年时光。”

“好，好，我愿意!”

“但是，耐千年冰寒之苦后，他是否还记得你，就未可知了。人世间的情爱有太多因素牵绊，若千年之苦换来一片心伤，你可后悔?”

“不怨，不悔。”明眸清澈，无丝毫犹疑。

“哈哈哈。”佛祖朗笑中伸指，两道金光，两只狐在金光中各入其宿命之轨。

“妲己，”纣王于梦境中走出，扳着面前女子羸弱的肩字字千斤，“生生世世不许再离开我，这世，我将用掌管天下的特权医你千年寒冰之苦。”

四

千年别离重逢于红尘，岂一个“喜”字了得?

日夜笙歌，缱绻缠绵不分晨昏，一秒的分开都嫌漫长。

只是，他们疏忽了一个现实：他们心里的一天便是世间的一年，在他们纵情欢欣之际，天下已一片大乱。

纣王受狐妖蛊惑不理朝政之消息蔓延全国，人人皆知。

诛妖姬！以天下为重的奏章重叠三尺。

“纣王，可有烦事?”见辛紧蹙着眉进殿帷而来，妲己离开烧得滚烫的铜柱小心翼翼地迎上前。千年的冰寒深入骨髓，三伏酷暑她也通体冰凉，辛就为她烧铸了巨大铜柱，日夜加热以驱寒。

“妲己，无关紧要，只要你无恙，孤便心安。”纣王抛开朝歌上的沉重，牵着妲己冰凉的手于铺着虎皮的榻上斜倚，心神瞬间的游移落入妲己眼里、心里。

轻抽出手，替熟睡过去的纣王辛盖上薄衾，妲己搓着双手步出禁宫。

几尺厚的简牍，妲己吃力地翻阅，脸色逐渐苍白。

天下烽烟四起，百姓受苦，皆根源于她！

逼宫逐妖姬！

自己原本是想让他不寂寞，自己的爱与天下何干？与尘世何干？

原以为只要是爱恋便可得到祝福，实际上，在世人眼里她的爱是味毒药，正将辛纣王送上不归路！

暴君！昏君！不，不，她眼里的他不是这样的，是她让他背负了天下骂名。是否，她的离去，便可还得他一世英名，还得他从前的宁静？

只是，她又如何忍心让他在繁华的尘世承受无休止的寂寞？此世间，唯有她懂他，只有她与他来自同一世界。

千肠百转，百转千肠。

烛火荧荧，美酒微醺，丝竹如缕，纣王，今夜，让我再为你舞一曲翩鸿！

翩鸿，便是初见之日那首天籁，纣王含笑点头。

还是当日的翩跹，灵动。只是那飞扬的广袖似乎拂起了无边的忧伤，搅得空气里一片悲凉，而翩然若飞的妲己就似只将飞离的鸿，偶尔的回眸里，泪光点点。

舞尽这曲，她便离去！她会在另一时空等他，下个轮回里她还会寻他，只是，不知是否还要再等千年？

曲尽了，曲终是尽了，妲己静立于殿中央，她不敢回头，怕泄露自己的离伤，他的一丝不舍，会令她决然的心碎落一地。

在她欲狠心使出自己身为异族的灵飞术之际，她被深深地拥住了，拥在熟悉的温暖里，一个只有君王才有的威严在她耳边轻言：“我愿意放下江山，跟你走！”

不，纣王，旋转身欲劝，温热的手心抚住她的唇：“你能给我一颗心，给我千年等待，一世追寻，我又为何不可为你抛下一片江山？”

“好一对痴狐！千年光阴竟不减丝毫情分。”

“佛祖！”妲己、纣王跪伏在一片金光里。

“天下自有人掌管，你们只管脱去人身便可。”

金光散去，四周寂然，值夜宫人恍若从梦中回转，偷偷打起精神。

五

火！

恢宏的王宫陷在浩瀚火海中，在漆黑的夜里蔚为壮观。

这火焚掉了几千年前一个长夜的沉寂，焚烧掉一个旧的历史章节，以一个烙印的形式，印在了历史长河中。

那一夜，全城的百姓都在灼人的温度中惊醒，跌跌撞撞地涌上街头，观看烈焰如何焚烧了一个旧的王朝，在一片懵懂里，成为另一段历史的臣民。

然后，那夜的无数双眼睛也同时看到，有两只黑点从熊熊烈焰里腾空而出，就在诧异的瞬间，两只影已倏然不见，有人还在不可置信地揉着眼睛。

谁也没留意人群之后，两只白狐轻快地离去，纵向空旷的山野，头也不回……

二十四小时的黑夜

■ 黎平

每当午夜十二点的钟声敲响的时候，有一些在白天不曾出现的东西开始四处游荡。他们走过这个城市的每一个角落，却无法留下自己的足迹。人们把他们叫做鬼。

而我和他们有一个类似的名字：吸血鬼。

传说中吸血鬼总在午夜以后，在你熟睡时出现在你的身边，轻轻咬住你的脖子，酥痒而温柔。很多人彻夜狂欢，他们害怕在睡梦中听到吸血鬼咬自己脖子的声音。

每天凌晨，我都会来到这个路边摊，看着那些狂欢而行色憔悴的人。

我会要一杯红酒，鲜血的颜色。在日出以前，看着它逐渐沉淀黑夜的颜色：清澈的是希望，浑浊的是悲伤。

很多时候，我都希望自己是一棵长满果实的苹果树，轻轻一摇，烦恼和忧伤就不断落了下来。然后流水带走了一些，腐烂了一些，我就可以快乐了。

JAY 叔说我是一个忧伤的吸血鬼。

JAY 叔总是希望可以看到日出。每天早晨我和他总是在海边等待日出。然后在第一缕阳光的灼伤下逃回小屋。每天如此，却又每天尝试。

可是，JAY 叔死了。我静静地在小屋里看着 JAY 叔在阳光下燃烧。JAY 叔在笑。

为什么 JAY 叔在燃烧中微笑……

我已经很久没有吸血了，每天我都去那个路边摊要一杯红酒。红色的酒，像鲜血一样的颜色。我用它来缓解对血的渴望。有时候龙也会过来，他是我唯一的人类朋友。

第一次看到龙是在 20 年前。那时他还只是一个小孩。

我看到他正在努力地爬上屋顶，却总是在半途摔下来。我帮了他，抱起他轻轻跳上了屋顶。

他的眼睛是蓝色的，天空的颜色。

他说他妈妈病了，他要爬上屋顶向上帝祈祷妈妈的病快好起来。他以为站得越高就离上帝越近，而祈祷上帝也会越快听到。

临走时，我说："我叫泽，是一个吸血鬼。"他眨眨天蓝色的眼睛说："我叫龙，是一个人。"

可是龙的妈妈还是在第二天死了。其实我真的不想告诉他：

龙，其实无论你站得多高，你的愿望都不会实现。因为你和我一样，都是被上帝遗弃的天使。

龙每次一过来就不停地吸烟，烟圈在他身边萦绕然后消失，像短暂而痛苦的人生。

他的眼睛不再是天空的浅蓝色，而是深蓝色，很深的那一种。

每次，龙都喝得酩酊大醉。我听人说，一个人心里装了很多很多东西，就很容易喝醉。我想，龙也是。

我知道他有一个痛苦的家庭：一个精神失常的妻子，一个恨他入骨的父亲，一个他深爱却将不久于人世的女儿。

每天早晨，我将喝得烂醉的龙送回家，然后走回自己的小屋。

早晨的空气是迷糊的，像一个人的记忆。

每天，我在回小屋的路上踩出细碎的脚步声。

在回小屋的路上，总有一个小女孩在卖花。但她看不见她自己卖的鲜花的颜色。每次我走过她都会问我是否买花。

我知道，她一定是听到了我的脚步声。每次，我都会买一束花，然后轻轻放回她的花篮。

回到小屋，关上门，天已经快亮了。很久没有吸血的虚弱，总让我在对鲜血的渴望中沉沉睡去。

我的床头有一张全家福，只是那个笑得很开心的小孩还是我吗？

有一天，在我买了一束花后，她忽然很开心地告诉我说明天她就有足够的钱做手术了。我想，那时她就可以看到她卖的鲜花的颜色了。

那一天晚上，龙约我去喝酒。他很少约我。

当我到的时候，我发现他一直在抽烟，地上都是他抽了后扔掉的烟蒂。

烟雾在他蓝色的眼前绕成了一种痛楚。我看到他眼中有一种晶莹的东西，他旁边是他可爱但憔悴的女儿。

我叫了一杯红酒，看着他不停地抽烟。

我一直很想读懂人类心里所想的究竟是什么，就像我想读懂龙现在心里所想的一样。

我一直觉得，也许这样我就可以明白为什么JAY叔死的时候会微笑了。

在天快亮的时候他说："我希望你把她也变成吸血鬼，医生说她活不过一个月了。"

他的女儿很可爱，每次看到我总是会甜甜地叫我泽叔叔。

我以前一直以为日出的颜色像鲜血一样，可她告诉我说不是，说那颜色比鲜血活泼得多。

我看着她，很久。然后问："告诉泽叔叔，你喜欢看日出吗？"

她点点头，然后我转身就走。

JAY叔，我终于知道你为什么微笑了。在我离开的时候，我清楚地听到什么东西落地然后迸碎的声音。

我想，那是龙的眼泪。

那天回到小屋的时候，我几乎连开门的力气都没有了，我知道过不了多久，我将无法控制自己对鲜血的刻骨铭心的渴望。

在进门之前，我等了一等，很多时候，等一等往往会出现奇迹。可是她没有出现，我没有听到那熟悉的卖花的喊声。

我关上门，用刀在手上划下一道道伤口，贪婪地吮吸自己鲜血的味道。只有疼痛才能麻木我对鲜血的渴望。

但是伤口很快愈合，并且一次比一次快，最后已经快到我连回忆的时间都没有，JAY叔，再这么下去，我是不是连对JAY叔的记忆都会失去？

在我一次又一次地划下伤口中，我沉沉睡去。

睡梦中，我仿佛听到了轻轻的脚步声。

第二天我才知道，那个卖花的女孩死了。

在昨天来卖花的路上，在她可以看到自己卖的鲜花颜色的那一天死了。

我一直以为我昨天晚上听到的是她来时的脚步声，却不知道那是她离开的脚步声。

那天早上，在太阳升起来之前，我来到了海边。

在等待日出的时间里，我总是想到JAY叔的微笑，想到龙的女儿说日出的颜色，想到那个卖花的女孩。

在第一缕阳光照到我身上的时候，我笑了。

JAY叔，我很快就可以看到日出了，真的。

回首那时，桃花依旧笑春风

■ 骨蝶

三生三世的诺言，三生三世的守候，问心哪得终不悔？

人面桃花两面红，相思依旧笑春风，十里魂归终不散。

莫叹，归故时，桃花依旧开，流年暮暮两相和。

情丝长，人儿瘦，花儿醉，莫时归。

回首那时，桃花依旧笑春风。

1. 剑的传说

何处是梦归，桃花依旧笑。人面似桃花，梦里两欢颜。我是一个剑客，一个孤独而冷漠的剑客，手中那把冰冷而嗜血的剑上已经不知沾染了多少亡魂的鲜血，可我依旧觉得它是如此的美丽动人，那鲜红的颜色，宛若桃花般绚烂而美丽，映在我的心头，让我不是如此的孤傲冷僻。

我叫冷凝霜，大漠中令人闻风丧胆的“幻影”便是我。

从小生在大漠，见惯了长河落日，孤烟荒城，那颗心早已经变得冰冷异常，世间情爱，恐怕是早早地离我远去了吧。在大漠时，每日在高高的沙丘上，望着那如血的残阳，袅袅的孤烟，来往的西域商人，便觉着世间是如此的复杂。

早已经过惯了大漠剑客的生活，反倒是不想涉足中原武林。

直到那一群人的到来，才打破了这个美好的愿望。

那日，我依旧在练剑，滚滚的黄沙伴着泣血残阳，波澜壮阔。手中执着剑，周围是一群黑衣人，看不清容貌，手中皆是握着剑，来势皆为凶猛，显然都是武林高手。

他们的头儿告诉我说：他们的庄主想请我重返武林，助他夺得武林至宝“绝影”剑。

世人皆知，当年铸剑师风玉子寻得天山寒铁铸造了两把举世无双的名剑，一为绝影，斩杀人于无形之间，二为幻影，弑人于片刻之内。两把名剑相生相依，永不分离，亦被称为鸳鸯剑。但是幻影极为嗜血，戾气极重，非常人所能控制，当年被“残血”剑客冷傲所夺，而绝影在武林中自此消失，杳无音讯。

我嗤笑：“想让我冷凝霜重出江湖，总该有些好处。”

旁边的黑衣人似有些不耐烦：“我们庄主让我们来请你已是给了你天大的面子，你别不知好歹，提出如此无礼的要求。”

说罢，便要拔剑动手。

可未等那剑出鞘，那人便向后栽去，脸色诡异，身上并没有一丝的伤口。

他们的头儿摸了一把冷汗，恭敬道：“冷姑娘武功绝世，是我等所不能及的，望冷姑娘出手，助我们庄主夺得‘绝影’剑。”

见他态度恭敬，我便应下了此事。

三日后，便离开了我生活了十七年的大漠。临走之时，落暮寒鸦，寂寞而荒芜，心头不知为何萦绕上了一层淡淡的悲伤，仿佛这一次的离开，便是再也不归。

罢，罢，罢，心无所畏惧，无所追求，方能成大事。

这，是父亲生前所教导我的。父亲便是三十年前名震天下的“残血”剑客，冷傲。

自父亲夺得“幻影”剑后，不知为何，他便隐居到了荒芜的大漠之中，不问武林世事。我常问父亲：“为何不带着幻影剑重出武林呢？以父亲的武功，足以在武林中夺得一席之地。”

父亲却笑着告诉我说：“霜儿，有的时候太强未必是一件好事，你可以用这份强大保护自己，让自己成名，让所有人都去崇拜你，仰慕你，尊敬你。但是，有的时候你却连自己最爱最亲的人都无法保护，这难道不是一种悲哀吗？”说完，父亲的眼中早已含满了泪水，我明白父亲的意思。当年父亲夺得“幻影”，遭到了各大门派的攻击，母亲也是因此而丧生，自那以后，父亲便开始一蹶不振，退出武林。

自小，父亲便传授我武功，易容，暗器。他怕在他离开之后，我没有能力自保。

时间就是这样过去，父亲一日一日地见老，他时常喝着酒，唱着古老的调子：“风声起，天影寒，山外之中人未还，人未还，相思依旧在，桃花笑春风。”他的眼中含着泪水，背影在夕阳下显得如此的孤单寂寥。

后来，父亲便去了。我接过了父亲送给我的“幻影”，成为了大漠中令人闻风丧胆的孤傲剑客“幻影”。

我接过许多生意，他们给予我珠宝金钱，我替他们去杀人，事成之后，再将他们杀掉，把珠宝送给住在荒漠中的那些穷人。在他们的眼中，我是神一般的存在。

对于我而言，却是无所谓的。

在我剑下的亡魂不计其数，该死的，不该死的，在我的眼中，都是一个字“杀”。

在漫长的杀戮中，我的心开始渐渐地冰冷异常，没有一丝一毫的温暖。那次，杀了大漠中号称“大漠金鹰”的那些土匪，救下了一个七八岁大的小孩子，他的身上沾满了鲜血，无比恐慌地望着我。

那一刻，我才发觉，或许在别人的眼中，我早已不是什么救苦救难的神了，我是一个嗜血、冰冷、无情、杀人不眨眼的狂魔。

或许，是如此吧。

我不知道剑客的性命究竟应该拿什么去衡量，生，或是死，在我的心中早已不重要。我不知道我人生的意义是什么，杀人，敛财？或许都不是，不知何时，才能寻到人生的那份真谛？

剑，带着那份传说，和剑客一起走出了大漠。

2. 桃花幻梦

出了这生活多年的大漠，倒是没有什么不习惯，随着那群人，一路便走到了江南。时值三月，江南是无比柔美的，天蓝蓝的，不似大漠一般的萧瑟，四处是一派生机勃勃，朦朦胧胧的犹如初醒的婴孩一般。细碎的雨，更是为江南增添了几分姿色，烟雨缭绕，甚是一番美景，泛舟游湖，饮酒赋诗，别样的一幅江南水景图便这样展现在了我的面前。

我被他们安排到了一个庄子中。

江南的建筑也是如此的婉约，亭台楼阁，小巧而精致。院落错落有致，四处是粉红色的桃花，微风轻拂，便下起了一阵阵的桃花雨。我静静地站在院中，微微地仰起头，闭上眼，任那濛濛的细雨沾湿我的衣衫，心中一片澄明，毫无杂念。这与大漠中凛冽的狂风、袅袅的炊烟、火红如血的夕阳不同，这是一种安静的美，静到了骨子里。在这静中，还透着一股灵动，这是粗犷而豪迈的大漠所不能给予的。沉静在这雨中，不知为何，想到了许多过往的事情。

低下头，却不知何时，一把油纸伞遮在了头顶，挡住了越下越大的雨，伞上，是一朵明艳的桃花。

“姑娘为何站在这雨中，久久地沉浸呢？难道，是有什么心事？”低低的声音传来，如此的动人。

偏过头，身旁站着一位公子，白衣墨发，眸似晓秋明月，发顶用一根白玉簪子固定，散下来的发静静地披在肩上，犹如柔顺的墨瀑，十指节节如玉，修长而美丽，轻握着油纸伞，将它遮在了我的头顶。

“我有心事，与你有何关系？”冷冷地回绝，便回到了房中。

独留他一人站在原地，嘴角噙着一丝若有若无的微笑，宛若从水墨画中走出来的不食人间烟火的神仙。

回到屋中，心中莫名其妙地有些紧张，难道仅仅是因为一个人吗？不，不会的，这颗冰冷嗜血的心，是不会融化的。

此时的我并不知，这是我与他的初次相遇，也是存留在我心目中那最为美好的梦。

再过了几日，那群人把我带了出去，说是去见庄主。

我便随着他们去了。

绕来绕去，终于到了他们口中所谓的正厅，紫檀木椅上，一人正端着茶杯缓缓品茶，那群人低声恭敬道：“庄主，冷姑娘已经来了。”

那人缓缓地抬起头，眸中含笑：“好了，你们下去吧，我和冷姑娘单独谈谈。”

说罢，那群人恭敬地退下。只剩下了我与他。

眼中流露着几丝不可思议，竟然是他。

“冷姑娘，请坐。”他低下头，继续品他的茶，“这是上等的西湖龙井，何不品尝一下？”

“庄主，您有事，请快说，我来这儿，不是为了陪您品茶的。”

“冷姑娘，何必如此着急呢？”

“您再不说，我便回去。”

“好，我说。”他微笑着，缓缓地放下了茶杯，“这次叫冷姑娘前来，是想让你帮我夺取绝影剑。”

“哦？庄主您就这么有把握我会帮您夺取到绝影剑？”

他神秘地一笑：“天下人都知，绝影与幻影，是一对鸳鸯剑。”

“那又如何？”我置疑。

他慢慢地靠近我，鼻尖几乎触碰到了我的面庞，灼热的呼吸喷薄在我的颈间，令我有些不适，缓缓道：“冷姑娘手中的，莫不是已经失踪了近三十年的幻影剑么？只要幻影剑一出，绝影必然会有感应。”

我的身子一怔，他，怎会知道我的手中有幻影剑？

手中的剑紧握，随时有出鞘的可能，双眼狠狠地盯着他，随时要将他杀掉一般，“你，从何得知？”右手握住枚流星镖，向他射去，可哪知，他竟然不着痕迹地闪过，来到了我的身后。

“江湖上，会有我圣绝音不知道的事情吗？”

说罢，只觉得头一阵眩晕，便落在了一个怀抱中。“脾气竟是如此的大，这怎好帮助我取得绝影剑呢？”声音变得越来越缥缈，最后随着风，消失在了整个世界中。

一场阴谋，在这三月的雨后江南中，缓缓地展开。

3. 绝世阴谋

有一个声音，一直在梦中呢喃：究竟在怕什么，向前走，让那颗冰冷的心融化吧，去追寻属于你自己的那份幸福。放弃幻影剑，去做一个普通人……

追寻那属于自己的幸福？剑客，也会有属于自己的那一份幸福么。十七年的人生中，早已经没有了幸福的概念，在时光的打磨中，棱棱角角早已经变得无比圆滑，温暖早就成了缝隙中的一缕轻烟，“杀”这个字，恐怕成为了人生的全部，那些追寻，是一种可望而不可即的奢求罢了。

揉揉沉痛的脑袋，一股扑鼻的异香袭来，让原本浑浊的思维再一次变得澄明，睁眼打量着四周，应该是在马车中，华丽中却不失典雅，果真为大户人家的手笔。

旁边坐着的，便是那位“人面兽心”的美貌庄主。

依旧不急不缓地品着他的茶，手中精致的折扇徐徐地摇着，依旧是那般的淡然自若，不问世事。

“用天香迷倒我，庄主还真是不惜手笔！”

“我叫韩泠熙。”

“说这个，还有必要吗？”

“我送你去青武山庄，绝影剑就在老庄主的手中。想办法把它夺回来。”

“我凭什么答应你呢？”

“因为绝影剑和幻影剑是鸳鸯剑啊！”

“那又如何？”

“因为你的手中有幻影剑。”

我不知该如何去回答他的问题，明明是毫无道理，却还是天衣无缝让人无法反驳。他的话语仿佛有着一股魅力，让人毫无条件地去信服，让人觉得很有道理。

就是在他的护送下，我成功地潜入了青武山庄。

我扮作无家可归的孤女，博得赵管家的同情，让他同意我入庄。就这样，我便成为了青武山庄中一名普通的丫鬟。

日子便是这样静静地流淌过去，转眼间，我来到这里已经有两个月了。

五月的江南，犹如水墨画一般梦幻，处处送来的清香，令人神清气爽。入夜，朦朦胧胧的月光幻化出天堂般的仙境，让人无比沉醉，青武庄园更是蒙上了一层淡淡的银光，像是随时会消失一般。

听赵管家说，老庄主今日要宴请整座城中的名士，一同来观赏传说中的名剑——绝影。

我的手中端着精致的果盘，随着那些庄中的丫鬟走到正亭中，老庄主神采奕奕地招呼着往来的客人，脸上浮着一层淡淡的笑容，虽是久经岁月的浸染，脸上被刻下了些许痕迹，但是眼眸中的那份刚毅与自信却是许多年轻人所不及的。

忽听一人唤我：“凝霜丫头，能否帮助老夫照看一下这里呢？”闻声抬头，不知何时，老庄主已经站在了我的面前，面容甚是和蔼，让人的心头感觉到了一阵暖意。

“庄主放心，我一定会帮您照看好这里的。”我点头应允着。

“好丫头，老夫一会儿便回来。”说罢，他便大步离开。

我站在正亭中，替老庄主招呼着往来的客人。悄悄地来到了那供奉绝影的桌前。绝影静静地放在架子上，剑身浑然天成，泛着赤红色的微光，细看起来，便觉得剑散发出的剑气无比强烈，让人心头不觉为之一震。仔细端详剑柄，上面镌刻着流云的花纹，与幻影竟是如此地相像，上面还刻着两个隶书“莫失”。思维一瞬间停止，幻影上不也是刻着“莫忘”两个字吗？如此，这两把剑，当真是世人口中的鸳鸯剑。

人呆立在那里，怔怔地望着那绝影剑。

“小姑娘，怎么看了如此之久？”低沉的男声传来，将我从遐想中唤回。身旁站着一位男子，仙风道骨，面容和蔼，长须青白。莫非这就是父亲曾经向我提起的江湖上著名的铸剑师，绝影幻影的制造者——风玉子？

“见过风玉子前辈。”略躬身，向他致礼。

“我多年未出江湖，小姑娘如何得知我是风玉子呢？”

“听家父提起，前辈仙风道骨，眉心一颗红痣，想必一定就是您。”

“哈哈哈哈，小姑娘好眼力，不知令尊是何人呢？”

“前辈抬举，家父不过是一名教书先生罢了，年轻时博览群书，自然知道几分。可惜，几年前染了重病，便去了。”

“真是可惜，未能和令尊见上一面。”

“人死不能复生，只怕家父和前辈没有缘吧！”

“是啊，小姑娘可知，这绝影剑的故事呢？”

“不知，请前辈赐教。”

“呵呵，这也不怪你，毕竟那时你还没有出生呢！那是三十年前，我刚刚学有所成，在偶然的机会下得到了稀世罕见的天山寒铁，便铸得了两把剑，一为这绝影，二便是那幻影，两把剑是鸳鸯剑，里面蕴涵着非同凡响的力量，戾气极重。当初造就了这两把剑后，本不想将它们拿出，以免为祸武林。当时，老夫有一好友，叫冷傲，是江湖上赫赫有名的剑客，他见这两把剑后，爱不释手，老夫便将幻影送给了他。”

“前辈，那绝影为何会在此呢？”

“后来啊，我的那位朋友娶了妻，便同老夫将那把绝影也一并要了去，老夫见是多年的情谊，便将绝影也赠予了他。”说到这儿，风玉子重重地叹了口气。

“这本是好事啊，前辈为何会叹气？”

“小姑娘有所不知，他们夫妻二人得到这两把剑后，却遭到了西域摩天教的偷袭，他的妻子也是在那次决斗中被人暗算而死，自此，冷傲便隐居于荒漠之中，多年不曾出现在中原武林。好好的一对鸳鸯，就这样硬生生地被拆散，可悲，可叹！”

风玉子的眼中慢慢地浮现出了一层泪水，似是在感怀昔日好友。

我竟不知，这绝影剑和幻影剑的背后，有着这样凄美的故事。娘也是为了这把剑而丧生。

“前辈莫要伤心。毕竟，事情已经过去这么久了。”

“是啊。”

“对了，前辈，今日为何要在这里邀请众多的武林名士来观赏绝影剑呢?难道不怕有心怀不轨之人再一次来盗剑吗?”

“今日在这里展剑，是为了捉拿一个杀人不眨眼的恶魔。”

“哦，是谁?”

风玉子发觉自己失言，很快便把自己的情绪收拾得一干二净，微笑着点了点头：“小姑娘，莫要管这武林的纷杂之事，还是做一个单纯快乐的小姑娘吧!”

不多时，老庄主也已经归来，脸上依旧是那番亲切的笑容。

“好了，大家安静一下。”老庄主正色道，“今日邀请大家来这里赏剑，同时也是要擒拿多年来杀人不眨眼的狂魔，希望各位要不负盟主的重望，将那魔头擒拿到手。”

“好!”下面的各路武林人士齐声道。

不知是何人，能使中原武林倾巢出动。

不管那么多了，只要完成了韩泠熙交代的盗剑任务，便可继续回到我的大漠中。

身形悄悄地移动到绝影剑旁，手中握着两枚银针，将亭中的灯火熄灭。

下面早已经一片大乱，“是谁在捣乱，赶快出来。”“一定是那魔头来了，大家谨慎点。”

未等他们反应过来，我早已带着绝影剑，飞身掠出了青武山庄。趁着迷蒙的月色，在房檐上飞驰。忽然背后被一柄寒剑抵住了我的死穴，还未等反应过来，便晕倒了。

迷蒙中好像看到了那熟悉的白衣和俊朗的面容。

难道，这一切，只是个阴谋吗?

心底，早已经破碎一片了。

4. 桃花醉梦

有的时候，这梦是美好的，你会沉浸在其中，不能自拔，不愿意从那最美好的梦中醒来。可是当你醒了，却发现现实是如此的残酷不堪，倒不如沉浸在那梦中，大梦三生，体味那毕生不曾拥有的快感。

当我睁开眼睛时，刺眼的阳光将浑浊的意识逐渐唤醒，双手双脚上感觉到了沉重的束缚，低下头来，却发现自己早已经被铁链绑在了柱子上，狼狈不堪。下面，就是那些所谓的中原正道的武林人士，手中拿着武器，脸上的表情，说不出是憎恨，还是痛快。一些人，竟是如此的眼熟，老庄主、赵管家、那群黑衣人的首领，还有风玉子前辈，为首的那个，竟然是他——韩泠熙。他的眼眸中无比的平淡，双手紧握，没有了初次见面时的玩世不恭与潇洒，取而代之的是一片冰冷的表情。他的手中，赫然是绝影剑。

我明白了，终于明白了，原来他们口中那个所谓的杀人不眨眼的狂魔，竟然是我。

呵，天意弄人，枉我冷凝霜如此信任他们，到头来却是如此的结果。

一人上前，恶狠狠地在我的身上刺了两剑，鲜血止不住地流淌。“韩盟主，这个女魔头我们已经捉到了，您准备如何处置?”

韩泠熙并没有作声，倒是下面的那些乌合之众开始议论，“这样的女魔头，处以火刑，死不足惜。”“不，火刑太轻了，应该挑断她的经脉，废掉她的全部武功，再丢去大漠。”“应该用药将她毒瞎，废掉她的武功，再锁在断崖上，慢慢地折磨死她。”此起彼伏的议论声犹如恶心的苍蝇在我的耳旁嗡鸣，惹人心烦。

“韩盟主，这就是你们所谓的武林正派，怎的杀人手法比我这魔女还狠毒?”我冷冷地望着韩泠熙，从他的眼中希望可以得到一个我想要的答案。

他依旧是如此的平静，面庞上还是那样的一片冰冷。

“魔女，休得猖狂。”黑衣人的首领狂吼道，眼中一片赤红。“我的事情，什么时候轮到你这条狗来多管?”凝聚内力，向他的心口射去，还未等他想要再一次把话说完，就应声倒地，身上没有一处伤口。

“你这魔女，死到临头了，还是不肯认输吗?”

“你们，你们，还有你们。”冰冷的目光扫过了在场的每一个人。“你们这些所谓的中原武林正道，竟是如此的残酷狠毒。”

“对付你这样的魔女，这样都已经算便宜你了。你还奢求什么?”

“你们所求的，不就是我手中的幻影剑吗？告诉你们，除非我冷凝霜死，否则，谁都别想得到幻影。”

四下一片寂静，没有丝毫的议论声，伤口处传来的疼痛，足以让我昏厥，但为了守护住父亲留给我的唯一一样信物，我依旧要撑下去，除非，他们将我杀死。

“小姑娘，你说，你叫什么?”风玉子的哽咽声，在下面无比的清晰。

“前辈，我叫冷凝霜。”

“那冷傲是?”

“他是我的父亲。”

风玉子刹那间沉默，原本清逸的面庞瞬间老了几分，“竟是……故人之女。”

“韩盟主，今日之事，我风玉子不会参与，从此以后的中原武林，再也没有风玉子这个人，还望韩盟主可以给老夫个薄面，留这丫头一条性命，老夫感激不尽。”说罢，还礼，飘然离去。

四下一片欷歔之声。

“冷姑娘。”韩泠熙淡淡地开口，“在下……”

“你闭嘴。”我的眼中含满了泪水，不信这个温润如玉的男子，竟然是中原武林的盟主，他，竟然是那个想置我于死地的中原武林盟主。“你让我来帮你夺取绝影剑，我做到了，而你呢?”声声凄惨，泪水止不住地向外流。

他，沉默了。

“大家一起上，杀了这个杀人不眨眼的女魔头，为那些丧生在她剑下的兄弟报仇!”不知是谁喊了一声，那些乌合之众一拥而上，而他，依旧默默地站在那里，不为所动。

“杀了她，夺了幻影剑，为武林除害。”

“哈哈，好狂妄的口气，今天就让你们见识见识我这个女魔头的厉害，谁都别想从我的手中夺取幻影剑。”运足内力，挣开了那紧束着的绳索，腰间的幻影剑似乎和我产生了共鸣，淡淡的红光闪烁着，透着强烈的戾气与嗜血。

掠下那个高台，在人群中厮杀，鲜血溅到了脸上，温热湿润，身上不知有了多少道伤口，依然感觉不到那份疼痛，心中被悲愤填满，只想着回到大漠，夺回那属于我自己的东西。

累，还是疼痛，早已分不清，意识慢慢地浑浊，眼前是那些人恐怖的面容，如同野兽般的厮杀声充斥在我的耳边。

好想放下这一切，沉沉地睡去。

忽然感到心口的一阵刺痛，看着面前的那个白衣胜雪的人儿，他的手中，赫然是那把绝影剑，低下头，剑的大部分已经没入了我的心口，鲜血流淌在衣襟上，殷红一片。

“你……”鲜血涌上喉头，喷薄而出，溅到了他那胜雪的白衣上。

“霜儿。”我听见他在呼唤我的名字，眼中早已布满了泪水。我伸出手，缓缓地拔出那把刺在我心口的剑，踉跄着后退几步。

“你们想要的，都已经得到了，还想要什么?”

“霜儿，可否放下这一切，放下幻影?”

“这是我父亲留给我的唯一的东西，凭什么给你们?”

“霜儿，当真要如此的倔强?”他的语气中充满了无奈的味道，听在耳里，却是无比的辛酸。

“韩泠熙，答应你的，我做到了，自此，我们两，不，相，欠。”我依靠着幻影，缓缓地向前面走去，那些人让开了前方的道路，眼眸中充斥着恐惧与不甘。

意识在慢慢地涣散，仿佛听到了父亲平日里唱的那首歌谣：风声起，天影寒，山外之中人未还，人未还，相思依旧在，桃花笑春风。仿佛看到了那大漠的孤烟残阳，听见那些胡人放牧时唱的悠长的调子，又恰似看到了江南的桃花，三月的濛濛细雨，溶溶月色，水墨画般的美丽……

终于，支撑不住，倒下了。

“霜儿，霜儿。”听见了他急切的呼喊声，终究还是后悔了吧。

好累，让我休息一下，“回家，带我，回家。”断断续续地说出了那几个字，便闭上了眼，陷入了一片黑暗中。

“霜儿!”痛彻心扉的喊声，充斥在天地之间，久久回荡。

莫失，莫忘，绝影，幻影，宿命，鸳鸯。

原来，一切早已经是命中注定了吧。

他抱起我，缓缓地向前面走着，轻轻地在我的耳旁呢喃：“走，霜儿，我们回家。”

……

四年后。

都说，当年的武林门派合力将那杀人不眨眼的魔女冷凝霜杀死，为武林除去一大祸害。但自此，武林盟主韩泠熙也失踪不见。

有人说，武林盟主喜欢上了那个杀人不眨眼的女魔头，在她死后，也随着自杀了。

有人说，武林盟主因为功力耗尽，回到了山林之中，静静死亡。

还有人说，武林盟主和那魔女一同隐居在大漠之中，不问世事，真真正正地做了一对快乐逍遥于天地之间的鸳鸯。

还有人说……

塞北的荒漠，孤烟袅袅，长河落日，一片壮观的景象，一白衣男子拥着一位绝色的女子，在观看着恢弘美丽的落日之景。

忽然，男子淡淡地开口："霜儿，怪我当初的狠心吗？"

怀中的女子轻轻地摇了摇头，眼中溢满了幸福与快乐，男子紧紧地拥着她，唇边荡漾着无尽的笑容。

……

十里桃花别样红，春风依旧笑。昨日欢颜今朝换，两相回首情丝长。

莫失莫忘天涯笑，鸳鸯比翼飞。今夕之乐奈何时，情深意切神仙羡。

岁月的回首，流年的飞逝，不变的只有那份浓浓的情谊。

回首那时，桃花依旧笑春风。

爷，跟妞走

■ 花裳

1. 鸡相公闹喜堂

一拜天地，二拜高堂……

传说镇国大将军年轻有为，战功赫赫，深受皇上的器重。哪家姑娘要是嫁给这位年轻有为的将军，将来肯定是荣华富贵享之不尽。

凌兴月是江南锦绣良缘绣庄凌正强的女儿，幼时就被送到塞外的南诏国学习刺绣。如今一封家书急急将她从南诏国召回来，这凌家大堂还没进就被五花大绑塞进八抬大轿里。锣鼓鞭炮噼里啪啦的，只听轿子外面的父老乡亲都来向凌老爷道贺。

原来是皇上下旨将她许配给镇国大将军，要她嫁给一个从未见面的男子？没门。但凌兴月一想到抗旨就会株连九族，就安安分分跟着喜婆进了将军府拜堂。

凌兴月微微侧着头看看左边沓子上有一只公鸡，透过半透明的头巾看到坐在高堂的长者。

难道要嫁给这个老头子？做第几房小妾？不要啊！

“启禀老将军，还是没找到将军，时辰要到了……”一个佣人凑到那个老者旁小声嘀咕，看似很严重的样子。

原来不是嫁给这个老头，从下人的口型看得出来新郎逃婚了。呵呵，不满意这门亲事的不止她一个人。新郎逃婚了，那这喜堂就作罢了！凌兴月舒了一口气，但下一句话差点没让她瘫在地上。

“吉时已到，准备拜堂！喜婆看好这只鸡跟少福晋拜堂。刚刚听下人来报，犬子接到密旨要速速摆平吐蕃侵犯。今日良辰吉时不容错过，还望各位大臣多多海涵，继续替犬子完婚。”

咳咳——

有没有搞错，让她跟一只鸡拜堂？当她凌家人好欺负的吗！谁也没注意到红色身影轻微地颤抖，红色头巾下的红润嘴唇微微上扬。这场亲事她不会让它进行下去的。

夫妻对拜还没有喊出声，在新郎位置窝着的大公鸡突然扑哧着翅膀到处乱飞。客人吓得到处躲躲藏藏，下人为了逮这只鸡弄得狼狈不堪。公鸡扇起的风吹开了遮盖着女子的红丝绸，那清秀的容颜就这样展现在众人面前。所有的人都静了，这新娘还没被新郎揭开红盖头，是不祥的，这如花似玉的容颜被这么多人看到，简直是伤风败俗。

新娘也随着下人一起捉那只受惊的鸡，还埋怨道："相公，你别跑啊！大伙还等着我们拜堂呢！"

哈哈……

喜堂顿时一片笑声，皇上赐给将军的新娘是个傻子。老将军的脸更黑了，他打听过这个江南凌兴月，从小生活在塞外的南诏国，没想到性子变得如此疯疯癫癫。这个凌正强好大的胆子，居然欺瞒自己女儿的隐疾。

镇国将军府怎么能要这样的女子当媳妇？退亲，退亲……

老将军拍桌怒道："来人，将这个疯癫女子赶出将军府。"

凌兴月抱着那只鸡，轻轻安抚着："相公别怕，娘子保护你！"

她是故意的，一直在暗处观望屋里动静的男子终于按捺不住了。这个就是皇上给他赐婚的女子，居然让自己父亲性子爆发当场要退婚。这个女子一点也不傻，从一直观察她的一举一动可以看得到，她是个聪明的女子。

2. 霸王餐邂逅

"将军……"那个穿灰白长袍的男子忍不住喊道。今天是姐姐嫁给将军的日子，他却帮着将军逃婚，要是老爹知道的话肯定活剥了他。

刚刚的一幕凌兴康看得很清楚，感觉到一直冷酷绝情的将军有了变化。虽然跟姐姐相处的日子不长，但每次姐姐从南诏国回来的时候不是这个样子的啊！看来姐姐的鬼主意是要装疯卖傻逃婚。

"兴康你先回江南，告诉岳父岳母退婚的事不是真的，你的姐姐我娶定了。"那个白色衣袍的男子扬起一抹好看的微笑，看着那个红色身影被管家赶出将军府。

那个白衣身影"嗖"一声消失了，只留下呆呆的凌兴康还没反应过来。他刚刚还担心老姐被退亲肯定会被老爹逼着上吊，没想到将军刚刚临走的时候说了一句什么？他有没有听错啊，将军娶定老姐了？

灰白色身影也消失了，快马加鞭地朝江南方向奔去。

镇国大将军府今天可热闹了，新郎逃婚，新娘伤风败俗被退亲了。这一消息很快就传到江南凌府。

“这个不孝女居然被退亲，这以后还怎么嫁人啊！”凌老爹气得直跺脚，这几天听兴康飞鸽传书说兴月老老实实没有逃婚念头，本来一颗不安的心放下了。这倒好，大婚当天就被退亲。

“老爷不要生气，小月又不是小孩子了。她懂得分寸，信上不是说她的红头巾被吹开了，只是容颜露出来。要怪就怪那该死的风。”凌夫人说道。

“哎，就是你从小惯着小月和小康。这两个孩子的性格都像你，如今被退亲的事是事实。”

凌兴月从小乖巧懂事，为了让她学习南诏独门刺绣绝技，就放心让她跟着奶娘在南诏生活。这女大十八变，现在已经成了亭亭玉立的少女。凌老爷本以为皇上赐婚，让镇国将军这位英雄少将当他的女婿，真是三生修来的福分。凌兴康这个小兔崽子，从小就惹是生非不学做生意。居然到山上拜师学艺，让同门师兄的镇国将军来说服凌家二老。

凌家世代从商，怎么会有这两个讨债鬼！

“这两个孩子还不都是你亲生的，怎么都怪奴家了。哼，要这样的话，我这就收拾东西回娘家去。”

江南凌府上演着相公哄娘子的一幕，而京城，一个青色裙裳的女子吸引了不少人的目光。

她抱着一只鸡哼着小调走着，很不雅观。凌兴月心情大悦，她忘了自己身在中原的领土，那些三从四德的礼仪早就抛之脑后。

这个小娘子果然是装疯卖傻，被赶出将军府后就整理好衣裙抱着一只鸡离去。一直跟在她身后的徐裴东对这个女子越来越有兴趣了，相信以后的日子有她的陪伴，不会孤单。

“小二，好酒好菜上来。”

青色身影进了一家镜花酒楼，凌兴月环视了酒楼的环境。找了靠台近的位置坐了下来，听着台上那不成调的曲子。不一会儿，七荤八素的菜上来了，馋得凌兴月直流口水。

片刻，桌上已经狼藉一片。一只大公鸡也舒舒服服地等待女主人埋单。

“小姐，一共五十两银子。”小二说道，等待客官掏银子。

“才五十两银子啊，嗝，你就问这只鸡要钱吧！”凌兴月打了个饱嗝，眼睛瞄了瞄那只大公鸡。

小二一愣，这个女子敢在江南酒楼白吃白喝，脑子还有点神经病，叫一只鸡付账。"敢在江南酒楼吃霸王餐，把鸡卖了也不过一两银子，把你卖给怡红院恐怕也抵不了这饭钱!"

"阿呸，你居然说这只鸡只值一两银子。他可是堂堂镇国大将军，到哪吃饭还要用银子吗？这些菜都是为了孝敬他，而我只是沾沾光而已。你说把我卖给怡红院也抵不了五十两?"凌兴月白了一眼店小二，居然说她身价不值五十两，岂有此理。

这话一出口，旁边围观的人越来越多了。这只鸡是镇国大将军？哈哈，这个小姑娘真是胆大包天。徐裴东听到她叫到自己名讳的时候一惊，难道被她发现自己跟踪她了？但看到她指着那只公鸡说它是镇国大将军的时候，又气又笑，这小姑娘胆子可真不小。

"你不给钱就把你送官府，你可知道侮辱镇国大将军可是死罪。"小二怒道，居然侮辱他心目中的英雄。

"送吧，送吧，反正我身上没银子。其实我是不想来吃的，都是我这个镇国大将军夫君闹着肚子饿，从早上喔到中午。没想到他吃饭不带银子，害我要被送官府。不然这样，你抱着它去镇国将军府要银子去。"凌兴月觉得从镇国将军府出来带上这只大公鸡还真方便。

"小二，这位姑娘的饭钱记在我账上。"一个声音从人群外传来，小二转身看向那位客官，"镇……"

"真的，我徐裴东还付得起这五十两银子。"徐裴东暗示所有的人不要揭穿他的身份。

小二翻脸比翻书还快："这位小姐还要其他的吗?"

"不用了。"凌兴月瞄了一眼那白衣男子，接着说道："你们这上台表演给多少银子?"

这去江南路途遥远，没有盘缠可不行。还是耍点小聪明赚点银子上路。

3. 镜花小姐的皂角

"那要看场下的观众反应，我们这不要唱曲的。"小二说道，看在镇国大将军今天光临本店的分上倒是给这个吃霸王餐的一个面子。

这个丫头究竟想做什么，抛头露面就为了那几两银子？徐裴东神色黯淡，如果小二答应她上台表演，明天他就派人将这家店给抄了。

"你想听，我还不想唱。跟那个说书的一样，说段子。"凌兴月觉得有一双眼神盯着她很不自在，她走上台去。

“各位父老乡亲，有钱捧个钱场，有力的就捧个力场给个掌声。”在场的人都被这女人的豪爽所吸引，大家伙倒要看看这小姑娘到底有什么花样。

徐裴东握紧手中的杯子，恨不得将台下色眯眯的眼神杀死。可是他不能吓坏了她。

“从前有个相公把他的娘子杀了，可是每晚那个相公都做同样的梦，梦见她的娘子来索命。相公，相公，相公……”

凌兴月津津有味地讲着，这一声声相公叫得柔情似水。徐裴东的心扑通扑通直跳，如果成亲那天没有逃婚，那晚就会是他们的洞房花烛夜。这时候她也会这般娇羞地喊他相公。

“还我命来。这个相公就突然被吓醒。她的娘子变成恶鬼来索命了。”凌兴月一惊一乍地说着，下面的看倌听得津津有味。胆小的人也全神贯注地听着下面的发展。

她究竟是什么样的女子呢？徐裴东看着台上的女子绘声绘色地讲述着，她的相貌并非倾国倾城，但这样清秀的容颜却让他今生只想将她一个人拥有呵护。

“接下来怎么了？”

台下的人都开始躁动才拉回他的思绪，看着台上那个青色身影故意吊起大家的胃口，貌似在等待大家的赏银和掌声。

徐裴东掏出一百两给她，大家才反应过来台上的她是要赏银，有的递上碎银，有的鼓掌叫好。

“后来怎么了？”他问道，他只想看她那张小嘴又说出什么奇怪的话。

“他的娘子就伤心地说道：‘老和尚交给你驱鬼的方法没有错，可是你杀死我的时候衣裳没有洗净，因为……你没使用皂角。’”

哈哈……酒楼吸引了不少客人，徐裴东也露出难得的笑容。自从额娘去世后，再也没有人让他笑过。他没有听全她说的段子，看她跟着大家一起笑的小脸，他也笑了。

“小姐，小姐，你说的段子真棒。我们老板说了你开个价，我们聘用你。”刚才那个店小二笑吟吟地迎上来。

“你知道猪为什么是撞树死的吗？”凌兴月数着刚得来的银子准备上路，她可是为了生计才抛头露面。

店小二摇摇头，心想这是什么猪傻到去撞树？

“因为他不会脑筋急转弯，工钱这次我就不要了。告辞！”

这个店小二分明是看上她这棵摇钱树，眼睛一直盯着她手上的赏钱。此地不宜久留，还是快点离开。

4. 身手不凡

“小姐，请留步！”徐裴东喊住她，他不想再偷偷摸摸地跟着她。

“是你啊，谢谢你刚刚替我付饭钱，这是五十两，还给你。还有这九十九两也给你，打赏只要一两银子就够了。”做人不要贪，知足者常乐。

徐裴东看她递给自己的银两，心里再次对这个女子赞叹，她并非是池中之物。他想快点到江南与她成亲，这样就可以长相厮守。

“不用客气，这是赏给你的就是你的。在下要去江南探望朋友，姑娘可知江南怎么走？”徐裴东知道在她的眼里，他什么都不是，只是一个普通的路人。

“你要去江南？哈哈，正好我也是去江南的。那我们一起上路吧！”有人陪同，路上不会孤单了。

徐裴东不知道她为什么那么快乐，看到她的笑容，自己的心情也会随着变好，他要让她也爱上自己。

“在想什么呢，还不快跟上。”凌兴月回眸一笑，少女般的任性催促道。这一幕幕牵动着他，这个小丫头让他爱惨了。

“凌姑娘，跟在我身后吧！这地带土匪多。”去江南的路很多，这个小娘子为什么要走这么偏僻的小道。

“真的有土匪吗？那为什么官兵不降服这些土匪？将军夫人带将军相公路过此地，正好降服这些毛贼。”凌兴月两眼发光，想当初在南诏的时候制伏那些俘虏，她一个小女子让几百号俘虏一盏茶的工夫磕头求饶。

“哈哈……这个小姑娘口气倒不小。降服我们京都恶霸，你还是回家吃奶去吧！”

突然出现一帮土匪，说话的人看样子是首领。凌兴月瞄了一眼那个自称京都恶霸的人，脸上那条蜈蚣般大的疤，真吓人。

“哼，你们敢惊扰镇国大将军的路，恐怕你要重新投胎咯！”凌兴月把玩着鸡毛，没有一点恐惧。

徐裴东做好准备，无论如何都要保护好她。他无心管京城内的土匪，既然土匪自找死路，那也别怪他出手。

“小丫头嘴蛮厉害的，要是做了我们土匪窝帮主夫人……”

“休得对镇国将军夫人无礼！”徐裴东怒道，敢打他女人的主意，看来是活腻了。

“哎哟，这个小白脸心疼小娘子了。男的杀了，女的带回寨子里。”土匪吩咐道，这个小娘子还真有点味道。

对付几个小混混她凌兴月还真没放在眼里，可是那个徐裴东的手紧紧地握住自己的手，表情变得盛气凌人，好像要吃掉那些人。不过真的好温暖。

徐裴东抽出腰间的玄冥剑朝刚刚那个张狂的土匪杀去，凌兴月不懂武功，但她有南蛊梨花针保护自己。眼前的男子为什么那么紧张她呢？仔细观察他的容颜，她的脸红了。

卑鄙！

以多欺少，还耍小手段。凌兴月在旁边看得咬牙切齿直跺脚，这算什么土匪，居然耍小手段。眼看那一刀剐伤了他的胳膊，血流不止。

嘶——

凌兴月随身带的蛊针发射向正预备偷袭徐裴东的那个土匪，接下来那个土匪浑身发痒在地上打滚。

“哈哈，痒死我了……”那个土匪哭笑不得，这蛊进入人体后浑身发痒，若没有解药的话，三天全身腐烂而死。

“纳命来。”另一个土匪的刀朝他砍来，凌兴月大喊：“小心，暗器。”

将怀里的鸡扔向那土匪，一刀将鸡剖了两半，鸡血溅到那些人身上。随后那些人倒在地上，痛苦呻吟。

“死女人，你在我们身上下了什么？”土匪老大面目狰狞，疼痛得恨不得将自己了断。

“也没什么，就是小小的蛊毒而已。我这个鸡相公很贪吃，每晚都要吃上我几口，导致它的血液里有蛊……”

这个女人比恶霸还恐怖！徐裴东失血过多，靠在一旁的树上奄奄一息。在昏迷之前，他看到有一个仙女来到他的身边，泛着泪花在喊他：

“徐公子……”

可是意识一点点模糊，最后倒在她的怀里。好香。

5. 定情之吻

咳咳……

徐裴东从梦中醒来，他看着自己受伤的胳膊得到了处理，胳膊上的丝巾还有淡淡的香，这是他昏迷时候闻到的香。对了，他的小月呢！

他环视四周，发现自己在一个山洞里，那外袍上像蜈蚣一般的针线将破口缝补了。显然他们已经逃出土匪的包围，可是凌姑娘呢？

“你醒了，快来尝尝我亲手做的烤鸡。这没作料，就将就着吃吧！”

凌兴月的脸黑乎乎的，拿着手里烤得黑乎乎的鸡进来，看见他醒了，她担心的小脸终于有了笑容。

“那土匪……”他记得在昏迷之前，听到她说鸡血里面有蛊，那些土匪中了蛊之后跪地求饶。这个小女子究竟有什么秘密，他还不知道？

“自首去了，我对他们说中了南诏奇门毒蛊，解药就在县衙内。”凌兴月走到他的身边，剥了一个鸡腿递给他。靠近他，她又不自在了。

“你这蛊？”他知道她从小被送到南诏学习刺绣，怎么可能会南诏独门绝技蛊毒。

“你还真信了啊，是痒痒粉，用水洗几遍就好了。我从小生活在南诏，经常被南诏的小孩子捉弄，所以就学了点蛊。这女红真是麻烦，还不如用来练蛊……”凌兴月一谈到自己在南诏的生活，就口无遮拦，把在南诏没有好好学女红的事都说出来。看着他的表情，那么认真地看着自己。

“看得出来，你的女红很差。你脸上有脏东西，别动！我帮你擦干净。”

他的大手好温暖，厚厚的老茧在她细嫩的皮肤上摩擦，好痒。凌兴月不老实地躲闪着，突然被徐裴东捧住，那五官突然靠近她。

他看得出来她很紧张害怕，但她没有拒绝他的靠近。他慢慢地吻上她的额头，柔情地说道：“我喜欢你。”

第一次听到男子说喜欢她，原来被喜欢是一件这么幸福的事。可是自己是被将军退亲的人，根本没有资格配他。

“不。”凌兴月咬着唇，口不对心地说。

“是不愿意跟一个浪迹天涯的浪子在一起吗？我没有将军那般雄厚的羽翼给你荣华富贵，但是我用我的生命来保护你……”

“不是，我渴望闲云野鹤的生活，只是我是一个已被退亲的名声不好的女子。我配不上你……”

她还没说完，深深的一记吻盖住她的焦虑，也回答他心中肯定的答案。小月，今生非你不娶。

江南锦绣良缘绣庄，凌老爷正在训斥儿子，说什么将军和兴月回江南举办亲事。这都两个多月了还没见踪影，这小丫头不会又到哪里玩去了吧？

“兴康，你姐真的不会逃婚？”

“爹，你要相信你这个将军女婿很有魅力的。我们还是趁早搞好喜堂，等着他们回来拜堂成亲。”

“对，来人快准备喜堂。”

江南这一边开始张灯结彩布置喜堂，等待这对小新人归来就举办亲事。

“小月，在担心什么呢？”徐裴东感觉到凌兴月这两天愁眉苦脸的，一脸的心事却不对他说。

“明天就到江南了，我怕我爹清理门户。”凌兴月还是担心回到家被老爹关进柴房饿几天，退亲比逃婚还可怕，有可能会被赶出家门。

“不会的，有我在。”一想到明天到了江南，就可以跟岳父商量亲事把小月娶了，他就很开心。这两个月来，陪她一起游玩真的很开心。

但是她要是知道自己骗了她，她会恨自己吗？

“小月，如果我骗了你，你会恨我吗？”徐裴东把心里的疑虑说了出来。

“我最恨别人骗我，要不是老爹写信谎说娘病得很严重，我才不会回来就被骗上了花轿，嫁给那个逃婚的将军呢。如果再被所爱的人骗，我发誓我去南诏不回来了。”

一想到自己被老爹骗回来，莫名其妙就把自己的终身大事定了，她就生气。这几天的焦虑一下子变成了恼火。

“我……”徐裴东沉默了，他不能在她生气的时候告诉她他的身份。来日方长，到了江南再说吧！

6. 凌家有女三嫁

噼里啪啦——

江南镇上今天特别热闹，大家喜气洋洋议论着锦绣良缘绣庄的大喜日子。一路上凌兴月也被父老乡亲感染了，凌家有喜？难道凌兴康娶亲了？哼，爹爹为什么都不等她回来。

“爹——”

“大小姐回来了，快，快，换衣服。”凌家下人一见到凌兴月回来，又像一个多月以前的样子匆忙给她换上喜服，戴上红头巾。

这一头的徐裴东不慌不忙给岳父岳母请过安，换上喜服，等待新娘。如果在洞房花烛夜的时候，见到他是镇国大将军会是什么样的表情？他非常地期待。

“我——不——嫁。”

“新娘到——”

哇！都说江南锦绣良缘绣庄的千金大小姐贤良淑德，怎么是一只大母鸡戴头巾？不是说凌家的女婿是镇国大将军吗？居然戏弄将军，这要被朝廷知道了，凌家要被满门抄斩。

老百姓议论纷纷，只见凌兴康小心翼翼捧着大母鸡，生怕自己老爹狮子吼。

“凌兴康，你这个臭小子，你姐呢？”凌老爹气得从屋里走出来，看见儿子捧着鸡出来。

“老爹不关我的事，是南诏大王要我这么做的。”呜呜，谁叫姐姐认了个南诏大王做义父。为什么姐姐成亲，倒霉的总是我啊。一边是亲爹，一边是义父。姐姐啊，求你老老实实嫁人吧！

“南诏大王？”所有人不可思议，南诏大王来中原做什么？凌家嫁女儿，他来凑什么热闹。

“小康，你怎么称呼本王的？”一个中年男子走出人群，阿萨拉得知义女回了中原嫁人的消息，气得差点没快马加鞭赶来。这个镇国大将军人挺不错的，在战场上交过几次手，有智谋。

“义父，你把姐姐交出来吧！”凌兴康苦求道。

“镇国大将军在战场上足智多谋，如今我义女出嫁，按照我们南诏国婚娶方式都要过乌龙关的。你敢不敢？”

“什么？镇国大将军就是徐裴东？”凌兴月被塞进八抬大轿里面带到这元丰客栈，义母将事情的经过原原本本告诉她的时候。她又气又担心，她最终是要嫁人的，能嫁给喜欢的人白头偕老当然很好，现在义父要用南诏的方式考验新郎官，她真的有点担心。

阳光洒落在院子每个角落，这原本喜气洋洋的喜堂变成了考验新郎官的考场。凌家二老也不敢说什么，只能祈祷未来女婿胜利闯关。

徐裴东看着面前坐着五个盖着红头巾的新娘，南诏大王说五个新娘中有一个是凌兴月，红头巾上的花绣是这五个女子亲自绣的。试探他对凌兴月的爱到底有多深？

凌家二老开始担心，本来想给未来女婿暗示的，可是自家的女儿刚从南诏国回来还没来得及看她这几年在南诏学习的成品。看这五个人红头巾上的绣花都是上品，真分辨不出来哪个是女儿绣的。

“五个女子都不是凌兴月。”

五个女子都不是？围观的人开始议论纷纷，看来这个将军娶不到凌家女儿了。凌老爷也焦急，难道将军不要自己的女儿了？

只有阿萨拉很镇定，看到徐裴东肯定的眼神，他大笑：“你确定不后悔弃权？要是不选，今天可是娶不到新娘子了。”

“我徐裴东只爱凌兴月一个人，她们都不是，让我怎么选？”

这五个女子的女红可算得上天下少有，没有一个男子不为此心动。可是他心里已经有了小月一个人，只有她的刺绣是他的天下第一。

“义父！”一个红衣女子挤出人群看到新郎，她笑了。

“哈哈，准备好喜堂，公主成亲吉时已到，准备拜堂。”她这个南诏国的小魔女都迫不及待地想嫁了。他这个做义父的怎么再为难这个女婿呢？

就这样，镇国大将军徐裴东终于娶到他心爱的娘子了。

堕风·天使无泪

■ 窃贼

缘起

一抹葱翠，几度碧水，祥云仗地，红霞满山，如此，九天之上无泪城。

这是世人难寻的仙境，这是全无忧伤的无泪之城，这里生活着天使，无泪的天使。

上帝创人，世人却是种种恶劣，上帝不忍毁去，便不再眷顾人类，带着天使，居住在无泪之城。

无泪之城，无泪，上帝为他们创造了如此仙境，便该古井无波。如何能有泪?

上帝说，天使能飞，是因为其自身的重量轻，若是天使有泪，便有了忧伤，有了情感，那些太重，重得叫天使也堕落。所以，天使不该有泪。

每当一个天使有了情感，上帝便会让他离开，去往人间，尝尽轮回之苦。

上帝最宠爱的大天使，却受不了古井无波的九天，渐渐生了思凡之心。

上帝不忍他离开，却不能坏了规矩，于是带着他去往镜之城，若通过试验，便留在天际；若通不过，便堕落凡尘。

镜之城里，承载着巨大的水晶球，水晶球能探天下事，能知万人心。

堕·救赎

所谓救赎，不过是那些自诩为正义的丑恶嘴脸，欺骗世人的唯美谎言……

水晶球悠悠转着，有影像慢慢浮现……

（一）

传教士来到小镇的那一年，琴霞不过十二岁，年幼懵懂。

后来，有很多大人带着孩子去向那个叫耶稣的男人祷告。祷告什么，琴霞不知道，只知道，那个年老的神父经常在胸口画着十字，念叨着“救赎”二字，信上帝，获救赎，得永生。

小小的她不懂，上帝，救赎，永生，它们到底有何牵连。

（二）

一晃五年。

风吼雨啸，泥泞的小路上，她跌跌撞撞地奔跑。泥浆掩盖了大红的喜庆的吉服。那本该耀眼的红，变得苍白。

雨滴大颗大颗地打在她的身上，颗颗似鞭。风一阵阵刮在她脸上，阵阵似刀。

“汪汪……”身后，传来厉犬的狂吠。她心惊得似乎要跳出喉咙，拼命地向前奔跑。

一道闪电劈过，惊亮了大半天空，琴霞看到，远远的，有些幽暗的修道院孤寂地立着，在惨白的闪电中，那般森然。

小时候那个神父的话语，犹自响起在耳畔，信上帝，获救赎，得永生。

获救赎，救赎……

满脸鲜血的男子的脸，那样清晰，那双不肯闭的眼，死死地瞪着她，她这样的女子，死后，怕是要堕入无间地狱了吧！

救赎，在此刻，变得那样重要，甚至超过永生。

“哒哒……”无力的手猛烈地敲击着沉重的大门。

她不时地望着身后，犬吠依旧，却无人。“呼……呼……”大口地喘着气，她的心渐渐冷静下来。

“咯吱……”沉重的门发出沉闷的呻吟。

开门的是一个三十岁左右的男子。黑白的修士服与她那身鲜艳却沾满泥浆的喜服格外的不协调。

“姑娘，深夜来此，所为何事？”那个金发碧眼的男子问。

琴霞莫名地感到一阵冷风吹过，打了一个寒战。

“姑娘，把事情告诉上帝，上帝会宽恕你的。”神父胸口画着十字，引着琴霞来到一个十字架面前，十字架上固定着一个男人，一个面色祥和的男人。

琴霞慢慢地静下心来，向着十字架上的男人，向着那个一身黑袍的神父，久久凝视……

（三）

我和林凰飒是在村里认识的，那个时候我在洗衣，他远远地走来，玉树临风，手执一把金边折扇，一身宝蓝长袍被风吹得飒飒作响。

郎才女貌，我们相识、相知、相爱，似乎那般天经地义。

他吟诗作对，我便煮一碟小菜，温一坛好酒，坐在一旁静静地看着他。他弹筝，我便舞着水袖，为他和着小曲。

他待我亦是甚好，冬日里，天干气燥，我的手干裂开来，他看得心疼，便不远千里为我买来不皲油。夏日里，蚊虫甚多，他亦是想方设法地为我驱逐蚊虫。

如此花开花落，两年光景，第三年开春。他便说要娶我。

没过几天，便有一老者带着聘礼来为林家的公子求亲。我问："可是城南的林家？"老者点头称是。我便央求父母允了，父母疼我，便说："你的婚事便由你自个儿做主罢！"

婚礼那日，我珠翠满髻，迤逦的凤冠，嫁衣与胸前的璎珞，是心血般的鲜红。门外，敲锣打鼓，飒飒天风也来为我祝贺，吹得我心魂醉，觉得便是名动天下的洛阳牡丹，便也不过如此了。

一路上，我遮着盖头，被人牵引着，与我心爱的男子，行三拜之礼。洞房里，我静静地坐着，等着我的夫君，来为我挑起盖头，从此，我便只属于他了。

可，盖头掀起，望着我，面有惊艳的男子，却不是我心爱的男子林凰飒，那男子面色苍白，犹如长年不见日光，可眉宇间却与林凰飒有丝丝相似。

我吓得惊慌失措。那个男子说，他是林凰飒的哥哥林凰矽。自幼便患有心疾，如今已时日无多，他家二老，便想为儿子娶个妻，冲冲喜。可谁家的女子又愿意呢？于是便有了这出偷天换日的戏码。

我听了哭哭啼啼，谁愿意嫁给一个半身已埋进黄土的人呢？可无奈已与他拜了堂，共了房。此身便再不是自由身了。

一念及此，我便抢了烛台，意欲自杀，可他却不忍我死，上前来抢夺烛台，无意中反误了他一条性命。

他那双眼望着我，久久不闭……

（四）

夜，如此不平静。

雷声震震，雨声咆哮。不时有一个闪电劈过，惊亮半边天际。

有些僵地躺在床上，琴霞不敢闭眼，一闭眼，那男子满面血污的容颜便浮现。如同要找她索命。

“啪”门被推开，琴霞被惊得坐了起来，惊惧地望着一团黑影进来，一个闪电劈白了来人的脸。

“呼……”琴霞见来人并非那林凰矽的鬼魂，安下了心。可她却并不知道，这个时候，人比鬼可怕。“神父，有事吗？”

那神父的脸隐进黑暗里，有些阴霾。“姑娘要上帝救赎你的灵魂，可这有个更需要救赎的人呢！我需要姑娘救赎我的身体啊！”

琴霞蓦地明白了那神父的意思，白了脸……

（五）

午时的骄阳，格外的刺眼，刑场边，人群挤挤，推搡着，叫嚣着。怒骂那弑夫的女子。

刑场上，琴霞跪倒在地，被绳索紧紧地缚住，脸上却没有一丝惊恐。

“呵呵……呵呵……”琴霞发出一阵癫狂的笑声，神色呆板，眼里闪烁着迷茫的死亡气息……

据说，那弑夫的女子逃到教堂，被神父发现时，已痴狂如此。

众人口中呼着“天意”二字。这女子弑夫的行为，连天也看不过，便被丈夫的魂魄纠缠，吓得痴癫了……

（六）

九天之上，水晶球里的影像渐渐淡去。

上帝说：“世人如此懦弱，只会向他人求取救赎，人该自救，若不自救，便不会有所谓的救赎。”

天使听了，不语，流下了第一滴泪，是为怜悯。

堕·真假

神亦是人口中的神，是遵从人的意愿的神，一旦，神违背了人的意愿，那么神也变成了魔，世人口中的魔……

水晶球悠悠转着，有影像慢慢浮现……

（一）

红墙绿瓦，孟府花园。

“咯吱！”有轮椅摇动的声音，轮椅上，坐着清秀儒雅的白衣男子，他的面前是一株怒放的紫荆花，妖娆艳美。

他的身后不远处，一名黑衣男子，眉目英挺，眼下却蒙着一块黑巾，负手而立。他的腰间悬着漆黑的长剑，名为望泸。一把很有名的剑，如同它的主人一样。

“刷！”一道银光闪过，冷冽而狠辣，直刺那轮椅上的白衣男子。

“哗！”望泸出鞘，黑衣蒙面的男子一剑挡下那狭长的弯刀。

执刀的是一名女子，一名紫色劲装的女子，简洁清丽，那女子反手一刀，削向黑衣男子，却蓦地认出了男子手中的那把望泸长剑，“师哥？”女子一声低吟，手势也缓了下来。

“铮！”弯刀被长剑震脱，弹在花坛中，那本怒放的紫荆花瞬间凋零。

一直平静地注视着紫荆花的白衣男子长叹一声，转身，似在呢喃自语：“终究是保不住吗？清风，一切也罢。”

清风闻言，手一震，女子纤细的脖颈上流下一串血珠，“离开，下次别再来了。”

“望泸剑？你是谁？怎么会有我师哥的剑？”紫衣女子不顾架在自己脖子上的望泸剑，上前。清风忙向后一退，“离开！”

女子黯然敛去眉目中的光彩，转身。

清风望着她的背影，暗叹一声，雪洛，别了。

（二）

脸上莫名地一凉，手慌忙地去遮住脸，却是晚了。

雪洛怔怔地站在原地，望着眼前男子的脸，手中，握着原本男子脸上蒙着的那块黑巾。

“怎么可能是你？”雪洛满脸的惊疑，“琪月师哥，怎么可能是你？”

“不……不……你只是恰好长得像琪月师哥罢了。师哥被你废了武功，此刻正在南宫家养伤呢！”清风看着边摇头向后退去边语无伦次地说着的雪洛，心里本是悲伤，却敏锐地听到了那句，琪月被废了武功，心中大为疑惑。

他抓住雪洛乱晃的手，迫近身子，“怎么可能？琪月被废了武功？我不是好好的吗？”

“不……不……你不是琪月师哥，你怎么可能是？”雪洛另一只手指着轮椅上不动声色的白衣男子，“我的琪月师哥怎么会保护着这个狗官？”

“保护他？”清风不由得恼怒地说道，“保护他还不是为了你！”

（三）

两年前，颜啸是济阳县的父母官。

济阳大户，当今宰相林弗恩的儿子林千夕霸占了同县女子凤娥，凤娥不屈自刎。

其父亲一纸诉状告到了县衙，颜啸却只是草草杖责了林千夕二十大板。

当时，路经济阳的雪洛不忿，想要教训那狗官，却不幸被捕。雪洛是私自离开的，所以，直到半年后，祖师的祭日那天，琪月都没看到平日里调皮捣蛋的小师妹，方才匆匆下了山。

多方查访，他找上了颜啸。

颜啸提出要求，要他保护自己一年，便答应放了雪洛。

琪月虽然憎恶颜啸，但为了雪洛，他还是答应了。为了不至于传出去自己在保护一个狗官，而有辱师门，琪月蒙了面，改名为清风。

可，一年相处下来，琪月渐渐觉得，颜啸其实是个好人。于是便一直在保护着颜啸。

（四）

“你怎么可能是琪月师哥？”雪洛用力挣脱清风，转身急掠而去。

清风欲追上去问个明白，却被颜啸拦住了。“清风别追了，你想知道的事，我能告诉你。”望着清风满脸的疑惑，颜啸解释。

清风静了下来，颜啸开始告诉他，自己听到的消息。

（五）

“那一日，我放了雪洛之后，家中小童外出时，听到消息，说琪月夜闯县衙，救出了雪洛后却受了重伤，武功尽失，在南宫家养伤。

“原本，琪月就是个大侠，受过他恩惠的江湖人士不少，恩人受伤，这仇，如何不报?

“这些日子以来，来杀我的，恐怕不是宰相或大将军派来的人，而是些来为你报仇的人。”

听颜啸说完，清风有些呆住了。那假扮自己的人是谁?一低头，便看到了颜啸那苍白的略带浅笑的脸。

“是左相或大将军的人?”清风随即明白，颜啸点了点头。

“我去告诉大家。只要我出现，他自然便假冒不了了。”清风掠身而起，瞬间离去。

颜啸望着他的背影，想拦却拦不下。呵！可笑啊！世人从不需要一个保护着狗官的琪月，要的只是一个为民除害、铁骨铮铮的琪月。只要谁向着大家，他们就会承认谁是真的。其实真的假的，只是如此而已。

(六)

南宫家，清风执着望泸剑，大喝：“速叫那伪冒我之人出来。”

南宫家的两名守门弟子大为不解。商量了几句，其中一名便进去通报。

南宫家的现任家主南宫烁是个年约三十岁的女子，眉清目秀，庄静典丽，听着报告，南宫烁频频皱眉，一扬手，“带我过去!”

门口，南宫烁望着那张见过不下百次的脸，伸手抚摸，一切便明了，他才是真正的琪月，而屋内，那正在养病的琪月不过是易了容的冒牌货。

只是，琪月是名满天下的大侠，又是幕岳一派的首席大弟子。不是自己可处理的。

南宫烁清脆如铃的声音响起：“这位公子，在下与琪月并不熟识，谁真谁假，不是我能分辨的。不如，我修书一封给幕岳派掌门秦砂，叫他来分辨可好?”

清风思索再三，幕岳派与南宫家相距不远，不用一日便可到达，方才点了点头：“好吧！那叨扰贵府了!”

(七)

秦砂是下午来的，同来的还有雪洛。

兰竹房内，秦砂、雪洛与南宫烁围桌而坐。

“南宫姑娘，劣徒不肖，幕岳一派却不能因此而名誉全毁啊！还望南宫姑娘为老夫隐瞒啊!”鹤发童颜的秦砂老泪纵横。

南宫烁看得心软，却还是说了句:“琪月公子是江湖上人人敬仰的大侠，这么做怕是有什么苦衷吧!”

“唉……”秦砂长叹一声，“琪月那孩子，便是有什么苦衷也无用那!帮着那些狗官，便是与大家为敌，这个江湖便容不下他了。”

南宫烁不作声，只是点了点头，算作答应了。

“我先出去了。”她转头望着雪洛。

雪洛白了脸，喃喃地说了句，“我的琪月师哥，不会帮那样的狗官的!”

南宫烁没说什么，转头，离去。

南宫烁走到门口时，雪洛听到了那女子口里一声若有若无的叹息……

(八)

清风没有等来自己的师傅，便看到了南宫烁。

那风姿绰约的女子淡淡地对他说:“琪月公子，你走吧!”

“走?”清风不解，“既然，姑娘肯叫我一声琪月公子，自然是信我，为何不容我见见师尊?”

“令师尊说，江湖上不需要这样的琪月，他们幕岳一派也不需要这样的琪月公子。”

“……”清风怔住，随即便明了，却不愿相信，“不!让我见见师傅!”

“令师尊就在另一个庭院中的兰竹房，只是公子也不想与令师尊拔剑吧!”南宫烁幽幽一叹，离去。

既然江湖不需要这样的琪月，幕岳也不需要这样的琪月，那，为了另一个琪月，这个琪月怕要除去吧!

清风站着，良久，便离去，回了孟府。

(九)

可才一到孟府门口，便闻到丝丝血腥味。

推门进去，花园里，颜啸静静地坐在轮椅上，依旧是离去时的样子。

白衣如雪，不染纤尘，神色那般安详，若非嘴角那丝鲜血，只会以为，他只是睡着了。

“颜啸!”一喊，轮椅上的人全无反应。一探，早已气绝多时。

花园里的紫荆花，倒了一片。

“对不起!”清风的眉痛苦地拧到了一起，全身脱力般跌倒。

自己真是太没用了，几月之前，自己一时大意，让敌人有机可乘，虽然最终救回了他一条性命。可他一生只能在轮椅上度过了。如今，连他的命都保不住了吗？

望着那跟随着主人一片片死去的紫荆花，想着这个一生挚爱紫荆花的男子，想着这个一心想做个为民除害的好官的男子。心，唯有疼痛。

（十）

颜啸初为官时，大将军启思独霸朝野，祸国祸民，颜啸一心想要扳倒他。

无奈势单力薄，只好投入宰相阵营，想借力扳倒大将军，为了让宰相更加信任自己，他难免得迁就宰相那边的人。

宰相也确实提携他，他一步步往上爬，帮着宰相分解启思的势力。

可，当爬到了一定位置后，他便明了，自己一心为民，其实，不过是在扶起另一个启思而已。

于是，他便辞官，想离开这权力的旋涡。

可，他得罪了不少启思那边的人，而宰相这边，他又知道了太多的秘密，如今他的归隐，对于宰相实在是心头刺。

两方敌对的人，不约而同地都要除去他！

（十一）

清风望着颜啸的尸体，心痛如绞。

这个世间，本以为，只能待在他的身边了，如今，他却失去了他。

江湖不需要他，庙堂更不需要，这世间，他何处容身？

不若伴他而去吧，起码，还有颜啸知道，也相信，他是真的琪月。

望泸剑熠熠生辉，剑身染血，却是陪着这一任主人，最后一次染血……

（十二）

九天之上，水晶球里的影像渐渐淡去。

上帝说：“世人如此愚昧，分不清黑白，辨不明真假。给人多一份容忍，多一份宽恕，这世间便少一份悲哀。”

天使听了，不语，流下了第二滴泪，是为惋惜。

堕·孤情

孤寂，是一记毒药，腐蚀进人的心灵。情感，是一张利爪，撕裂开人的身躯。

水晶球悠悠转着，有影像慢慢浮现……

(一)

远远的，伽蓝塔，高耸入云，微暗的天，灰黑的塔，让人望而生畏。

“哒……哒……”有马蹄疾驰，马背上的女子，汗水湿透了衣裳，一望无垠的草原如此赏心悦目，女子却没有心思欣赏，一路，策马扬鞭，疾疾奔驰。

塔前约十里的距离。“嘶……”马蹄停了下来。

“呼……呼……”马匹大口大口地喘着气。沈心雪翻身下马。牵着马缰，席地而坐。

终于是快到了，只是，是否还有机会呼吸到这里的空气呢?

伽蓝高塔的主人，青黛，毕竟不是那么容易打败的啊!

青黛，一个活了近两百多年的女子，她的一生就像一个传说，一个无头无尾的传说，没人知道她从哪来，两百多年了，也没谁见过她的死亡。

只是，这个传说的主角，是个嗜血的女子，每年都有人死在她的手里，没人见过凶手，只是，每次，杀人现场都会留下一个簪子，一个做工很粗糙的簪子，一只凤蝶翩舞其上，几坠流苏垂吊于凤蝶之间。

后来，被青黛抓走的九王爷的女儿，风梧郡主，逃了回来，却偶然一次见到这只簪子时吓疯了，只是口中喃喃着模糊不清的话语，依稀可辨着，青黛、凤簪、高塔这几个词语。

在风梧逃回来后没多久，南方一个镇里，最大的青楼，晴雨轩中的当红花魁，殷秋颜又被掠走。世人惊疑的是，殷秋颜与风梧郡主有着相似的容颜。

(二)

沈心雪起身，牵马，一步步走向高塔。高塔前，沈心雪想了想，还是为那匹伴了她十多年的马取下了马缰，既然可能有去无回，那就放它自由吧!

马被取了马缰，却犹自在原地打转，不肯离去。

沈心雪叹了口气，独自一人，上了高塔。

一步步踩在石阶上，阴暗腐败的气息扑面而来，夹杂着丝丝尸体腐烂的气息。

一路上，白骨森然林立，在这样的地方待了九年，难怪风梧郡主会疯吧！

沈心雪跨过一具白骨，隐约看到，不远处，有一具正在腐烂的尸体，已经有蛆虫在上面一上一下地蠕动。“唔！”纵使见过不少尸体，沈心雪还是有点忍不住作呕。

自己会不会也成为其中一员呢？

沈心雪有点后悔了，能冒险的地方那么多，为什么偏偏就选中了这里呢？

不可否认，当初是看到接这个任务的赏金多，可再多的赏金没命拿也是无用的。

她是游荡在各地的赏金猎人兼职冒险家。前不久接了一个任务，来伽蓝塔救出殷秋颜，杀了青黛，她将得到来自九王爷与晴雨轩的两份赏金。

（三）

走到最高处，她却被一扇铁门拦了去路。“啪！”一刀劈下去，削铁如泥的宝刀震得她手臂发麻，铁门却连一道痕迹都没有。

沈心雪正愁该怎么进去，门却“咯吱”一声开了。

开门的是一个女子，一个很让人惊艳的女子。

“哗！”刀架在她的脖子上，“你是青黛？”沈心雪问。

女子伸出纤细如青葱般的手指，推开了刀，神色木然，“我是殷秋颜，青黛在里面。”说完便转身，让出了一条道路。

房内，一条长椅上，蓝衣女子慵懒地倚在一个枕头上面。黑发如墨，腮若红杏，眼含秋波。比那殷秋颜更美，更妩媚动人。

“你打得过我吗？”青黛的言语里有深深的倦意，那是一种历经沧桑后，看透一切的孤倦。

“打不过。”沈心雪耸耸肩，颇有自知之明。

“那就下去吧！这高塔的孤魂已经够多的了，不用再添一个了。”青黛挥手，示意殷秋颜送她离开。

沈心雪一扬手，推开了殷秋颜，“我是一个赏金猎人……”

剩下的话却被青黛接了下去，“一旦接了任务，不死不休。”

（四）

沈心雪心中诧异，却并不影响她的行动，一刀砍了下去。“喀嚓！”有骨头断裂的声音。青黛却是连眉都没皱，一掌劈了下去。

沈心雪拔刀，一招梯云纵，踏在墙上，借力向后退去。

青黛身上的伤，从肉眼可见的速度愈合。看到她熟练地使出梯云纵，青黛一愣。

沈心雪趁机一刀刺入她的心脏。口中念念有词：“五星镇彩，光照玄冥。千神万圣，护我真灵。巨天猛兽，制伏五兵。五天魔鬼，亡身灭形。所在之处，万神奉迎。急急如律令。”

那是来之前，她刻意去学的上古封魔咒。

沿着刀尖，五条芒线渐渐伸开，线端渐渐靠拢，组成了一个奇异的五芒星。

线开始交叉，慢慢地绕着青黛的身子伸展，所到之处，一层薄薄的冰状晶体覆盖上她的身躯。

“你是古月门下弟子？”弥留之际，青黛依旧用那困倦的话语问。沈心雪点了点头。

青黛笑了，笑得像个孩子，纯真而无暇。直到冰晶覆盖上她的全身。

（五）

“你们满意了吧？不过也好啊！虽然没死，被封印了，她就不会感觉孤独了吧！”一直平静地看着这一切地殷秋颜木然地嘲讽，有泪流过面颊，“她是个好人啊……你们为什么一个个的都得要她死呢？”

沈心雪看着有些崩溃的殷秋颜，心中大为不解，“好人？杀了那么多人，怎么也算不上好人了吧！”

“那些人要杀她啊！她一心求死，可那些人无法带给她死亡，却频频来烦她。她碍着你们什么事了？”殷秋颜眼神中闪着绝望。

“我是说外面那些无辜的人。”沈心雪竟有些害怕她眼中那绝望的光芒。

“呵！”殷秋颜冷笑一声，“那些当官的查不到凶手，便将罪名推到她的身上，她何其无辜？我在这塔里陪了她近十年，她从未出过这片草原，甚至极少出这高塔。”

“竟是世人错怪她了吗？”沈心雪却依旧不解，“那风梧郡主与那簪子？”

“风梧郡主是私自从你上来的那条路下去，被吓到了。至于那簪子……”

殷秋颜没继续说下去，只是问，“你有兴趣听一个故事吗?”

沈心雪没说话，沉默地表示让她说下去。

（六）

“两百多年前，古月派中，有一位极具天赋的女子，她的一生都锄强扶弱，为人敬仰。

“她与她的另一名朋友，都是闻名于世的赏金猎人兼冒险家，就像你一样，行走天涯，她们关系很要好，过命的交情。

“后来，在一次冒险中，她们遇到了一头巨龙，她为她的朋友挡了那巨龙的一记利爪，受了重伤，她们一起跌跌撞撞地逃过了巨龙的袭击后，她一病不起。

“她的朋友用冰晶封住她的身躯，放在雪山之上，便到处为她寻找良药，多方无果，那个女子突然想起古老的传言，在拉莫齐山脉以南，生长着一种叫雪灵芝的药，那药通灵，千年便修得人形，修得人形后的雪灵芝便能起死回生。

“修得人形的雪灵芝生长在大山中，天性淳朴，天真。

“那女子诱骗了其中一个，杀了他，用他熬成药，救了被冰封的她。

“可，雪灵芝是神灵的宠儿啊！他们被神所眷顾，杀了神所眷顾的生灵，她们如何能不遭天谴?

“没多久，她的朋友便病死了。她也受了诅咒，永生的诅咒，生生世世，不入轮回，看尽这世间的生离死别，孤寂到这个世界的毁灭。”

（七）

“她是木玥茹?另一个女子是秦雅歌?”沈心雪猜测，她记得古月派两百年前，确实有一个天赋异禀的女子，她和她的伙伴秦雅歌一起，除去过很多祸害生灵的生物。

“嗯！是的!”殷秋颜点头，神色依旧木然。“当初的木玥茹便是如今的青黛，不老不死的木玥茹在秦雅歌死后，便一个人来到了这座高塔，改了名字叫青黛。那只簪子是秦雅歌送给她的。她一直都插在发髻上，她也只有一支。”

“可，一切都已定了，我带你离开吧!”沈心雪黯然神伤，可，活着的人，还要继续活下去。

“我不回去!”一直平静如水的女子，瞬间癫狂，“我不要回去，我不要……”说着，泪流满面。

良久，终于稍稍平静，“你以为谁都愿意做那送往迎来的生意吗？青黛带我来这儿的日子，是我一生中，最平静、最美好的日子，为什么你要来破坏?”

“……”沈心雪默然，她只以为来救这个身处魔塔的女子，却不知其中这般曲折。“那你现在打算怎么办?”

“呵！我？我打算就在这塔里待着吧！我在这里陪着她，她是个很害怕寂寞的人啊！才会带走与秦雅歌长相酷似的风梧郡主与我。我便留在这里，陪她，直到我自己也变成一具枯骨。”殷秋颜走到冰晶封印着的青黛面前，伸手抚摸，寒意彻骨。

“那我便走了。”沈心雪转身离去，殷秋颜告诉她另一条下塔的路，她沿着那条黑黑的小道，孤独地一个人行走。

塔外，那匹马犹自在转着，看到主人，便欢快地打了个响鼻。

沈心雪翻身，上马，去得匆匆。

她还有下一个冒险的地点……

（八）

九天之上，水晶球里的影像渐渐淡去。

上帝说：“世人如此脆弱，再强大的人，亦敌不过，孤倦与情感。”

天使听了，不语，流下了第三滴泪，是为悲哀。

尾声

上帝说：“这个世间如此丑陋，你，还要去吗?”

天使凝视着尘世，远远地注视着，神色坚定。

手指指着那片土地，说：“我相信，这个世间必有真、善、美存在，它们定多于那些丑陋。”

晴朗的天空莫名的电闪雷鸣，乌云片片聚拢，雨淅淅沥沥地下了起来，万物，为天使的堕落，默哀。

启　事

本书编选时参阅了部分报刊和著作，我们未能与部分作品的作者取得联系，在此深表歉意。请各位作者见到本书后及时与我们联系，并提供相关作品著作权证明以及本人身份证复印件，以便按国家相关规定支付稿酬及赠送样书。

地址：湖南省长沙市天心区芙蓉南路和庄 A 栋 3118 室

邮箱：bjljwh@ 126. com